부활

일러두기
- 이 책은 Leo Tolstoy, Trans. Maude, Louise 『Resurrection』(Project Gutenberg, 1999)을 참고했습니다.

부활

톨스토이 지음

살림

『부활』의 삽화

1910년 출간된 영문판 『부활』에 실린 레오니드 파스테르나크의 삽화. 파스테르나크는 톨스토이와 친분이 있었으며, 몇 달 동안 야스나야 폴랴나에서 지내며 여러 작가의 초상화를 그렸다. 또한 『전쟁과 평화』 『부활』의 삽화를 그렸는데, 톨스토이의 소설 삽화로 1900년 파리에서 열린 세계 박람회에서 훈장을 받았다.

톨스토이에게 이야깃거리를 제공한 아나톨리 F. 코니

1898년 러시아의 화가 일리야 레핀이 그린 아나톨리 F. 코니의 초상화. 1887년 여름, 톨스토이는 저명한 법률가 코니에게 로잘리야 오니라는 여성의 이야기를 들었다. 로잘리야는 어린 나이에 부모를 모두 잃고 여지주의 집안에서 자랐는데, 그녀가 16세가 되었을 때 여지주의 친척인 한 남자가 그녀를 유혹하여 임신시킨 뒤 버리고 떠났다. 남자는 이후 절도 혐의로 기소된 한 창녀의 재판에서 배심원이 되어 로잘리야와 재회했다. 그는 참회하는 마음으로 그녀와 결혼하기로 했다. 하지만 로잘리야는 감옥에서 걸린 병 때문에 숨을 거두게 되었다. 이것이 바로 『부활』의 원형이 된 이야기다. 톨스토이는 이 이야기를 바탕으로 소설을 구상하다가 다른 작품을 쓰기 위해 집필을 잠시 중단했다. 1898년 후반 다시 작업에 착수하여 12년만인 1899년, 혹독한 검열을 거친 끝에 마침내 『부활』이라는 제목으로 발표했다. 톨스토이는 『부활』의 수익금을 러시아 정부와 정교회로부터 탄압을 받던 두호보르(성령 부정파) 교도들을 돕기 위해 모두 기증했다.

Л. Н. ТОЛСТОЙ

BOCKPECEHIE.

Романъ.

НЕ ВЪ СИЛѢ БОГЪ
А ВЪ ПРАВДѢ

№ 21.

Изданіе Владиміра Чертнова.

『부활』 초판본 표제

1899년 출간된 『부활』 초판본의 표제. 『부활』은 1899년 3월부터 12월까지 잡지 〈니바〉에 연재되었는데 그때부터 혹독한 검열을 받았다. 여러 차례 삭제와 수정을 가해야만 했고, 이로 인해 완본이 외국에서 출간되어 러시아에 밀수되는 상황도 벌어졌다. 초기에 구상했던 이야기에서 새롭게 발단을 쓰고 결말을 바꾸고, 마지막에는 검열까지 거치는 고난을 겪은 셈이다. 이후 톨스토이는 제대로 수정하지 못해 썩 마음에 들지 않지만, 더는 흥미를 느끼지 못한다며 『부활』을 마치는 이중적인 소감을 일기에 토로했다.

야스나야 폴랴나에 위치한 톨스토이의 무덤

말년에 농민의 삶을 살고 싶어 하며 모든 것을 내려놓으려고 했던 톨스토이는 자신의 무덤에 아무런 묘비나 장식을 세우지 말라고 일렀다. 그 유언에 따라 톨스토이의 무덤은 오솔길 옆에 소박하게 마련되었다. 한편 톨스토이는 아내 소피야와 심각한 갈등을 겪었고 끝내 화해하지 못했다. 그녀가 장례식에 참석하지 못하도록 당부하는 말이 유언에 있을 정도였다. 소피야는 결국 죽어서도 남편과 합장되지 못했다.

부활 차례

제1부

제2부

제3부

제
1
부

제1장

몇십 만의 인간이 작은 땅덩어리에 모여, 그 땅을 돌로 덮어버리고, 풀들을 다 뽑아버리고, 나무들을 베어내고, 새와 짐승들을 모두 몰아내고, 그곳의 대기를 석유와 석탄 연기로 뒤덮어버리는 등 기를 쓰고 그 땅을 훼손시켰더라도, 이런 도시에서도 봄은 역시 봄이었다.

햇볕이 따사로이 내리쪼이고 있었으며 대기는 향긋했다. 포석과 포석 사이, 가로수 길의 자그마한 잔디밭 등, 완전히 뿌리 뽑히지 않은 곳 여기저기에서 풀들이 소생의 싹을 내밀고 있었다. 자작나무, 포플러나무, 벚나무 들이 촉촉하고 윤기 흐르는 잎을 내밀었고 라임나무도 싹을 틔우고 있었다. 까마귀들, 참새들, 비둘기들이 봄의 즐거움을 만끽하며 둥지를 만들기에 바빴고 양지바른 담장가에서 파리들이 윙윙거리며 날고 있었다. 식물도, 새들도, 곤충들도, 아이들도 모두 즐거워했다.

하지만 남자건 여자건, 어른들은 자기 자신뿐 아니라 서로서로를 계속 속이고 괴롭혔다. 사람들이 신성시하거나 존중할 만한 가치가 있다고 생각한 것은 이 봄날 아침이 아니었다. 사람들은 온갖 만물들을 기쁘게 하려고 하늘이 선물로 내려준 이 천상의 아름다움, 만물의 마음을 평화와 조화와 사랑으로 이끄는 이 아름다움 대신에 서로서로를 지배하기 위해 인간이 만들어낸 것들만 가치가 있다고 여겼다.

현(縣)의 교도소 사무실도 마찬가지였다. 그곳에서도 사람들과 동물들이 봄을 맞이하여 감사와 기쁨을 느끼고 있다는 사실보다는, 어제 도착한, 번호가 매겨지고 표제가 붙은 서류들이 신성하고 중요하게 여겨졌다. 그 서류는 오늘, 즉 4월 28일 오전 9시까지 현재 구금 중인 한 명의 남성과 두 명의 여성을 재판정에 출두시키라는 명령서였다. 그중 주범으로 지목받고 있는 한 명의 여성은 따로 송치하게 되어 있었다.

그리하여 4월 28일 오전 8시, 교도관 한 명이 소매에 금줄이 달린 윗도리를 입고 푸른 띠로 허리를 졸라맨 여교도관을 대동하고 악취가 진동하는 여죄수 감방 복도로 들어섰다. 여교도관은 피곤한 듯 잔뜩 찌푸린 얼굴이었다.

"마슬로바를 불러내시려는 거지요?"

여교도관이 감방 문을 향해 가며 교도관에게 물었다. 이윽고 교도관이 감방 문을 열자 복도에서보다 훨씬 심한 악취가 확 풍겨 나왔다.

그는 "마슬로바! 법정 출두!"라고 외친 뒤 문을 닫고 그녀가 나오기를 기다렸다.

약 2분 정도 지나자 아래 위 흰 옷에 회색 코트를 걸친, 풍만한 가슴에 키가 별로 크지 않은 젊은 여자가 빠른 걸음으로 밖으로 나와서 교도관 옆에 섰다. 그녀는 리넨 양말에 죄수용 신발을 신고 있었으며 흰 스카프로 머리를 감싸고 있었다. 스카프 아래 검은 머리칼 몇 다발을 이마까지 말아 올린 것이 나름 멋을 낸 것 같았다. 안색은 오랜 실내 생활 때문에 햇빛을 못 본 사람들이 으레 그렇듯, 마치 움 속의 감자가 내민 싹처럼 창백했다. 약간 사팔이면서도 반짝반짝 빛나는 검은 눈은 창백한 얼굴과는 또렷한 대조를 이루고 있었다.

그녀는 무엇이든 시키는 대로 하겠다는 표정으로 교도관을 바라보았다. 그러자 교도관이 "따라와!"라고 말한 뒤 앞장서서 복도를 걸어가기 시작했고 여죄수는 그의 뒤를 따랐다.

그들은 여자 감방보다 악취가 더 심한 남자 감방을 지나 사무실로 들어갔다. 사무실에는 이미 두 명의 호송병이 기다리고 있었다. 사무실에 앉아 있던 서기는 교도관과 여죄수가 들어서자 담배 냄새에 절은 서류를 호송관 중 한 명에게 건네며 "자, 데려가"라고 말했다.

두 병사 중 한 명이 서류를 외투 속에 집어넣더니 여죄수를 데리고 사무실 밖으로 나갔다. 열려 있는 쪽문을 통해 교도소 밖으로 나간 그들은 법정을 향해 거리를 걸어갔다. 사람들은 호기심에 가득 찬 눈빛으로 여죄수를 바라보았다. 그녀는 사람들의 눈길을 느끼고는 고개를 숙인 채 그들을 곁눈질했다. 사실 그녀는 사람들이 자기를 주목하는 것을 보고 기분이 좋았다. 감방 안 공기에 비해 훨씬 신선한 봄날의 공기도 그녀를 기분 좋게 해주었다. 하지만 이제 걷는 게 낯설게만 느껴지는 발에 딱딱한 죄수용 신발을 신고 거친 돌 위를 걷기란 너무 힘들었다.

밀가루 가게 앞을 지날 때 비둘기 몇 마리가 종종걸음으로 모이를 쪼아 먹고 있었다. 여죄수의 발길이 그중 한 마리에 닿을락 말락 가까워지자 비둘기는 푸드덕 날갯짓을 하며 그녀의

귓전을 스치고 날아올랐다. 그녀의 얼굴에 미소가 떠올랐지만
이내 자신의 처지를 생각하고 깊은 한숨을 내쉬었다.

제2장

여죄수 카튜샤 마슬로바가 이제까지 살아온 삶은 지극히 평범했다. 그녀의 어머니는 두 명의 여지주가 주인인 낙농장에서 일을 하던 하녀였다. 어머니와 단둘이 살던 이 하녀는 결혼하지도 않은 몸으로 해마다 아이를 낳았다. 그리고 으레 그렇듯이 이 원치 않는 아이는 세례만 받은 뒤 버림받았다. 일에 방해만 되기 때문이었다. 아이들은 젖을 제대로 먹지 못해 굶어죽었다.

그런 식으로 다섯 아이가 죽었다. 떠돌이 집시와 하녀 사이에서 태어난 여섯 번째 아이는 계집아이였다. 이 계집아이도 앞서 다섯 아이들과 똑같은 운명을 겪을 처지였다. 그런데 여지주 중 한 명이 크림에서 소 냄새가 난다고 가축지기를 야단

치러 갔다가 우연히 이 아이의 생명을 건져주게 된 것이었다.

축사에 귀엽고 건강해 보이는 어린아이가 산모 옆에 누워 있었다. 여지주는 크림에 대해 한바탕 야단을 친 뒤에, 산모를 축사에 눕혀 놓으면 어떻게 하느냐고 잔소리를 늘어놓았다. 그녀는 잔소리를 끝내고 축사를 나가려다가 아이를 보고는 측은한 생각이 들어 자기가 아이의 대모가 되겠다고 자청했다. 아이에게 세례를 준 여지주는 아이가 불쌍해 아이 엄마에게 우유를 주기도 하고 돈도 주기도 했다. 아이가 겨우 생명을 건질 수 있게 된 것이다. 나이 많은 여지주들은 아이를 '구원받은 아이'라고 불렀다.

아이가 세 살이 되었을 때 아이의 어머니가 병을 앓다 죽었다. 여지주들은 아이의 할머니에게 짐이 될 뿐인 아이를 데려다 키웠다. 눈이 유난히 새까만 아이는 귀엽고 똑똑해서 여지주들에게 큰 위안거리가 되었다.

두 여지주 중 동생은 소피야 이바노브나로서 마음씨가 상냥한 사람이었고 바로 그녀가 아이의 대모 노릇을 해준 것이었다. 하지만 언니인 마리야 이바노브나는 꽤 엄격한 사람이었다. 소피야는 아이에게 좋은 옷을 입히고 글을 가르쳐서 숙녀로 키우고 장차 양녀로 삼을 생각이었다. 하지만 마리야는 아이에게 일을 잘 가르쳐서 좋은 하녀로 키울 작정이었다. 그녀는 화를 잘 냈고 아이에게 벌을 주었으며 심하면 매질까지 했다. 이처럼 서로 다른 두 사람의 영향 아래서 소녀는 반은 하녀, 반은 양녀인 어중간한 존재가 되었다. 그래서 그녀의 이름도 점잖은 이름인 카테리나도 아니고 그렇다고 막된 이름인 카티카도 아닌 카튜샤가 되었다. 카튜샤는 바느질을 하고 집 안 청소와 빨래를 하기도 했으며 이따금 여주인들과 어울리며 그녀들에게 책을 읽어주기도 했다. 그녀의 이런 생활은 그녀가 열여섯 살이 될 때까지 이어졌다.

그녀가 열여섯이 되던 날 여주인 자매의 조카이며 대학생인 부유한 공작이 잠시 이곳에 와서 머물게 되었다. 카튜샤는 감히 스스로도 인정하기 어려웠지만 그만 그 대학생을 사랑하게 되었다.

2년 후, 그 젊은 공작은 입대하기 전에 나흘 동안 다시 고모 집에 와서 머물게 되었다. 그는 출발 전날 카튜샤를 유혹하고 손에 100루블을 쥐어준 뒤 떠나버렸다. 그가 떠난 지 다섯 달이 지나서야 그녀는 자신이 임신했음을 알았다. 그로부터 그녀는 매사가 짜증스러웠고 어떻게 하면 앞으로 닥쳐올 수모에서 벗어날 수 있을까 하는 생각뿐이었다.

그 생각에 몰두한 나머지 그녀는 여주인들 시중도 소홀히 했고 심지어 자신도 모르게 짜증까지 내곤 했다. 그녀는 여주인들에게 이 집에서 내보내달라고 애원했고 그렇지 않아도 그녀를 못마땅해 하던 여주인들은 그녀를 내보냈다.

그 집에서 나온 뒤 그녀는 어느 경찰관 집에 하녀로 들어갔다. 하지만 쉰 살이 넘은 경찰관이 하도 집적대는 바람에 석 달 만에 그 집에서 나와버렸다. 그 집에서 나온 그녀는 해산날도 가까워진 데다 달리 갈 곳도 없어, 과부이며 술도 파는 산파의 집으로 들어갔다. 그녀는 그곳에서 아이를 낳았고 아이는 곧바로 보육원으로 보내졌다. 하지만 아이는 그곳에 가자마자 바로 죽고 말았다.

그녀가 겨우 몸을 추스르고 일어났을 때 그녀의 수중에는 거의 돈이 없었다. 자기를 유혹했던 남자에게 받은 돈 100루블과 경찰관 집에서 일하면서 번 돈 27루블 등 모두 127루블이 있었지만 원래 돈을 아낄 줄 모르는 성격인 데다, 손을 벌리는 사람마다, 특히 암소를 사는 데 필요하다는 산파에게 40루블을 빌려주었기에 수중에는 겨우 6루블이 남아 있을 뿐이었다.

산파의 집에서 나온 그녀는 산림 감시인의 집에서 일을 하게 되었다. 그런데 산림 감시인도 예전에 경찰관이 그랬듯 그녀를 집적이기 시작했다. 카튜샤는 그가 너무 싫어서 멀리했다. 하지만 그는 워낙 교활한 사람이었기에 결국 카튜샤를 손에 넣는 데 성공했다. 그러던 어느 날 감시인과 함께 있던 것을 그의 아내에게 들키게 되어 카튜샤는 그의 아내와 대판 싸운 뒤 급료도 받지 못하고 쫓겨났다.

갈 곳이 없던 그녀는 시내에 살고 있는 이모네를 찾아갔다. 이모는 작은 세탁소를 운영하며 겨우 생계를 이어나가고 있었다. 이모는 카튜샤에게 세탁부가 되라고 권했다. 하지만 세탁부들의 고달픈 생활을 보고난 후 카튜샤는 세탁부가 되고 싶지 않았다.

그녀는 다시 직업소개소를 찾아갔고, 거기서 어떤 뚱쟁이 여자를 만나, 어느 돈 많은 사람의 숨겨둔 여자 노릇을 했다. 그 노릇을 얼마 한 뒤 그녀는 그 사람이 마련해준 집에서 살면서 어떤 명랑한 성격의 점원과 미래를 약속하기도 했지만 어느 날 그 점원은 아무 말 없이 먼 곳으로 가버렸다.

오갈 곳 없게 된 그녀는 다시 이모 집으로 들어갔고 세탁부가 되어볼까 진지하게 고민해보기도 했다. 하지만 창백한 낯빛의 세탁부들의 모습, 툭하면 병에 걸리는 그녀들의 모습을 보고 두려움에 오싹 몸을 떨었다.

그녀가 곤란한 처지에 놓였다는 것을 알게 된 뚜쟁이 할멈이 다시 찾아와 그녀를 유혹했다. 카튜샤는 보잘것없는 신분의 하녀가 되어 귀찮게 구는 주인의 강요로 남몰래 몸을 허락하는 생활을 할 것인가, 아니면 법률로 인정된 매음 생활을 하며 떳떳이 돈을 벌 것인가, 둘 중 하나를 선택해야 했다. 그녀는 후자를 택했다. 그녀는 후자를 택하면서, 이 길이 자기를 유혹한 첫 남자, 자신을 배반하고 떠난 점원 등 자신에게 해를 끼친 사람들에게 복수하는 길이라고 생각하기도 했다. 그리고 무엇보다 자기가 원하는 옷을 얼마든지 사 입을 수 있다는 뚜쟁이 할멈의 말이 그녀를 유혹했다. 그날 밤 그녀가 자신의 신분증을 내주자 뚜쟁이 할멈은 삯마차를 불러 그녀를 키타예바라는 유명한 사창가로 데리고 갔다.

그날부터 사람의 도리, 하느님의 율법에 어긋나는, 저 뿌리 깊은 죄악의 삶이 시작되었다. 수백, 수천의 여성들이 국민의 복지를 도모한다는 명목 하에 정부 당국의 허락, 심지어 비호를 받으며 하고 있는 생활, 그 여성들의 십중팔구는 고통스런 병에 걸려 실제 나이보다 일찍 늙어버리고 일찍 죽어버릴 수밖에 없는 그런 삶을 살게 된 것이다.

일요일도 공휴일도 없이 매일 반복되는 그런 삶, 모든 사람들이 공모자가 되어 저지르는 그 죄악의 삶을 카튜샤는 7년 동안 계속했다. 그리고 그 생활을 해온 지 7년 째 되던 해에 벌어진 모종의 사건 때문에 그녀는 살인 혐의를 받아 교도소로 들어오게 되었다. 그녀는 살인범, 절도범들과 교도소에서 6개월을 지낸 후에 비로소 법정으로 출두하게 된 것이었다.

제3장

　카튜샤 마슬로바가 두 병사의 호송을 받으며 지방 법원 건물에 도착했을 때, 그녀를 유혹하고 버린 장본인, 그녀의 대모의 조카인 드미트리 이바노비치 네흘류도프 공작은 깨끗한 잠옷을 입은 채 푹신푹신한 이불을 덮고 높은 침대에 누워 담배를 피우고 있었다.

　잠시 후 그는 피우고 난 담배를 재떨이에 버리고 침대에서 일어났다. 그는 화장실로 들어가 공들여 이를 닦은 뒤 샤워실로 가 샤워를 하고 옷을 입었다. 세면대와 샤워실의 물건들, 속옷, 겉옷, 구두, 넥타이, 넥타이 핀, 커프스단추 등 모두 최고급 값진 것들이었다.

　옷을 입은 그가 식당으로 가자 상복 차림의 뚱뚱한 중년 부인이 들어왔다. 어머니가 돌아가시기 전 이 저택에서 어머니 시중을 들던 하녀 아그라페나 페트로브나였으며 지금은 이 집 아들인 네흘류도프의 시중을 들어주고 있었다.

"안녕히 주무셨어요, 드미트리 이바노비치?"

"잘 잤소? 헌데 아침 일찍 무슨 일이라도 있소?"

"공작 부인에게서인지 그 따님에게서인지 편지가 와 있어요. 아직 하인이 답장을 기다리고 있어요."

아그라페나 페트로브나는 편지를 건네주며 의미심장한 미소를 지었다. 그녀는 공작 영애 미시 코르차기나와 네흘류도프 사이에 혼담이 오가고 있음을 알고 있었던 것이다.

네흘류도프는 편지를 꺼내어 읽었다.

당신의 기억을 불러일으킬 의무가 제게 있는 것 같아 이렇게 편지를 보냅니다. 4월 28일은 당신이 배심원으로 법원에 출두하게 되어 있는 날이지요. 그래서 어제 가볍게 저와 약속하신 미술 전람회 구경은 어렵겠네요. 만일 법원에 출두하지 않으신다면 말 한 마리 값도 더 되는 300루블의 벌금을 내셔야 하잖아요. 어젯밤 당신이 돌아가신 뒤 그 생각이 나서 편지를 드립니다.

공작 영애 M. 코르차기나

추신 : 어머니께서 아무리 늦더라도 당신의 저녁 접시는
치우지 않고 기다리시겠다고 하세요. 아무리 늦어도 꼭
와 주세요.

네흘류도프는 이맛살을 찌푸렸다. 벌써 두 달째 자신을 교묘
하게 엮어놓으려고 미시 코르차기나가 펼치고 있는 수법의 일
환이었다. 하지만 네흘류도프는 주저하고 있었다. 물론 10년
전에 카튜샤를 농락하고 배반한 사실 때문은 아니었다. 그는
그 사실을 까맣게 잊고 있었을 뿐 아니라 그 일이 결혼에 장애
가 되리라고는 전혀 생각하지 않았다. 그가 주저하고 있는 이
유는 그가 어느 유부녀와 맺고 있는 관계 때문이었다. 그는 그
관계가 끝났다고 생각하고 있었지만 상대방은 그 사실을 인정
해주지 않고 있었다.

그 여자는 어느 군의 귀족단장의 부인이었다. 그녀가 먼저
네흘류도프를 유혹해서 이루어진 관계였고 처음에는 그녀에게
깊이 빠졌던 네흘류도프였지만 점점 싫증이 났다. 하지만 부인

의 유혹을 냉정하게 뿌리치기 어려워 관계가 계속된 결과 이제 그녀의 동의 없이는 끊을 수 없는 상황이 되었으며, 바로 그 때문에 네흘류도프는 자신이 공작 영애에게 청혼할 자격이 없다고 생각하고 있었다.

그는 단장 부인에게 그녀를 위해서라도 둘 사이 관계를 끝내는 게 좋을 것이라는 편지를 보낸 뒤 답장을 기다리고 있는 중이었다. 하지만 아직 아무런 회답이 없었다. 그런 편지를 받고도 당장 달려오지 않는 것을 보면 좋은 징조일 수도 있다고 생각하며 그는 스스로를 위로했다.

아침 식사를 마친 그는 식당에서 나와 서재로 들어갔다. 서재 책상 위에는 또 다른 편지가 한 통 놓여 있었다. 영지 관리인이 보낸 편지였다. 어머니가 돌아가셨으니 상속 문제를 마무리하고, 영지 경영을 어떤 식으로 할 것인지 의논을 하러 한 번 와달라는 편지였다.

어머니가 돌아가시고 실질적 대지주가 된 네흘류도프의 심정은 약간 착잡했다. 그는 청년 시절 젊음의 열정과 결벽성 덕분에 토지 사유를 반대한다고 공공연히 말했으며 그런 취지의 논문을 쓰기도 했다. 그리고 실제로 아버지로부터 물려받은 토지를 농부들에게 나누어준 적도 있었다.

제1부

그러나 어머니의 토지를 물려받은 지금, 전처럼 행동하는 것은 불가능했다. 관청에 근무할 생각이 없으므로 토지가 그의 모든 생활의 터전이었을 뿐 아니라 몸에 밴 사치를 포기할 수도 없었다. 그리고 무엇보다 그런 결단을 내릴 이유가 없었다. 사람들을 깜짝 놀라게 하고 싶은 허영심과 열정이 이미 사라져 버린 때문이었다.

커피를 마시며 편지를 읽은 그는 공작 영애에게 답장을 쓰려 했다. 법정에는 11시까지 가면 될 것이었기에 시간이 있었다.

하지만 결국 그는 답장을 쓰지 못했다. 첫 번째 편지는 너무 다정한 것 같아서 찢어버렸고, 두 번째 쓴 편지는 너무 냉담하고 무례한 것 같아서 역시 찢어버렸다. 그는 하인을 불러 삯마차를 부르라고 지시한 뒤에 코르차기나 공작 영애 댁에서 온 심부름꾼에게 오늘 저녁에 방문하겠다고 전하라고 말했다.

하인이 나간 뒤 그는 과연 공작 영애와 결혼을 해야 할지 말아야 할지 갈등을 느꼈다. 도무지 답을 내릴 수 없었던 것이다.

네흘류도프는 생각했다.

'결혼을 하면 가정의 안락함을 얻을 수 있을 뿐 아니라 도덕적인 생활이 가능하다는 데 그 이점이 있다. 또한 가족은 공허

한 삶에 목적을 부여해줄 수 있다. 하지만 총각들이 두루 생각하듯, 결혼하면 자유를 잃을 수 있다. 그리고 불가사의한 동물인 여성 앞에서 느끼는 공포도 결혼을 주저하게 만든다.'

하지만 그가 망설이는 이유는 그것만이 아니었다. 그녀보다 더 마음에 들고 더 아름다우며 자신과 어울리는 여자가 나타날 수도 있지 않을까 하는 기대가 그의 망설임에 큰 몫을 했다. 또한 그녀가 이미 스물일곱 살이나 되었다는 것도 은근히 그를 망설이게 만들었다. 그녀가 스물일곱이나 되었으니 분명 그 누군가와 사랑을 했을 것 같아서였다. 아무리 과거의 일이라 할지라도 자기 외에 다른 남자와 사랑을 할 수 있었다는 사실을 그의 자존심이 용납하지 않았다.

그는 '어쨌든 마리야 바실리예브나(귀족단장 부인)와의 관계를 깨끗이 끝내기 전에는 아무것도 결정할 수 없어'라고 중얼거렸다. 그리고 급한 현안을 뒤로 미룰 수 있게 되어 다행이라며 마음이 편해졌다.

제4장

네흘류도프는 약간 늦은 시각에 법원에 출두해서 배심원실로 들어섰다. 배심원실에는 다양한 사람들이 열 명 정도 모여 있었다. 군복을 입은 퇴역 장교 한 명과 농민 복장의 한 명을 제외하고는 모두 프록코트나 양복을 입고 있었다. 모두의 얼굴에 사회적으로 중요한 일을 하고 있다는 만족감이 비치고 있었다.

네흘류도프가 들어서자 저마다 앞다투어 그에게 다가와 자기소개를 했다. 그는 평소 자기 자신이 남들보다 특별히 우월할 게 없다고 생각하는 편이었지만 이런 식으로 남들이 자기에게 경의를 표하는 것을 당연하게 여겼다. 게다가 누군가 자기에게 무례하게 굴었다가는 불쾌해지기도 했다.

네흘류도프가 늦게 도착했음에도 불구하고 개정까지는 한참을 기다려야만 했다. 재판관 한 명이 아직 도착하지 않아서 개정이 늦어지고 있었던 것이다. 네흘류도프가 약간 짜증이 나기 시작할 무렵 정리(廷吏)가 배심원실로 들어섰다. 정리는 인원을 일일이 확인한 뒤 배심원들을 법정으로 안내했다.

법정은 길고 널찍했다. 한쪽 끝 높은 곳에 층계가 셋인 단(壇)이 있었고 단 한가운데 테이블이 있었으며 테이블 뒤에 등받이가 높은 의자 셋이 놓여 있었다. 안쪽 벽에는 군도를 들고 있는 황제의 전신상 그림이 걸려 있었으며 오른쪽에는 가시 면류관을 쓴 그리스도 상을 모신 감실(龕室)이 있었고 그 아래 성서대가 놓여 있었다.

검사석은 성서대 바로 옆에 있었으며 왼편 안쪽 깊숙이 서기의 책상이 있었다. 방청석 가까이에 참나무를 깎아서 만든 칸막이가 있었고 바로 그 뒤에 피고석이 있었다. 단상 오른편으로는 배심원석이 있었으며 그 한 단 아래가 변호사석이었다.

배심원들이 들어와 착석한 뒤 얼마 안 있어 정리가 한가운데로 나가 "재판관 입정! 모두 기립!"이라고 크게 외쳤다. 방청객이 모두들 일어나자 재판관들이 단상으로 들어왔다. 턱수염을 기른 당당한 체격의 재판장에 이어 집안에서 무슨 일이 있었는지 우울한 표정의 재판관이 들어와 자리에 앉았고 그 뒤를 따라 언제고 지각을 밥 먹듯 하는 판사가 들어왔다. 오늘 개정이 늦은 것도 그 재판관 때문이었다. 재판관들에 이어 검사가 들어왔다.

모두 자리를 잡고 앉자 재판장이 테이블 위에 놓인 서류를 대충 훑어보면서 정리에게 피고들을 들여보내라 했다. 그러자 칸막이 뒤의 문이 열리며 군도를 찬 헌병 두 명이 죄수들을 데리고 들어왔다. 앞선 사람은 주근깨투성이에 붉은 머리칼의 사내였고 나머지 두 명은 여자였다. 그중 한 명은 창백한 얼굴에 눈썹도, 속눈썹도 없는 빨간 눈의 여자였다. 이어서 세 번째로 들어온 여자가 카튜샤 마슬로바였다.

카튜샤가 법정으로 들어서자 법정 안의 남자들은 그녀에게서 시선을 떼지 못했다. 하얀 얼굴에 빛을 발하듯 반짝이는 눈, 풍만하게 솟아오른 앞가슴이 그들의 눈길을 끌었던 것이다.

피고들이 피고석에 앉자 사제의 주도로 배심원 선서가 있었고, 절차에 따라 재판이 시작되었다. 재판장은 배심원들을 향해 그들의 의무와 권리에 대해 설명한 뒤에 피고들을 향해 얼굴을 돌리고 말했다.

"시몬 카르틴킨, 일어나시오."

시몬은 벌떡 일어났다. 그의 입술이 눈에 띨 만큼 심하게 떨리고 있었다.

"이름은?"

"시몬 표트로프 카르틴킨입니다."

그는 미리 연습이라도 한 듯 재빨리 카랑카랑한 목소리로 대답했다.

"신분은?"

"농부입니다."

"주소는?"

"툴라현, 크라피벤스키군, 쿠탄스카야면, 보르키 마을입니다."

"나이는?"

"서른넷입니다."

"종교는?"

"러시아 정교입니다."

"결혼은?"

"미혼입니다."

"하는 일은?"

"마브리타니야 여관에서 복도 심부름을 하고 있었습니다."

"자, 앉으시오."

카르틴킨은 재판장의 명령에도 뭔가 할 말이 더 있는 듯 선 뜻 자리에 앉지 않고 우물쭈물하다가 정리가 눈을 부라리자 우 물쭈물 자리에 앉았다.

"다음, 예브피미야 이바노브나 보치코바."

재판장의 말에 여죄수가 자리에서 일어났고 같은 질문이 이 어졌다.

보치코바는 43세의 여자로서 역시 마브리타니야 여관에서 하녀 일을 하고 있었다. 이어서 카튜샤 마슬로바의 차례가 되 었다.

재판장이 그녀에게 이름을 물었다.

"류보피예요."

코안경을 끼고 피고들을 유심히 바라보고 있던 네흘류도프 는 카튜샤에게서 눈을 뗄 수가 없었다.

'아니, 그럴 리가 없어. 그런데 류보피라고? 이게 대체 어찌 된 일이지?'

그는 몹시 당황하고 있었다.

재판장이 다음 질문을 하려 하자 옆에 있던 판사가 그를 제 지하며 귀에다 뭐라고 속삭였다. 화가 난 듯한 표정이었다. 그 러자 재판장이 고개를 끄덕였다.

"류보피라고? 여기 적힌 이름과 다르지 않은가?"

피고는 아무 대꾸도 하지 않았다.

"본명이 뭔가?"

피고는 여전히 말이 없었다.

"세례명이 뭐냐니까?"

옆에 있던 판사가 화를 내며 말했다.

"전에는 카테리나라고 불렸어요."

'아니, 그럴 리 없어!'

네흘류도프는 속으로 중얼거렸다. 하지만 그는 이제 그녀가 반은 고모의 피보호자였고 반은 하녀였던 바로 그 여자가 분명하다는 것을 알고 있었다. 그렇다! 그녀는 그가 한때 사랑했던, 진정으로 사랑했던 여자, 그런 뒤로 배신하고 버린 여자, 카튜샤 바로 그녀였다. 그 뒤로 그는 단 한 번도 그녀를 머리에 떠올린 적이 없었다. 그 일을 다시 떠올린다는 것은 그에게 고통스러운 일이 될 게 뻔한 때문이었다. 스스로 정직하고 고결한 사람이라는 것을 자랑으로 삼고 있던 그로서는, 자신이 한 여인에게 비열하고 역겨운 행동을 했음을 명백히 보여주는 그 일을 일부러 기억에서 지우려 노력했다.

재판장이 다시 입을 열었다.

"진작 그렇게 말해야지. 부칭(父稱)은?"

"전 사생아예요."

"그래도 대부 이름은 있겠지."

"미하일로바입니다."

"성은?"

"어머니 성을 따서 마슬로바라고 합니다."

"직업은?"

"아실 텐데요."

카튜샤는 생긋 미소 지으며 재빨리 재판정을 둘러보더니 다시 재판장에게로 시선을 향했다.

재판장이 묻고 그녀가 대답하는 사이 네흘류도프는 대체 그녀가 무슨 죄를 지어 이곳에 오게 된 것인지 궁금해서 견딜 수 없었다. 그의 마음속에서 복잡하면서도 사나운 갈등의 물결이 일고 있었다.

제5장

기초 심문이 끝나자 서기가 일어나서 기소장을 낭독했다. 기소장의 내용은 다음과 같았다.

18xx년 1월 17일, 마브리타니야 여관 주인은 그곳에 숙박하고 있던 상인 페라폰트 예멜리야노비치 스멜리코프가 갑작스레 사망했음을 경찰에 신고했다. 제4관구의 경찰의(警察醫)는 부검 결과 알코올 음료의 과다 복용으로 인한 심장파열이 사인이라고 밝혔다. 시체는 사망 3일 뒤에 매장되었다.

그가 죽은 지 나흘째 되는 날, 고인과 동향 사람이며 동업자인 티모힌이 페테르부르크로부터 돌아와 동업자의 사망에 얽힌 이야기들을 듣고는 고인의 돈을 노린 독살 혐의가 짙다고 의심을 표명했다. 그의 의심은 예심판사의 조사 결과 다음과 같이 사실로 밝혀졌다.

1. 사망 직전 스멜리코프는 은행에서 찾은 돈 3,800루블을 가지고 있었다.
2. 스멜리코프는 사망 전날 낮과 밤을 매춘부 류브카(일명 류보프, 본명 예카테리나 마슬로바)와 유곽과 마브리타니야 여관에서 보냈다. 그가 유곽에 머무는 동안 류브카는 그의 지시로 여관으로 돈을 가지러 와서, 복도 심부름꾼인 보치코바와 카르틴킨이 보는 앞에서 그가 준 열쇠로 그의 여행 가방을 열고 돈을 꺼냈다. 그때 앞서 말한 두 사람은 그 속에 100루블짜리 지폐뭉치가 들어 있는 것을 보았다.
3. 스멜리코프는 류브카와 함께 여관으로 돌아왔고, 류브카는 복도 심부름꾼인 카르틴킨이 준 하얀 가루약을 코냑 잔에 넣어 스멜리코프가 마시게 했다.
4. 이튿날 아침 매춘부 류브카는 스멜리코프에게서 선물로 받았다는 그의 다이아몬드 반지를 유곽 여주인 카

타예바에게 팔았다.

5. 여관 하녀 보치코바는 스멜리코프가 죽은 다음 날 은행에 1,800루블을 예금했다.

다음은 용의자 류브카의 진술 내용이다.

그녀는 상인의 심부름으로 여관에 가서 그의 가방을 열고 40루블의 돈을 꺼냈을 뿐이다. 두 사람이 보는 앞에서 돈을 꺼냈으므로 두 사람이 증명해줄 수 있다.

이어서 스멜리코프 독살 건에 대한 그녀의 진술이다.

그녀가 여관에서 두 번째로 상인의 방에 들어갔을 때, 카르틴킨이 강권하는 바람에 가루약 같은 것을 코냑에 넣어 그에게 마시게 한 것은 사실이다. 하지만 그 가루약을 수면제라고 생각했으며 그가 그것을 먹고 잠이 들면 좀 편해지겠다는 생각에서 한 짓이다. 돈은 한 푼도 갖지 않았으며 반지도 그가 그녀에게 준 것이라고 했다.

다음은 예브피미야 보치코바의 진술이다.

보치코바는 분실된 돈에 대해서는 아는 바가 전혀 없으며 스멜리코프의 방에 들어가지도 않았다고 진술했다. 류브카 혼자 그 방을 들락날락했으므로 뭔가 도둑을 맞았다면 그건 상인이 준 열쇠를 갖고 왔을 때 류브카가 저지른 짓이 틀림없다고 진술했다.

(이 대목에서 카튜샤는 부르르 몸을 떨며 어이없다는 표정으로 보치코바를 바라보았다.)

보치코바는 은행에 예금한 1,800루블이 어디서 생겼느냐고 묻자 결혼하기로 약속한 시몬 카르틴킨과 함께 10년 동안 모은 돈이라고 했다.

다음 카르틴킨의 진술이다.

그는 첫 진술에서 상인의 열쇠를 가지고 온 마슬로바의 사주를 받아 셋이 돈을 훔쳐 나누어 가졌다고 자백했다.

(순간 카튜샤가 부들부들 몸을 떨면서 벌게진 얼굴로 자리에서 일어나 뭔가 말하려 했으나 정리가 제지했다.)

그 진술에서 카르틴킨은 상인을 잠재우기 위해 마슬로바에게 가루약을 준 사실도 인정했다. 하지만 두 번째 진술에서 카르틴킨은 자신의 첫 번째 진술을 모두 부인하고 모든 것이 마슬로바의 단독 범행이라고 주장했다. 보치코바가 은행에 예금한 돈에 대해서도 그녀와 함께 10년 동안 여관에서 일하며 손님들이 팁으로 준 돈을 모은 것이라고 했다.

이어서 대질심문 기록, 증인들 진술, 감정인의 소견들에 대한 기록을 나열한 후, 공소장은 다음과 같이 결론을 내리고 있었다.

위의 사실에 따라 농민 시몬 표트로프 카르틴킨(34세), 평민 예브피미야 이바노브나 보치코바(43세) 및 평민 예카테리나 미하일로바 마슬로바(27세)는 18xx년 1월 17일 사전 공모하여 상인 스멜리코프의 은화 2,500루블과 반지를 훔치고, 그를 살해할 목적으로 독약을 먹여 죽였으므로 이를 유죄로 인정한다.

제6장

기소장 낭독이 끝나자 재판장은 잠시 판사들과 고개를 맞대고 뭔가 의논하더니 다시 엄숙한 표정으로 카르틴킨을 바라보며 입을 열었다.

"농민 시몬 카르틴킨, 피고는 18xx년 예브피미야 보치코바, 예카테리나 마슬로바와 공모하여 상인 스멜리코프의 가방에서 돈을 훔치고 그에게 비소를 먹여 독살한 죄로 기소되었다. 피고는 이러한 사실에 대해 유죄로 인정하는가?"

카르틴킨은 천부당만부당하다며 자신의 죄를 부인했다. 이어서 보치코바에게도 같은 질문이 이어졌고 그녀도 죄를 인정하지 않았다.

이어서 재판장은 카튜샤를 향하여 돈을 훔친 죄를 인정하느냐고 물었다. 그러자 그녀가 "저는 아무 죄도 없어요. 반지와 돈 모두 그 사람이 준 거예요"라고 재빨리 대답했다.

　재판장이 물었다.

　"그렇다면 상인 스멜리코프에게 가루약을 술에 타서 마시게 한 죄는 인정하는가?"

　"네, 그건 인정해요. 하지만 그 가루가 수면제일 뿐 아무 해도 없다는 저 사람들 말을 듣고 그렇게 한 거예요. 사람이 죽으리라고는 생각도 못했고, 그런 건 바라지도 않았어요. 하느님께 맹세코 말씀드리지만 그런 건 꿈에도 생각 못 했어요."

　"그렇다면 돈과 반지를 훔친 건 인정하지 않지만 가루약을 술에 탄 것은 인정한단 말이지?"

　"네, 인정해요. 하지만 저는 그게 수면제인 줄 알았어요. 그분을 잠들게 하려고 술에 탄 거예요."

　순간 재판장은 눈길을 검사에게 향했다. 질문의 권리를 그에게 양보한다는 뜻인 것 같았다. 그러자 검사가 카튜샤에게는 눈길도 주지 않은 채 말했다.

　"저는 피고가 시몬 카르틴킨과 전부터 아는 사이였는지 묻고 싶습니다."

　그러자 재판장이 알았다는 듯 카튜샤에게 그 질문을 되풀이

했다. 카튜샤는 두려운 눈길로 검사를 바라보았다.

"네, 손님이 있을 때 저를 몇 번 불러주었으니까요."

그러자 검사가 눈을 가늘게 뜨고 말했다.

"내가 묻고 싶은 건, 왜 카르틴킨이 다른 여자는 제쳐두고 유독 피고를 불렀나 하는 거요."

"모르겠어요. 제가 그걸 어떻게 알겠어요."

카튜샤는 대답한 뒤 두려운 눈길로 주변을 둘러보다가 네흘류도프에게서 그 눈길이 잠시 멈추었다.

'혹시 나를 알아보았을까?'

네흘류도프는 일시에 피가 얼굴로 몰리는 것을 느끼며 두려움에 젖어 생각했다.

"그렇다면 피고는 카르틴킨과 별 다른 사이가 아니라는 말이로군요. 좋아요. 더 이상 질문 없습니다."

이어서 재판장은 왜 돈을 가져오라는 심부름을 하게 되었는지, 피고가 돈을 꺼낼 때 그 안에 돈이 얼마쯤 있는 것 같았는지, 어떻게 해서 다시 여관으로 가게 되었는지, 어떻게 술에 약을 타게 되었는지 상세히 물었다. 카튜샤는 묻는 대로 성실하게 대답했지만 재판장은 이미 공소장에 나온 내용을 확인하려는 절차에 불과할 뿐 그녀의 말에 귀를 기울이는 것 같지 않았다. 그녀는 술에 약을 타게 된 경위에 대해 이렇게 설명했다.

"저를 너무 놔주지 않기에 정말 피곤했어요. 저는 너무 지쳐서 복도로 나왔어요. 그리고 저 두 사람에게 이제 그만 돌아가고 싶다고 말했어요. 그랬더니 시몬 카르틴킨이 제게 말했어요. '우리도 저 손님 때문에 죽을 지경이야. 수면제라도 먹일까? 그러면 너도 돌아갈 수 있을 거 아니야.' 그러더니 그가 제게 약봉지를 주었어요. 저는 그게 수면제인 줄만 알았어요. 제가 방으로 들어오자 그분이 코냑을 가져오라고 했고 저는 제 잔과 그 분 잔에 술을 따르고 그분 잔에만 약을 넣었어요. 그게 독약인줄 알았다면 제가 어떻게 그런 짓을 할 수 있었겠어요?"

그러자 재판장이 다시 물었다.

"그래, 반지는 어떻게 피고가 갖게 된 거지?"

"그분을 따라 여관방에 들어갔는데 제가 그냥 돌아가려고 하니까 그분이 제 머리를 때렸어요. 그러고는 제 빗을 부러뜨리고 말았어요. 전 울면서 돌아가겠다고 했어요. 그랬더니 그 분이 손가락에 끼고 있던 반지를 빼더니 제게 주면서 돌아가지 말라고 했어요."

그러자 검사가 재판장에게 몇 가지 물어볼 게 있다고 허락을 구한 뒤에 카튜샤에게 물었다.

"피고가 스멜리코프의 방에 얼마 동안 머물러 있었는지 알고 싶군."

카튜샤는 겁에 질린 표정을 지으며 검사와 재판장에게 두려운 눈길을 번갈아 보냈다.

"얼마 동안이었는지 기억이 안 나요."

"좋아. 그렇다면 다른 걸 묻지. 피고는 스멜리코프의 방에서 나온 뒤에 다른 방에는 들르지 않았나?"

"옆의 빈방에 들렀어요."

"그래, 거긴 왜 간 거지?" 갑자기 검사가 날카롭게 물었다.

"좀 쉬면서 마차를 기다리려고요."

"그때 카르틴킨도 그 방에 함께 있었나?"

"네, 함께 있었어요."

"그래, 뭘 했지?"

"상인이 남긴 샴페인이 있어서 함께 마셨어요."

"음, 함께 술을 마셨다? 좋아. 더 이상 질문 없습니다."

말을 마친 검사는 피고가 옆의 빈방에 카르틴킨과 함께 들렀다는 진술을 자신의 논고에 재빨리 적어 넣었다.

"피고는 더 할 말이 없는가?" 재판장이 물었다.

"네, 더 이상 드릴 말씀이 없어요."

재판장은 서류에 뭔가 끼적였다. 그때 옆에 앉은 판사가 재판장에게 뭔가 귓속말을 했다. 그러자 재판장은 10분간 휴정을 선언하더니 자리에서 일어나 재빠르게 퇴정했다. 옆의 판사가 속이 좀 좋지 않아 물약을 마시고 싶다고 했기에 휴정을 선언한 것이었다.

재판관들이 나가자 배심원과 변호사, 증인들도 모두 일어나 뿔뿔이 흩어졌다.

네흘류도프는 배심원실로 돌아와 창가에 앉았다.

제7장

그렇다, 그녀는 카튜샤였다. 그렇다면 네흘류도프와 카튜샤의 관계는 어떤 것이었을까? 그 전말은 다음과 같다.

네흘류도프는 대학 3학년 때 고모들 집에서 여름을 보낸 적이 있었다. 방학을 즐기면서 토지 사유에 관한 논문을 준비하기 위해서였다. 그때 그는 카튜샤를 처음 만났다.

그는 해마다 어머니의 소유지에서 누나와 함께 여름을 보내곤 했었다. 그런데 그 해에는 누나가 결혼을 했고 어머니도 외국으로 휴양을 갔기에 고모네 집으로 온 것이다.

고모의 영지에 머물러 지내던 그 여름, 네흘류도프는 젊은이라면 맛볼 수 있는 인생 최고의 축복받은 시절을 보내고 있었다. 그 시기의 젊은이라면 생전 처음으로 외부의 인도 없이도 온갖 삶의 아름다움과 의미를, 한 인간에게 주어진 과업의 중요성을 자각하게 된다. 그는 자아뿐 아니라 이 세계가 완성을 향해 끝없이 발전할 수 있는 가능성을 발견하게 되며, 이 과업을 이룰 수 있다는 희망에서, 더 나가 자신이 꿈꾸는 이상을 실현할 수 있다는 확신에 차서 모든 일에 전력을 다하게 된다.

그 해에 그는 학교에서 영국 철학자 허버트 스펜서의 사회 비평에 관한 글을 탐독하면서, 그 자신이 대규모 토지를 소유하고 있던 만큼 토지 사유에 대한 그의 이론에 크게 감명 받았다. 그의 아버지는 부자가 아니었지만 어머니는 1만 에이커에 달하는 토지를 결혼지참금으로 가지고 시집을 왔다. 당시 그는 토지 사유가 얼마나 잔인하고 부당한 짓인가를 알게 되었다. 그는 양심의 요구에 따른 행동에서 드높은 정신적 기쁨을 느낄 줄 알던 젊은이였기에 아버지로부터 물려받은 토지의 소유권을 포기하고 농민들에게 나누어주었다. 그리고 그는 바로 그 주제로 논문을 쓰고 있었다.

오전에는 주로 들과 숲을 산책하고, 오후에는 승마를 하거나 보트를 타고, 밤에는 책을 읽거나 고모들과 어울려 카드놀이를 하는 것이 그의 일과였다. 그리고 삶에 대한 환희로 가슴이 벅

차올라 밤에는 잠을 잘 이루지 못했다. 논문을 쓴다는 것은 겉으로 내세운 명분일 뿐 정작 논문을 쓰기 위해 책상에 앉아 있는 시간은 아침 커피를 마신 뒤 잠깐일 뿐이었다.

고모네 집에서 그렇게 평화롭고 행복하게 지내던 처음 한 달 동안 그는 반은 몸종이며 반은 양딸이기도 한 까만 눈동자의 카튜샤를 전혀 의식하지 않았다. 홀어머니 슬하에서 자란 열아홉 살의 네흘류도프는 아직 순진무구한 젊은이였다. 그가 그리고 있는 여자란 오로지 아내로서의 여자 딱 한 종류뿐이었다. 그런 그에게 그가 결혼할 수 없는 다른 여자들은 여자가 아니라 그저 한 인간일 뿐이었다.

하지만 네흘류도프도, 카튜샤도 청춘남녀였다. 그 여름 승천 대축일에 우연히 이웃에 사는 여지주가 나이 찬 두 딸과 중학생 아들, 자기 집에서 지내는 농부 출신 화가와 함께 고모네 집에 나들이를 오게 되었다. 네흘류도프와 카튜샤는 그들과 함께 술래잡기 놀이를 했고, 둘은 함께 숨게 되었다. 네흘류도프와 카튜샤는 보다 멀리 숨기 위해 숲을 향해 달렸고 그러다 네흘류도프가 넘어져 쐐기풀에 손을 찔리고 말았다. 카튜샤가 얼른 그의 손을 마주 잡았고 그 순간 시작되었다. 이 순진한 젊은이와 청순한 소녀는 단번에 서로 좋아하는 사이가 되었던 것이다.

이제 네흘류도프는 카튜샤가 자기 방으로 들어오거나 멀리서 그녀의 하얀 앞치마가 눈에 띄기만 해도 가슴이 울렁거리며 세상 모든 것이 환하게 빛나는 것처럼 보였다. 어머니에게서 언짢은 핀잔의 편지가 오거나 논문이 제대로 되지 않아 우울할 때도, 카튜샤가 가까이 있다, 그녀를 볼 수 있다라는 생각만 해도 우울한 감정은 순식간에 멀리 사라져버렸다. 그리고 그것은 카튜샤도 마찬가지였다.

카튜샤는 해야 할 일이 많은 와중에도 틈틈이 책을 읽었다. 네흘류도프는 자신이 다 읽고 난 도스토예프스키나 투르게네프의 소설들을 그녀에게 빌려주곤 했고, 그녀는 재미있게 읽었다. 둘은 사람들 눈에 띄지 않게 수시로 만나 이야기를 나누었지만, 젊은 연인들이 그렇듯 입보다는 눈으로 말을 했으며, 그러다가는 어색해져 황급히 헤어지곤 했다.

둘의 이런 관계는 네흘류도프가 고모들 댁에 머무는 동안 죽 계속되었다. 고모들은 그들의 관계를 눈치 채고 외국에 나가 있는 네흘류도프의 어머니에게 편지를 쓰기도 했다. 또한 마리야 고모는 혹시 둘이 육체관계라도 맺지 않았는지 은근히 걱정하기도 했다.

하지만 그건 기우였다. 그는 단 한 번도 그녀의 육체를 소유하고 싶다는 생각을 해본 적이 없었을 뿐 아니라 그런 생각을 한다는 것 자체를 두려워했다. 한편 소피야 고모는 드미트리 네흘류도프가 지나치게 순진하고 고집이 세기 때문에 신분이나 상황 따위는 무시한 채 순수한 사랑만으로 결혼하려 들지나 않을까 은근히 걱정하고 있었고, 그 걱정은 나름대로 일리가 있었다.

만일 당시 네흘류도프가 그녀를 향한 사랑을 분명히 의식하고 있었거나, 주위 사람들이 카튜샤 같은 여자와 가까이 하면 안 된다고 그에게 주의를 주고 설득하려들었다면 아마 그는 상대방의 신분이 어떠하든 간에 자기가 사랑하는 한 결혼하지 못할 이유가 없다고 간단하게 마음을 정했을지도 모른다. 그러나 고모들이 전혀 그런 내색을 안 했기에 네흘류도프는 자신이 카튜샤를 얼마나 사랑하는지 의식조차 못한 채 그녀 곁을 떠난 것이다.

그는 고모의 집을 떠날 때 고모들과 함께 현관 앞 층계에 서서 약간 사팔눈에 눈물을 글썽이는 그녀의 모습을 보고 이제 두 번 다시 만나지 못할 아름답고 소중한 것을 남겨두고 가는 것 같아 못 견디게 슬펐다.

"잘 있어, 카튜샤. 모든 게 고마웠어."

그가 사륜마차에 오르며 말했다.

"안녕히 가세요, 드미트리 이바노비치!"

그녀는 평소와 다름없이 명랑한 목소리로 인사한 뒤, 혼자 마음껏 울 수 있는 방 안으로 뛰어 들어갔다.

제8장

그 후 3년 동안 네흘류도프는 카튜샤를 보지 못했다. 그가 그녀를 다시 만나게 된 것은 그가 장교로 임관되어 소속 부대로 가는 도중 고모네 집에 잠깐 들렀을 때였다. 하지만 그는 이미 이전의 그가 아니었다.

3년 전만 해도 그는 좋은 일을 위해 자신을 희생할 준비가 되어 있는 선량하고 이타적인 젊은이였다. 하지만 지금 그는 이기적이고 자신의 쾌락만을 찾는 타락한 사람으로 변해 있었다. 전에 그는 자연과 더불어 호흡하며 선인들(시인, 철학자)을 보고 배우는 게 중요하다고 생각했었다. 그러나 이제는 인간 사회의 제도들이나 현재 만나고 있는 사람들과의 교제가 더 중요해졌다. 이전에 여자란 신비로운 존재였고 그렇기에 매혹적이었다. 하지만 지금은 아내를 제외한 모든 여자들이 매우 단순한 존재로 변해버렸다. 즉, 여자란 그가 겪은 향락 중에서 최고였을 뿐이었다. 이전에는 돈이 별로 필요 없어서, 어머니가 보내주는 돈의 3분의 1만으로도 충분했다. 하지만 지금은 어머니가 매달 보내주는 1,500루블로도 모자랐다. 전에 그는 정신적 자아가 자신의 진정한 자아라고 생각하고 있었으나 지금은 건강하고 튼튼한 동물적 자아를 자신의 자아로 여기고 있었다.

이 모든 변화는 어디서 온 것일까? 바로 자기 자신을 믿지 못하고 남들을 믿는 데서 비롯된 것이다. 그리고 그가 남들을 믿게 된 것은 스스로 자신의 삶을 개척해나가는 것이 너무 어려운 때문이었다. 그런데 남들을 믿어버리면 스스로 결정해야 할 문제도 없었고, 따라서 고민할 필요도 없었다. 이미 모든 것이 결정되어 있었다. 그리고 그것들은 대개 정신적 자아가 아니라 동물적 자아를 만족시켜주는 것들이었다.

그뿐 아니었다. 자신을 믿고 행동한다는 것은 늘 주변 사람들의 비판과 검열에 놓인다는 것을 뜻했다. 반대로 이미 내려진 결정을 따르면 모두들 그의 행동에 동의했다.

예를 들어 네흘류도프가 인생이나 신, 진리, 부(富)에 대해 말하면 주위 사람들은 당치않은 이야기이거나 웃음거리로 여겼다. 심지어 어머니와 고모들은 그를 '아이고, 우리 철학자님'이라고 놀리기도 했다. 반대로 그가 가벼운 소설이나 스캔들, 우스꽝스러운 연극들에 대해 재미있게 이야기하면 모두들 그를 칭찬했다. 그가 검소한 생활을 하면 이상한 눈으로 보면서 허영이요 위선이라고 손가락질 했고, 그가 사치를 하면 그의 안목을 칭송하며 값진 물건들을 선물해주기도 했다. 그가 결혼 때까지 동정을 지키겠다고 했을 때 그의 친구들은 그의 건강을 걱정했으며, 그가 친구의 프랑스 여자를 가로챘을 때 그의 어머니는 오히려 기뻐했다.

처음 얼마 동안 네흘류도프는 이른바 주위의 시선과 평판에 맞서기도 했다. 하지만 그 싸움은 그에게는 너무 무리였다. 그가 선이라고 믿고 있던 것이 남들에게는 악이었고, 그가 악이라고 믿었던 것을 남들이 너무 굳세게 믿고 있던 때문이었다. 그리고 그들의 생각과 행동을 따라하면서 그는 점점 더 큰 위안을 느꼈다. 게다가 그는 쉽게 순응하는 성격이었다. 그는 쉽게 주변 사람들의 생활 속으로 뛰어들어 자기 정신과 마음속 외침을 완전히 외면해버렸다. 네흘류도프가 고모들 집에 다시 들렀을 때는 그렇게 전과는 완전히 다른 사람이 되어 있었던 것이다.

그가 고모네 집에 들른 것은 그가 합류하려는 소속 연대로 가는 길에 고모네 집이 있기 때문이었고 고모들이 간곡히 부탁한 때문이었다. 하지만 무엇보다도 그는 카튜샤를 한번 보고 싶었다. 아마도 그의 마음속에는 이미 카튜샤를 향한 음흉한 의도가 숨어 있는지도 몰랐다. 하지만 그는 자신의 그 숨겨진 의도를 인정하지 않았다. 그는 언제나 자신을 행복과 기쁨에 젖게 했던 그곳에 다시 한번 가보고 싶을 뿐이며 즐거운 추억을 남겨준 사랑스러운 카튜샤를 한번 보고 싶어 그곳에 들르는 것뿐이라고 생각했다.

그가 고모네 집에 도착한 것은 눈이 완전히 녹은 3월 말 금요일이었다. 비가 세차게 퍼붓는 바람에 옷이 젖고 몸이 떨렸지만 그 당시 늘 그러했듯이 그는 원기 왕성했고 씩씩했다. 그의 마차가 저택 뜰로 들어섰을 때 그는 당연히 카튜샤가 마중 나올 줄 알았다. 하지만 밖으로 나온 것은 맨발의 하녀와 소피야 고모였다.

"어서 오거라, 얘야. 자, 어서 방으로 들어오너라. 옷이 흠뻑 젖었구나. 어휴, 이제 정말 어른이 다 되었네……. 얘, 카튜샤, 어서 커피 좀 내오너라!"

"네, 곧 가져갈게요."

복도 쪽에서 귀에 익은 명랑한 목소리가 들려왔다. 네흘류도프는 가슴을 두근거리며 '그래, 그녀가 있어!'라고 속으로 외쳤다. 마치 구름 사이로 태양이 고개를 내민 것 같았다. 그는 하인의 안내로 옷을 갈아입으려 전에 쓰던 자기 방으로 들어갔다.

그가 옷을 다 갈아입었을 때 발걸음 소리에 이어 문 두드리는 소리가 들렸다. 네흘류도프는 그 발걸음 소리도, 노크 소리도 귀에 익었다. 그렇게 걷거나 문을 두드리는 것은 그녀뿐이었다.

"들어와요."

전보다 더 매력적인 여성이 된 바로 그녀, 카튜샤였다. 그녀는 약간의 사팔기가 있는 검은 눈을 크게 뜨고 전처럼 그를 올려다보고 있었다. 앞치마를 두른 그녀의 두 손에는 비누와 수건 두 장이 들려 있었다. 그녀는 그를 다시 본 기쁨에 반가운 미소를 짓고 있었으며 전처럼 입술을 오므리고 있었다.

"안녕하셨어요, 드미트리 이바노비치! 잘 지내셨어요?" 그녀는 겨우 입을 떼어 말하더니 얼굴을 붉혔다.

"아, 덕분에. 그래, 잘 있었……소?"

그는 그녀에게 반말을 해야 할지, '당신'이라고 해야 할지 몰라 어정쩡하게 말했다.

그녀는 비누와 수건을 건네주고 곧바로 방에서 나갔다.

애당초 그는 고모네 집에서 하루만 머물 작정이었다. 하지만 카튜샤를 보자 생각이 싹 바뀌었다. 그는 예수 부활 대축일을 이곳에서 지내야겠다고 마음먹고 오제사에서 만나기로 한 동료 셴보크에게 이곳으로 와달라고 전보를 쳤다.

그는 카튜샤를 보자마자 이전의 감정이 되살아났다. 예전처럼 그녀의 하얀 앞치마만 보아도 가슴이 두근거렸고 그녀의 걸음 소리, 목소리, 웃음소리만 들어도 마음이 따스해졌다. 자두처럼 반짝이는 그녀의 두 눈을 볼 때마다, 웃음 짓는 그녀의 얼굴을 볼 때마다 마음이 부드러워졌으며, 특히 자신을 만날 때마다 얼굴을 붉히는 그녀의 모습을 보고는 가슴이 설레었다.

네흘류도프는 자신이 사랑에 빠진 것을 알았다. 하지만 그것은 예전에 느꼈던 그런 사랑은 아니었다. 예전의 그에게 사랑은 자기 자신에게조차 감히 자기가 사랑하고 있다고 고백할 수 없을 정도로 신비스러운 그 무엇이었다. 그리고 사랑은 일생에 단 한 번 하는 것이라고 믿고 있었다. 지금 그는 자신이 사랑한다는 것을 알고 있었고, 그것이 즐거웠다. 그는 스스로 인정하지 않는 척했지만 이 사랑이 어떤 것인지, 그 결과가 어떠한 것인지도 잘 알고 있었다.

　네흘류도프에게도 다른 사람들과 마찬가지로 두 개의 자아가 있었다. 그중 하나는 정신적 자아로서 자신의 행복을 추구하면서 남들도 행복으로 이끄는 자아이고 다른 하나는 동물적 자아로서 오로지 자신의 행복만을 추구하고 그것을 위해서는 이 세상 그 어느 것도 희생시킬 준비가 되어 있는 자아였다. 페테르부르크의 생활이 몸에 배어 있던 당시, 네흘류도프는 동물적 자아가 정신적 자아를 완전히 압도하고 있었다. 그런데 카튜샤를 보고 옛 감정이 되살아나자 억눌려 있던 정신적 자아가 고개를 쳐들고 자신의 권리를 주장하기 시작했다. 따라서 부활제가 있기까지 이틀 동안 네흘류도프는 자신도 의식하지 못하면서 끊임없이 내면의 갈등을 겪었다.

　드디어 부활절 축제일이 되었다. 네흘류도프도 교회에 갔다. 그날 아침의 미사는 그의 일생에서 가장 빛나고, 가장 생생한 추억 중의 하나가 되었다. 온통 축제 분위기에 모든 것이 장엄하고 즐겁고 아름다웠다. 금실로 십자가를 수놓은 은색 법의를 입은 사제도, 머리에 번들번들 기름을 바르고 한껏 성장(盛裝)을 한 성가대도, 마치 무도곡처럼 들리는 즐거운 노랫소리도, 꽃으로 장식한 세 자루의 촛불을 들고 "예수, 부활하셨네……. 예수, 부활하셨네……"라며 사람들에게 축복을 내리는 사제도 모두 한 없이 아름답기만 했다. 하지만 무엇보다 아름다웠던 것은 흰 옷에 하늘색 띠를 두르고 검은 머리에 빨간 리본을 달고 기쁨으로 두 눈을 반짝이고 있는 카튜샤였다.

마치 지금 이 교회의 모든 것이 카튜샤를 위해 존재하는 것 같았으며, 그녀가 모든 것의 중심이었고 그녀 외 모든 것은 무시해도 좋을 것 같았다. 성화(聖畵) 테두리도 그녀를 위해 금빛으로 빛나고 있었고 샹들리에나 촛대의 불꽃도 그녀를 위해 타오르고 있었으며 "주님, 부활하셨네"라는 찬송가도 그녀를 위해 불리고 있었다. 이 세상 모든 것이 카튜샤 그녀를 위해 존재하는 것 같았으며 그녀 본인도 그 사실을 알고 있는 것 같았다.

미사가 끝나고 네흘류도프가 밖으로 나오자 거지들이 교회 밖에 있었고 카튜샤가 그들 앞에 서 있었다. 카튜샤는 그중 한 명에게 손수건에 쌌던 것을 주더니 그에게 세 번 입맞춤을 했다. 바로 그때 그녀의 눈이 네흘류도프의 눈과 마주쳤다. 마치 '내가 이렇게 해도 되는 건가요?'라고 묻고 있는 것 같았다.

'암, 되고말고. 모든 것이 다 좋아, 카튜샤. 모든 것이 다 아름다워. 사랑해.'

네흘류도프는 눈으로 그렇게 화답했다. 그날 그는 카튜샤에게 세 번 축제의 입맞춤을 했다. 그리고 둘이 서로 마주보며 미소를 나누었다.

남녀 간의 사랑에는 그 사랑이 정점에 도달하는 순간이 있다. 그 순간 모든 것이 무의식적이 되고, 분별력도 없어지며 감각도 없어진다. 오늘 예수 부활 대축일의 밤이 네흘류도프에게 바로 그런 밤이었다. 그의 마음을 온통 카튜샤가 차지하게 되자 그 외 모든 것은 다 가려져 보이지 않았다. 윤기 있게 반짝이는 검은 머릿결, 균형 잡힌 몸매와 아직 채 성숙하지 않은 가슴을 감추고 있는 주름 잡힌 흰 옷, 발그스레한 두 뺨, 부드럽게 빛나는 검은 눈동자, 그 모든 것에 순수함이, 순결한 사랑이 깃들어 있었다.

그 사랑은 네흘류도프만을 향한 것이 아니라 이 세상 모두를, 이 세상 모든 것을 향한 사랑이었고 그는 그것을 알고 있었다. 그 사랑은 좋은 것, 아름다운 것만을 향한 것이 아니라 이 세상에 존재하는 모든 것, 그녀가 입을 맞춘 거지에게도 향한 그런 사랑이었다. 네흘류도프는 자신의 내부에도 그런 사랑이 있음을 깨달았다. 그는 그 사랑 속에서 자신과 그녀가 하나로 결합되었음을 느꼈다.

아, 모든 것이 그날 밤 그들이 함께 도달했던 그 지점에서 멈출 수 있었다면!

'그래, 그 무서운 일은 모두 그날 밤 이후에 생긴 거야.' 네흘류도프는 배심원 대기실 창가에 앉아 생각했다.

제9장

그날 교회에서 돌아온 후, 네흘류도프는 잔치에서 마신 술 때문에 옷도 벗지 않은 채 잠들어 있었다. 얼마 뒤 누군가 문 두드리는 소리에 그는 잠에서 깨어났다. 그는 카튜샤임을 알 수 있었다.

"카튜샤? 들어와요."

그녀가 문을 열었다.

"저녁 식사 준비됐어요."

그는 침대에서 일어났다. 그녀는 아직 교회에서 입었던 흰 옷을 그대로 입고 있었고 얼굴은 여전히 밝게 빛나고 있었다.

침대에서 일어난 네흘류도프는 느닷없이 그녀의 허리를 껴안았다. 그 순간 그는, 이런 경우에 누구나 할 수 있는 행동이라며 스스로를 격려했다.

그녀는 겁먹은 눈으로 그를 바라보았다.

"안 돼요, 드미트리 이바노비치. 이러시면 안 돼요."

그녀의 얼굴이 새빨개졌으며 눈물을 글썽이고 있었다. 그녀는 자신의 허리를 안고 있는 그의 손을 거칠게 힘껏 뿌리치려 했다.

네흘류도프는 손을 풀었다. 그는 어색했고, 부끄러웠으며, 자신이 혐오스러웠다. 그는 그런 그 자신을 믿었어야 했다. 만일 그랬다면 자신이 느낀 그 혼란과 부끄러움이 최선의 상태에서 자신의 영혼이 느낀 감정이라는 것, 그 감정은 영혼의 자유를 요구하고 있다는 것을 알 수 있었을 것이다. 하지만 그는 자신이 어리석기에 그런 부끄러움을 느낀다고 생각했다. 그리고 다른 사람들과 마찬가지로 행동해야 한다고 생각했다. 그는 도망치는 그녀의 뒤를 쫓아가, 그녀의 목덜미에 입을 맞추었다.

하지만 이번 입맞춤은 교회 앞에서 했던 입맞춤과는 다른 것이었다. 그것은 무서운 입맞춤이었고 카튜샤도 그것을 느꼈다.

"아, 왜 이러시는 거예요?"

녀는 마치 소중한 그 무엇이, 다시는 되돌이킬 수 없이 깨져 버리고 만 것 같은 어조로 외치더니 그대로 달아나버렸다.

식사를 마치고 다시 방으로 돌아온 그는 억누를 수 없는 흥분에 휩싸여 있었다. 그의 마음속에 도사리고 있던 동물적 자아가 완전히 깨어나, 오늘 아침 그를 지배하고 있던 정신적 자아를 완전히 정복해버린 것이다. 그는 이 동물적 욕구를 만족시키기 위해 그 무언가를 해야 한다고 생각하고 그 실행 방법을 궁리하기 시작했다. 하지만 그녀는 줄곧 그를 피했고 그는 그녀에게서 한 시도 눈을 떼지 않았다.

밤이 찾아왔다. 고모들도 잠자리에 들었고 하녀 방에는 카튜샤 혼자 있으리라는 것을 네흘류도프는 알고 있었다. 그는 자리에서 일어나 현관 앞 계단으로 나갔다. 네흘류도프는 계단을 내려가 하녀 방 앞으로 갔다. 방 안에는 작은 등불이 켜져 있었으며 창을 통해 보니 카튜샤가 탁자 앞에 앉아 뭔가 골똘히 생각에 잠겨 있었다. 네흘류도프는 꽤 오랫동안 그런 그녀의 모습을 바라보고 서 있었다.

뭔가 갈등에 사로잡혀 있는 것 같은 그녀의 모습을 보고 네흘류도프는 잠시 그녀가 측은하게 여겨졌다. 하지만 이상하게도 그녀를 향한 연민이 오히려 그의 욕망을 부채질했다.

그는 창문을 가볍게 두드렸다. 그러자 카튜샤가 마치 감전이라도 된 듯 몸을 부르르 떨었다. 얼굴은 공포로 질려 있었다. 그는 창문으로 다가가 유리에 얼굴을 댔다. 그의 얼굴을 알아보고도 그녀의 눈에서 공포의 빛은 여전히 지워지지 않고 있었다. 네흘류도프는 그녀에게서 그런 표정은 본 적이 없었다. 그녀의 표정은 제발 이대로 돌아가 달라고 사정하는 것 같았다. 네흘류도프는 자기 방으로 돌아왔다. 하지만 도저히 잠을 이룰 수 없었다.

그는 다시 밖으로 나가 하녀의 방으로 갔다. 불은 꺼져 있었고 아무것도 보이지 않았다. 고모님들 잠자리를 보러 갔던 하녀가 돌아와 옆방에서 자고 있을지 모르니 소리를 내면 안 되었다. 그는 숨소리를 죽이고 5분가량 서 있었다. 가만히 귀를 기울이자니 하녀가 고르게 숨을 쉬는 소리가 들렸다. 잠든 게 분명했다. 그는 카튜샤의 방문 앞으로 갔다. 아무 소리도 들리지 않았다. 숨소리가 들리지 않는 것으로 보아 잠들지 않은 게 분명했다. 그가 낮은 목소리로 "카튜샤"라고 속삭이자 그녀는 화들짝 놀라며 화난 목소리로 제발 가달라고 애원했다.

"무슨 짓이에요? 고모님들이 듣겠어요. 옆방에서 자고 있는 마트료나가 깨면 어떻게 해요?"

하지만 네흘류도프에게는 그녀의 애원이 마치 "나는 이제 당신 거예요"라는 속삭임처럼 들렸다.

"그러니까 잠깐 문을 열어줘. 제발 부탁이야."

그는 자기가 무슨 말을 하는지도 모르는 채 되풀이하며 말했다. 이어서 열쇠 더듬는 소리가 들리더니 찰칵 열쇠 돌아가는 소리가 들렸다. 그는 카튜샤를 덥석 안더니 그대로 밖으로 나왔다.

"아, 왜 이러세요?"

하지만 그는 그녀의 말은 듣지 않고 자기 방으로 그녀를 안고 왔다.

"어머, 안 돼요! 놔주세요."

하지만 말과는 달리 그녀의 몸은 이미 네흘류도프의 몸에 밀착해 있었다.

얼마 후 그녀가 말없이 몸을 바들바들 떨면서 자기 방에서 나가자 네흘류도프는 현관 밖으로 나와 방금 일어난 일의 의미를 자신에게 물었다. 이미 날이 밝아오고 있었으며 아래쪽 강가에서 얼음 갈라지는 소리, 거친 바람 소리, 물 흘러가는 소리가 들렸다. 안개가 서서히 흩어지기 시작하면서 이제 막 떠오른 그믐달이 무언가 검고 무서운 것을 뿌옇게 비추고 있었다.

'도대체 무슨 일이 벌어진 거지? 내게 커다란 기쁨이 찾아온 것일까, 아니면 불운이 찾아온 것일까?'라고 그는 자문했다.

'별거 아닐 거야. 누구에게나 일어날 수 있는 일이지'라고 생각하며 그는 다시 침실로 돌아갔다.

이튿날 그의 친구 셴보크가 화려한 옷차림으로 그곳에 왔다. 그의 세련된 태도, 명랑한 성격, 대범함에 고모들은 완전히 매료되었다. 그는 단 하루만 그 집에서 묵은 뒤 네흘류도프와 함께 떠났다. 부대 복귀 시일이 임박한 때문이었다.

고모네 집에서 마지막으로 하루를 지내면서 네흘류도프는 두 가지 감정에 사로잡혀 있었다. 그중 하나는 그를 정욕에 사로잡히게 했던 동물적 욕망에 대한 회한이었다. 그것은 카튜샤와 관계를 맺은 뒤 기대했던 만큼의 충족감을 느끼지 못한 데서 오는 감정이었다. 다른 한 가지는 뭔가 좋지 못한 일을 저질렀다는 자책감이었고, 그는 뭔가 보상을 해야겠다고 생각했다.

하지만 그것은 엄밀히 말해 그녀를 위해 그 무언가를 하겠다는 것이 아니었다. 오로지 자기만족을 위한 것이었다. 그는 자신이 카튜샤에게 저지른 짓을 사람들이 알면 얼마나 자신을 비난할까 염려했을 뿐 그녀가 마음속으로 어떤 고통을 느끼고 있으며 그녀의 앞날이 어떻게 될 것인지는 전혀 생각하지 않았다.

셴보크는 자기와 카튜샤와의 관계를 눈치 챈 것 같았다.

"자네가 이곳에 일주일이나 머문 이유를 알겠네. 나라도 그랬을 거야. 정말 매력적인 아가씨야"라고 그는 말했다.

네흘류도프는 오래 지속될 수 없을 게 분명한 카튜샤와의 관계는 일찍 끝내는 게 좋겠다고 생각했다. 그러기 위해서는 그녀에게 돈을 주어야 한다고 그는 생각했다. 떠나는 날 저녁 그는 현관 앞에서 곁을 지나가는 그녀를 불러 100루블을 주었다. 그녀는 얼굴이 빨개지며 봉투를 뿌리쳤다. 그는 그녀의 품에 억지로 봉투를 밀어 넣은 뒤 도망치듯 방으로 와버렸다.

그는 자신의 행위가 추악하며 잔인하다는 것을 잘 알고 있었다. 그리고 스스로 자신을 더 이상 고결하고 대범하다고 생각할 수도 없게 되었다. 하지만 겉으로는 여전히 그런 척하며 살아야 했다. 방법은 단 하나밖에 없었다. 그 일에 대해 더 이상 생각하지 않는 것, 바로 그것이었다. 그리고 그는 그 일에 대해 완전히 잊어버렸다.

딱 한 번 전쟁이 끝난 뒤 그녀가 보고 싶어 고모네 집에 들른 적이 있었다. 하지만 이미 카튜샤는 그곳에 없었다. 그가 출정한 지 얼마 되지 않아 집을 나가 아이를 낳았으며 이제는 완전히 타락했다는 이야기를 고모를 통해 들었다. 그는 가슴이 아팠다.

가만히 따져보니 그 아이가 자기 아이인 것 같았다. 하지만 무턱대고 자기 아이라고 믿을 수도 없었다. 처음 얼마 동안 그는 카튜샤와 아이를 찾아볼 생각을 잠시 하기도 했다. 하지만 그녀에 대한 생각 자체가 너무 수치스러워서 자신의 실수와 그녀 자체를 잊게 되었다.

그런데 지금 이 예기치 않은 사건이 그 모든 것을 다시 떠올리게 했고, 지난 9년 동안 아무런 죄책감도 느끼지 않고 지내온 자신이 얼마나 냉혹하고 잔인했는지 속죄하라는 속삭임이 그의 내부로부터 들려왔다. 하지만 그가 그 속삭임을 받아들이기에는 아직 거리가 있었다. 그는 지금 오로지 그 사실이 드러나면 어쩌나, 그녀나 그녀의 변호사가 그 문제를 거론하고 모든 사람 앞에서 수치를 안기면 어쩌나 하는 두려움에 사로잡혀 있을 뿐이었다.

제10장

잠시 후 재판이 재개되었다. 피고들도 어디론가 끌려갔다가
다시 돌아와 있었다.

곧바로 증인들의 심문이 시작되었다. 제일 먼저 심문에 나선
증인은 유난히 화려하게 옷을 차려 입은 뚱뚱한 부인으로서 바
로 마슬로바가 일을 하던 유곽의 주인 키타예바였다. 증인 선
서에 의해 별로 특기할 것 없는 그날의 일에 대한 질문과 증언
이 있은 뒤 카튜샤의 국정 변호인이 그녀에게 물었다.

"증인이 보기에 마슬로바는 어떤 사람입니까?"

"정말 좋은 애지요." 키타예바가 대답했다. "교육도 받았고
세련되었어요. 좋은 가정에서 자라서 불어도 할 줄 알지요. 이
따금 과음을 하지만 정신을 잃을 정도는 아니지요. 정말 좋은

애랍니다."

주인 여자의 얼굴을 바라보고 있던 카튜샤는 문득 배심원 쪽으로 고개를 돌리더니 네흘류도프의 얼굴 위에서 시선을 멈추었다. 그녀의 표정은 심각하다 못해 준엄하기까지 했다. 그는 두려움을 느꼈지만 사팔기가 있는 그 눈에서 시선을 뗄 수가 없었다. 그리고 얼음 깨지는 소리가 들리고 안개 속에서 떠오른 그믐달이 무언가 검고 무서운 것을 비추던 그날 밤의 일이 또렷이 되살아났다.

'나를 알아본 모양이야'라고 생각하며 네흘류도프는 마치 무엇에라도 맞은 듯 몸을 움츠렸다. 하지만 그녀는 그를 알아본 것이 아니었다. 그녀는 가볍게 한숨을 내쉬더니 다시 재판장을 바라보았다. 네흘류도프도 안도의 한숨을 내쉬었다. 그는 이 모든 것이 빨리 끝났으면 하는 심정일 뿐이었다.

하지만 그의 바람과는 달리 심리는 오래 계속되었다. 증인 심문이 끝나자 이번에는 증거물 검사가 이어졌고, 의사의 검시 결과 보고서 낭송이 지루할 정도로 길게 이어졌다. 검시 의견서에 의하면 스멜리코프의 사인이 술과 함께 위에 들어간 독극물임이 분명했다.

검시 보고와 증거물 검토가 끝나자 이어서 검사의 논고가 이어졌다. 재판장을 비롯해 그곳의 모든 사람이 검사의 논고가 간단하기를 기대하고 있었다. 검사도 인간인 이상 담배도 피우고 싶고 배도 고플 것이니, 여러 사람에게 자비를 베풀어주리라 기대했던 것이다. 하지만 검사는 자기 자신은 물론 그 누구에게도 자비를 베풀지 않았다.

그는 자신의 논고가 사회적으로 큰 반향을 일으켜야만 했고, 명연설이 되어야만 했다. 하지만 방청석에는 재봉사와 하녀와 피고 시몬의 여동생, 마부 한 사람만 있을 뿐이었다. 하지만 그는 마치 수백 명의 청중을 눈앞에 두고 있는 양 열띠고 긴 연설을 했다.

그의 논고에 의하면 이 사건은 세기말적인 범죄이며 현대 사회가 지니고 있는 병폐를 특징적으로 보여주고 있는 범죄였다. 그의 논고에는 당시 법조계에서 유행하고 있는 모든 용어들이 총동원되었다. 그의 입에서는 유전, 선천적 범죄 성향, 유명한 범죄학자들의 이름과 이론, 진화론, 생존경쟁, 최면술, 데카당스 같은 말들이 마구 튀어나왔다.

그의 판단에 의해 상인 스멜리코프는 도량이 넓고 순수한 러시아인의 전형이 되었으며 시몬 카르틴킨은 농노 제도가 낳은 패륜아로서 교육도 제대로 받지 못하고 종교조차 없는 인간이 되었다. 또한 그녀의 정부 예브피미야 보치코바는 유전의 영향으로 퇴화한 인간의 전형이었다. 하지만 그는 이 범죄의 장본인은 바로 카튜샤 마슬로바라고 결론 맺었다. 그녀는 세기말적인 퇴폐성을 전형적으로 보여주는 타락한 인물이라는 것이었다. 그는 그녀를 똑바로 바라보며 말했다.

"이 여자의 주인이 말하는 바에 의하면 이 여자는 교육을 받았다고 합니다. 읽고 쓸 줄 알 뿐 아니라 프랑스어도 알고 있습니다. 사생아니까 이미 범죄의 싹을 지니고 있는지도 모르겠습니다. 그러나 교양 있는 가정에서 자랐기에 건전한 노동으로 생활을 영위해나갈 수도 있었을 것을 은혜를 저버리고 욕정을 이기지 못해 스스로 부끄러운 생활로 뛰어들었습니다. 그리고 그 교양으로, 또한 어느 학파에서 연구한 바 있는 최면적 방법으로 손님을 끌었습니다. 그리하여 결국 남을 잘 믿는 선량한 손님을 유혹하여 돈을 훔치는 것도 모자라서 무참하게도 생명을 빼앗게까지 된 것입니다. 모쪼록 배심원 여러분은 이런 병원체가 사회에 끼치는 악영향을 충분히 고려하시여 판단해주시기 바랍니다."

그는 이루 옮기기 힘든 장광설 끝에 자리에 앉았다. 논고의 요지는 수식과 과장된 어구들을 빼버리면 대략 다음과 같았다.

카튜샤는 최면술을 걸어 상인의 신임을 얻은 뒤에 열쇠를 손에 넣었다. 처음에는 돈을 모두 가질 생각이었지만 시몬과 예브피미야에게 발각되어 그들과 함께 나눌 수밖에 없었다. 그런 뒤 범죄의 흔적을 지우기 위해 다시 여관으로 돌아와 상인을 독살했다.

검사의 논고가 끝나자 이번에는 시몬과 예브피미야의 변호사가 일어나 두 사람의 무죄를 주장하고 모든 죄를 카튜샤에게 전가했다. 그는 카튜샤가 돈을 꺼낼 때 둘이 함께 있었다는 카튜샤의 주장을 반박하며 독살 혐의가 있는 그녀의 말은 전혀 믿을 바가 못 된다고 말했다. 따라서 두 명에게는 절도 혐의도, 독살 혐의도 전혀 없다고 말했다.

이어서 자리에서 일어난 카튜샤의 변호사는 머뭇거리며 카튜샤가 돈을 훔치는 데 일조한 것은 분명하지만 스멜리코프를 독살할 의도는 전혀 없었다고, 술에 가루약을 탄 것도 단지 그를 잠재우기 위한 것이라고, 거의 하나마나한 변호를 했다.

변호사는 이어서 그녀가 어떻게 타락의 길에 빠져들게 되었는지에 대해, 그를 유혹해서 버린 사람은 아무런 벌도 받지 않고 잘 지내고 있는데 그녀 혼자 타락의 무거운 짐을 지게 되었다며 열변을 토하려 했다. 하지만 그런 심리학적인 문제에는 영 재주가 없었는지 오히려 듣고 있는 쪽이 민망한 수준이었다. 그가 남자의 비인간성과 여성의 나약함에 대해 우물우물 논리를 펼치려 하자 재판장은 사건의 본질에 어긋나는 이야기는 하지 말라고 주의를 주었다.

이어서 피고인들의 최후 진술이 이어졌다. 시몬과 예브피미야는 여전히 자신들의 무죄를 주장했지만 카튜샤는 아무 말도 하지 않았다. 그녀는 궁지에 몰린 짐승처럼 사람들을 둘러보더니 엉엉 울기 시작했다.

네흘류도프에게서도 이상한 소리가 났다.

"아니, 왜 그러시지요?" 옆에 있던 배심원이 나지막하게 물었다. 치미는 흐느낌을 억제하는 소리였다.

네흘류도프는 눈에 눈물이 괸 채 흐느낌을 억제하면서 자신의 신경이 약해서 그렇다고 생각했다. 그는 아직 자신이 현재 처한 입장의 의미를 제대로 이해하지 못하고 있었던 것이다. 그는 눈물을 감추기 위해 코안경을 걸치고 손수건을 꺼내 코를 풀었다.

그가 자기 자신을 제대로 이해할 수 없었던 것은 공포심이 너무 커서 모든 정신 활동, 심리 활동을 막아버린 때문이었다. 그것은 이 법정에서 자신의 비행이 드러나면 그 얼마나 큰 치

욕일까 하는 공포심이었다.

그는 카튜샤를 바라보면서도 그의 마음속에서 서서히 고개를 들고 있는 뉘우침의 감정을 받아들이려 하지 않았다. 이 감정도 시간이 지나면 자연히 사라질 것이라 생각했을 뿐 자기의 삶 전반에 침해해 들어오리라고는 생각하지 않았다. 그는 자신의 처지가 마치 잘못을 저지른 강아지가 주인에게 목덜미를 붙잡힌 채 오물 속에 코를 틀어박혀 있는 것과 같다고 생각했다. 그는 그 강아지처럼 주인의 손아귀에서 벗어날 생각만 할 뿐 자기가 무슨 일을 저질렀는지에 대해서는 생각이 미치지 못했다. 따라서 그는 눈앞에서 벌어지고 있는 일이 바로 자기 자신의 일이라는 것도 자각하지 못했다.

그는 코안경을 어루만지며 의기양양한 자세로 태연하게 자기 자리에 앉아 있었다. 하지만 그는 자신의 영혼 깊은 곳에서 자신의 지금의 행위뿐 아니라 자신의 삶 전체가 그 얼마나 냉혹하고 비열하며 저속한 것인가를 느끼고 있었다. 이제까지 자신이 저지른 이 범죄, 자신의 삶 전체가 저질러온 범죄를 가리고 있던 베일이 드디어 흔들리기 시작한 것이며 그 베일 뒤에 숨어 있던 것이 어렴풋이 모습을 보이게 된 것이었다.

제11장

배심원실로 들어간 배심원들은 모두 서둘러 담배를 피워 물었다. 담배를 피우자 그들 모두가 법정에 앉아 있을 때 느꼈던 어색한 기분에서 벗어날 수 있었다. 그들은 각자 이 사건에 대해 자신의 의견들을 중구난방으로 떠들어대기 시작했다. 누구는 카튜샤의 무죄를 주장했고, 누구는 그녀가 열쇠를 가지고 있었으니 그녀가 저지른 짓이 분명하다고 주장했다.

배심원들이 쓸 데 없는 논란을 벌이자 배심원장이 의장석에 자리를 잡으며 말했다.

"자, 모두 테이블로 오세요. 우리 모두 문제가 되고 있는 사항을 정리해서 심의하기로 하지요."

이어서 그는 심의 사항을 다음 네 가지로 정리했다.

1. 농민 시몬 표트로프 카르틴킨(34세)은 상인 스멜리코프의 돈을 절취할 의도로 그를 독살하고 현금 2,500루블과 다이아 반지를 훔쳤다. 이를 유죄로 인정하는가?
2. 평민 예브피미야 이바노브나 보치코바(43세)는 위의 혐의에 대해 유죄인가?
3. 평민 예카테리나 미하일로바 마슬로바(27세)는 위의 혐의에 대해 유죄인가?
4. 피고 예브피미야 보치코바가 위의 사항에 대해 유죄라면 그녀가 자기가 갖고 있던 다른 열쇠로 상인 스멜리코프의 가방을 열고 현금 2,500루블을 훔친 사실에 대해서는 아무 죄가 없는가?

첫 번째 질문에 대한 답은 즉시 나왔다. 배심원들은 만장일치로 유죄로 평결했다.

두 번째 질문에 대해서는 오랫동안 심의가 이어졌고, 여러 이야기들이 나왔다. 결국 무죄로 의견이 모아졌다. 그녀가 독살에 가담했다는 근거가 희박한 때문이었다. 그녀가 이 사건의 주모자의 한 사람이라고 끝까지 주장한 사람이 있었지만 배심원장은 그녀가 독살에 가담한 증거가 없는 한 유죄 평결을 할 수 없다고 말했고 결국 배심원장의 의견이 관철되었다. 하지만 보치코바에 대한 네 번째 질문에 대해서는 유죄로 평결했다. 단 살인 공모 혐의에 무죄 평결을 내린 만큼 정상을 참작한다는 단서가 붙었다.

가장 심각하게 난항을 겪은 것은 카튜샤에 관한 세 번째 질문이었다. 배심원장은 그녀가 절도와 살인에 모두 가담했다며 유죄라고 주장했다. 배심원 중 두 명이 적극적으로 무죄를 주장했고 나머지들은 마음을 결정짓지 못하는 것 같았다. 하지만 곧 배심원장의 주장 쪽으로 기울었다. 모두들 지친 나머지 한시라도 빨리 일을 마무리 짓고 이곳에서 빠져나가고 싶었기 때문이었다.

네흘류도프는 정황으로 보나 자신이 알고 있는 카튜샤의 성품으로 보나 그녀가 무죄임을 확신하고 있었다. 그리고 그런 방향으로 결론이 나리라고 믿고 있었다. 그런데 단지 지쳐서 빨리 일을 마무리 짓겠다는 생각에 그녀의 유죄 쪽으로 의견이 기우는 것을 보고 반론을 제기하려 했다. 하지만 그는 쉽게 입을 열지 못했다. 자신과 그녀와의 관계가 탄로날 것이 두려웠던 것이다. 그래도 그는 반대 의견도 말하지 않고 이대로 넘어갈 수는 없다고 느꼈다. 그는 안색을 붉혔다가 다시 창백해지는 등 수시로 표정을 바꾸며 반론을 제기하려 했다. 그때 이제 껏 아무 말이 없던 표트르 게리시모비치라는 사람이 배심원장의 강압적 태도에 반감을 느꼈는지 입을 열었다. 바로 네흘류도프가 하고 싶던 이야기였다.

"잠깐만, 당신은 그 여자가 열쇠를 가지고 있었다는 이유만으로 그녀가 유죄라고 생각하고 있소. 하지만 그녀가 떠난 뒤에 여관 종업원들이 얼마든지 그 가방을 열었을 수도 있소. 그런 가방을 열 수 있는 열쇠는 얼마든지 있으니까."

"정말 그럴 수도 있겠네요." 어느 상인이 맞장구를 쳤다.

표트르가 말을 이었다.

"게다가 그녀는 돈을 가질 수도 없었을 겁니다. 그녀 입장에서 어디 둘 곳도 마땅치 않아 처치 곤란이었을 테니까요. 오히려 가방에 돈이 있다는 것을 알게 된 종업원들이 좋은 기회라고 생각하고, 모든 죄를 그녀에게 뒤집어씌우려 했다는 것이 더 그럴듯하지 않습니까?"

그가 적극적으로 카튜샤를 옹호하자 배심원장도 열이 올랐는지 끈질기게 자기주장을 굽히지 않았다. 하지만 사람들은 조금도 사리에 어긋나지 않는 표트르의 의견에 동조하기 시작했고, 배심원장도 결국 그녀에게 돈과 반지를 훔친 혐의가 전혀

부활

82

없다는 사실에 동의했다. 하지만 그는 그녀 스스로 가루약을 먹였다고 자백한 이상 무죄를 인정할 수는 없다고 주장했다.

이어서 갑론을박이 오갔으며 결국 배심원장이 이런 식으로 결론을 맺자고 제안했다.

"여러분 이렇게 하면 어떻겠습니까? 그녀가 유죄이긴 하나 절도의 의도는 없었다. 따라서 돈이나 반지를 훔치지 않았다, 이렇게 할까요?"

표트르는 자신이 승리를 거두었다고 생각하고 찬동했다. 한 명이 '무죄'로 해야 한다고 반대하자 배심원장이 그를 설득했다. 그는 유죄라는 단어를 꼭 넣고 싶었던 것이다.

"유죄로 하건 무죄로 하건 결국 마찬가지일 겁니다. 절도 의도가 없었고, 아무것도 훔치지 않았다면 결국에는 무죄가 아니겠어요?"

"그렇지요. 거기다가 정상참작을 해달라고 덧붙이면 금상첨화이겠지요." 그동안 내내 카튜샤의 무죄를 주장했던 상인이 말했고, 그 안은 결국 통과되었다.

하지만 그들은 모두 실수를 범했다. 평결문에 '독약을 준 것은 유죄이나 살해 의도는 전혀 없었다'라는 말을 써넣는 것을 깜빡했던 것이다. 모두들 흥분해 있었고 지쳐 있었으며 네흘류도프도 마찬가지였다. 결국 배심원단은 그대로 평결문을 작성해서 재판장에게 전달했다.

프랑스 16세기 소설가인 프랑수아 라블레가 쓴 소설에 이런 내용이 있다. 어느 변호사가 재판정에서 온갖 법률 조문을 나열하고 무려 20페이지에 달하는 라틴어 법률 서적을 낭독한 다음, 재판장에게 주사위를 던져 짝수가 나오면 원고가 이기고 홀수가 나오면 지는 것으로 하자는 제안을 하는 대목이다. 이 경우도 그와 조금도 다르지 않았다. 배심원들이 그런 합의에 도달한 것은 말 그대로 그에 합의했기 때문이 아니라, 어서 빨리 일을 끝내자는 의견에 찬성한 것일 뿐이었다.

배심원장을 통해 평결문이 재판장에게 전달되었다. 재판장은 그 평결문을 보고 놀랐다. 배심원들이 '절도 의도가 없었음'이라는 단서를 붙였으면서 '살해 의도가 없었음'이라는 단서를 붙이지 않은 때문이었다. 그 평결문 대로라면 마슬로바는 돈과 반지를 훔치지도, 빼앗지도 않았으면서 아무 목적 없이 사람을 살해한 것이라고 배심원단이 결정해버린 것과 같았다.

재판장은 다시 배심원장에게 평결문을 돌려주었고, 배심원장은 일어나서 평결문을 낭독했다. 서기도 변호인도, 심지어 검사까지 놀란 표정이었다. 검사는 예상 이상의 성공을 거두었다는 생각에 흐뭇한 미소를 짓고 있었으며 이 모든 것이 자신의 뛰어난 열변 덕분이라고 생각했다.

그제야 배심원들, 특히 카튜샤의 무죄를 주장했던 사람들은 자신들의 실수를 깨달았지만 이미 때는 늦은 뒤였다. 카튜샤가 유죄 판결을 받고 유형을 가게 될 것이 너무 뻔했다.

네흘류도프는 심사가 복잡하기 이를 데 없었다. 이제까지 그는 카튜샤가 무죄 방면될 것이며 계속 이 도시에 머물게 될 것이라고만 생각했고 앞으로 그녀에게 어떤 태도를 취해야 할지 갈피를 잡지 못하고 있었다. 그리고 그녀와 어떤 관계가 유지되건 난감하기 짝이 없는 일이라고 생각하고 있었다. 그런데 시베리아 유형은 그와 그녀와의 관계를 일거에 끊어버릴 것이다. 부상을 입은 채 사냥 바구니 안에서 가냘프게 퍼덕이던 작은 새가 이제 더 이상 자기 존재를 알릴 수도 없게 되어버린 것이다.

재판장이 판사들과 함께 밖으로 나갔다 잠시 후 들어왔다. 자리에 앉은 재판장이 선언문을 읽어 내려갔다. 결국 시몬 카르틴킨과 카튜샤는 모든 공민권과 재산권을 박탈당했으며 카르틴킨에게는 징역 8년, 카튜샤에게는 징역 4년이 선고되었다. 한편 보치코바 역시 공민권 박탈과 함께 3년의 금고형이 선고되었다.

카르틴킨은 몸을 꼿꼿이 선 채 선고를 듣고 있었고 보치코바도 태연해 보였지만 카튜샤는 죄가 없다고 울부짖었다. 그녀는 카르틴킨과 보치코바가 퇴정한 후에도 혼자 남아 계속 울음을 그치지 않았고, 결국 헌병이 억지로 그녀를 끌고 나갈 수밖에 없었다.

'아니야, 이대로 내버려둘 수 없어.' 네흘류도프는 그녀와 관계가 끊겨 홀가분하다는, 조금 전까지 품고 있던 사악한 생각을 다 잊고 속으로 중얼거렸다. 그는 자신도 모르게 그녀를 다시 한번 봐야겠다는 생각으로 복도로 나갔다. 그녀는 이미 멀리 복도 저편을 헌병과 함께 걸어가고 있었다. 그는 사람들의 시선도 아랑곳 하지 않고 서둘러 그녀를 쫓아가서 앞질렀고 그녀 앞에서 멈춰 섰다. 그녀는 더 이상 울고 있지는 않았지만 이따금 흑흑 흐느꼈고 손에 든 손수건 자락으로 얼굴을 닦으면서 그를 보지도 않고 지나쳐버렸다. 네흘류도프는 서둘러 발걸음을 되돌렸다. 재판장을 만나보기 위해서였다. 하지만 재판장은 이미 퇴정하고 없었다.

네흘류도프는 수위실 앞에서 겨우 재판장을 만날 수 있었다.

"오늘 재판에 대해 좀 드릴 말씀이 있습니다. 저는 배심원입니다."

"아, 알고 있습니다. 네흘류도프 공작이시죠? 전에도 한 번 뵌 적이 있습니다만……."

"마슬로바에 대한 배심원 평결문에 문제가 있었습니다. 독살 혐의가 없는데도 유죄 판결을 받았습니다."

"하긴 우리도 평결문에 문제가 있다고 생각했습니다. 하지만 살해 의도가 없었다는 문구가 빠졌으니 우리도 어쩔 수 없었습니다."

"어떻게 다시 정정할 방법은 없겠습니까?"

"상소 이유야 그 어떤 판결에도 있기 마련이지요. 변호사와 상의해보십시오. 상소 이유를 찾기는 그다지 어렵지 않으리라고 생각합니다. 유능한 변호사를 곧바로 만나보십시오. 자, 그럼, 이만 실례하겠습니다."

밖으로 나와 상쾌한 공기를 마시자 네흘류도프의 머리가 맑아지는 것 같았다. 마치 자신과 전혀 어울리지 않는 이상한 환경에서 빠져나온 것 같았다. 하지만 그는 카튜샤의 가혹한 운명을 조금이라도 가볍게 해주기 위해 그 무언가를, 그것도 조속히 해야만 한다고 생각했다.

'그래, 재판소로 돌아가서 파나린이나 미키신의 주소를 알아봐야겠다.'

둘 다 유명한 변호사였다. 그런데 재판소에서 마침 파나린을 만났다. 평소부터 잘 알고 있던 사이였기에 네흘류도프가 상의할 일이 있다고 하자 기꺼이 도와주겠다고 파나린이 말했다. 파나린은 어느 판사의 집무실로 보이는 빈방으로 네흘류도프를 안내했다. 둘은 테이블을 앞두고 마주 앉았다.

"자, 무슨 일이십니까?"

"미리 부탁드리고 싶은 게 있습니다. 제가 이 문제를 상의한 것을 비밀로 해주십시오. 제가 이 일에 관심을 갖고 있다는 사실을 그 누구도 몰랐으면 합니다."

"물론입니다. 자, 말씀해보시지요."

"오늘 저는 배심원 일을 보았습니다. 그런데 우리 잘못으로 아무 죄 없는 여자가 시베리아로 유형을 가게 되었습니다. 왠지 그 일이 너무 마음에 걸려서……."

네흘류도프는 자신도 모르게 말을 더듬거렸다. 파나린은 그를 흘낏 바라보더니 눈길을 낮추며 "그래서요?"라고 물었다.

"결백한 여자에게 유죄 선고를 내렸으니 상급 법원에 상소하고 싶습니다."

"원로원 말씀이로군요." 파나린이 네흘류도프의 말을 정정해주었다.

"당신이 이 사건을 맡아주시길 부탁드립니다. 경비와 보수는 모두 제가 알아서 하겠습니다."

"그런데 무슨 사건입니까?"

네흘류도프는 대략 사건을 설명해주었다.

"잘 알았습니다. 내일 사건 기록을 살펴보겠습니다. 목요일 저녁 6시에 제 집으로 오시지요. 그때 확답을 드리겠습니다."

네흘류도프는 그와 작별하고 복도로 나왔다. 카튜샤를 구하기 위해 재빠르게 변호사와 상의했다는 사실이 그의 마음을 조금 가볍게 해주었다.

그는 거리로 나왔다. 화창한 봄날이었다. 그는 봄날의 신선한 공기를 한껏 들이마셨다. 그는 삯마차를 타라는 마부들의 호객을 뿌리치고 거리를 걸었다. 그러자 카튜샤에 관한 온갖 기억들, 그가 전에 했던 행동들이 물밀듯 밀려오기 시작했고, 그는 다시 우울해졌다.

'그래, 그 문제는 나중에 생각하자. 우선은 이 답답한 마음에

서 벗어나야 해.'

그는 오늘 코르차긴 씨 댁 만찬에 초대를 받았다는 사실을 생각해내고 시계를 들여다보았다. 아직 시간이 넉넉했다. 그는 마차를 잡아 올라탔으며, 10분 후에는 벌써 코르차긴 씨의 웅장한 저택 앞에 서 있었다.

제12장

"어서 오십시오, 공작님. 모두들 기다리고 계십니다." 저택에 도착하자 수위가 육중한 문을 열어주며 말했다.

안으로 들어가니 손님은 전에 현의 귀족단장을 지냈으며 지금은 은행 중역으로 있는 콜로소프와 미시의 사촌 오빠인 미하일 세르게예비치뿐이었고, 나머지는 모두 코르차긴네 가족들이었다. 그들은 모두 네흘류도프를 반겼다.

네흘류도프가 이 집에 자주 온 것은 기분 전환이 되기 때문이었다. 온 집안을 감도는 사치스러운 분위기도 그를 기분 좋게 했고, 모두들 은근히 그를 치켜세워주는 바람에 우쭐할 수도 있었다. 그런데 오늘은 이상하게도 이 집안 모든 것이 혐오스럽게 느껴졌다. 코르차긴 노인이 번들거리는 입술을 움직이며 음식을 씹고 있는 모습, 그의 기름진 목덜미, 특히 장군다운 그의 풍채가 그가 호색한임을 드러내는 것 같아 더 없이 흉하게 여겨졌으며 집안의 온갖 장식, 심지어 미시까지도 언짢게만 여겨졌다. 오늘따라 그녀는 매력이라곤 전혀 없는 여인처럼 여겨졌고, 미시가 남들에게 자신을 '그이'라고 표현하는 것도 역겨웠다. 게다가 전에는 무심코 함께 참여하곤 했던 식탁에서의 대화도 지루하기 짝이 없었다. 결국 그는 자신과 미래를 약속한 것이나 다름없다고 굳게 믿고 있는 미시의 가슴에 커다란 의혹과 슬픔을 안겨준 채 그 집에서 나왔다.

'부끄럽고 어리석은 일이야. 추하고 부끄러운 일이야.'
네흘류도프는 낯익은 거리를 걸으며 거듭 속으로 중얼거렸다. 그는 미시에게 미래를 암시한 적도 없었고 구혼한 적도 없었다. 적어도 형식적으로는 그녀에 대해 거리낄 것은 아무것도 없었다. 하지만 실질적으로는 그가 그녀에게 묶여 있으며 그녀와 맺어지기로 약속한 것과 다름없었다. 그런데 오늘 그는 자신이 결코 미시와 결혼할 수 없다는 것을 절실히 깨달았다.
'부끄럽고 추한 일이야. 추하고 부끄러운 일이야.' 그는 거듭 되뇌었다. 비단 미시와의 관계만이 그렇다고 느낀 것이 아니었다. 그는 모든 것이 추하고 부끄럽다고 느끼고 있었다.

집에 들어온 그는 하인 코르네이에게 물러가라고 말한 다음 얼른 거실로 들어가 문을 닫았다. 공연히 그도 보기가 싫었던 것이다. 어머니는 석 달 전 바로 이 방에서 숨을 거두었다. 방에는 아버지와 어머니의 초상화가 걸려 있었다. 어머니의 초상화를 바라보니 어머니 임종 때의 자신의 태도가 생각났다. 그러자 그것 역시 추하고 부끄럽게 여겨졌다. 그는 어머니에게서 더 이상 회복의 가능성이 없어지자 어머니가 돌아가시기를 자신이 얼마나 바라고 있었던가를 기억했다. 그는 어머니를 위해서, 어머니를 고통에서 구해내기 위해서 그런 것이라고 스스로에게 말했지만 사실은 자신을 위해서, 고통스러워하는 어머니의 모습에서 벗어나기 위해서 그런 것이었다.

그는 어느 유명한 화가에게 5,000루블을 주어 그리게 한 어머니의 초상화를 바라보았다. 어머니는 가슴이 푹 파인 까만 비로도 옷을 입고 있었으며 훤히 드러난 목과 어깨도 눈부시게 아름다웠다. 순간 그에게 바로 석 달 전, 온 집안에 죽음의 악취를 풍기며 뼈만 앙상한 채 이 방에 누워 있던 어머니의 모습이 겹쳐 떠올랐다. 거의 반라의 아름다운 어머니의 초상화에는 뭔가 역겹고 신성모독적인 것이 들어 있었다. 네홀류도프는 자신도 모르게 "오, 너무 추해"라고 중얼거렸다. 그는 이 추한 모든 것으로부터 벗어나 어디론가 도망가고 싶었다. 코르차긴 씨 집으로부터도, 귀족단장 부인 마리야 바실리예브나에게서도, 그 밖의 모든 가식적인 관계로부터 도망치고 싶었다.

순간 갑자기 사팔기가 있는 까만 눈의 여죄수의 모습이, 마지막 진술을 하면서 서럽게 울던 모습이 너무나 생생하게 떠올랐다. 그는 그 모습을 지우려는 듯 황급히 담배를 비벼 껐다. 그러나 그는 이내 다시 담배에 불을 붙여 물고는 방 안을 서성였다. 그러자 그녀와 함께 했던 날들, 그녀와의 사이에 있었던 일들이 하나둘씩 뇌리를 스치고 지나갔다. 그녀와 지낸 마지막 밤, 그때의 자신의 동물적인 욕망, 욕망을 채우고 났을 때 엄습해 오던 환멸 등이 차례차례 떠올랐다. 이어서 부활절 날 흰 옷에 빨간 리본을 달고 있던 그녀의 모습이 떠올랐다.

'그래, 나는 그녀를 사랑했다. 그날 밤 나는 그녀를 진실하고 순수하게 사랑했다. 그 전부터 그녀를 사랑했다. 그렇다, 내가 고모네 집에서 논문을 쓸 때부터 사랑했다.'

그는 그 당시의 자신을 회상했다. 그러자 당시의 청순함, 젊음, 충만한 생명감의 숨결이 그를 다시 어루만지는 것 같았고, 그는 가슴이 저려왔다.

그때의 자신과 지금의 자신은 그 얼마나 달라졌는가! 그날 밤 교회에서의 카튜샤의 모습과 오늘 법정에서 본 매춘부로서의 카튜샤 사이의 차이보다 크다고 할 수는 없을지 몰라도 그 얼마나 어마어마하게 달라진 것인가! 그때 그는 자유로웠고 두려운 것이 없었으며 무한한 가능성이 앞에 열려 있었다. 하지만 지금의 그는 어리석고 공허하며 쓸모없고 하찮은 생활의 굴레에 사로잡혀 있으면서 출구를 찾지 못하는, 아니 아예 찾으려는 생각과 시도도 않는 인간이었다. 그때 그는 자신이 정직하다는 것을 자랑으로 여겼으며 언제고 진실을 말하는 것을 신조로 삼았고 신의가 있었다. 그런데 지금은 그 얼마나 거짓의 늪, 모든 사람들이 진실이라 강변(强辯)하는 그런 거짓에 빠져 있는가? 그가 보는 한 그 거짓에서 빠져나갈 방법은 없었다. 그는 거짓의 늪에 빠졌고, 그에 익숙해져서 그에 만족하며 지내고 있었다.

마리야 바실리예브나와의 관계를 끊고 그녀의 남편과 아이들과 거리낌 없이 지내려면 어떻게 해야 하는가? 어떻게 하면 미시와의 관계를 무리 없이 끊을 수 있을까? 토지를 소유하는 것은 부당하다는 생각과 어머니 유산의 소유라는 이 갈등에서 어떻게 빠져나올 수 있을까? 카튜샤에게 지은 죄는 어떻게 속죄할 수 있을까? 돈으로 변호사를 사서 그녀를 부당한 판결로부터 구해내는 것만으로는 부족하다.

그러자 전에 도망가는 그녀를 붙잡고 억지로 그녀에게 돈을 쥐어주고 달아났던 일이 선명하게 떠올랐다. 그는 다시금 그때와 마찬가지로 공포와 혐오감에 사로잡혔다.

"오, 이 악당! 철면피!" 그는 자신도 모르게 소리를 질렀다. 그러더니 그는 갑자기 걸음을 멈추고 생각했다.

'악당? 내가 정말 악당일까……? 그래, 내가 악당이 아니면 대체 누가 악당이란 말인가!'

그는 스스로 질문을 던지고 스스로 대답했다.

'그래, 그때 일만 나쁜 짓이었단 말인가? 마리야와 그녀의 남편에게 한 짓은 야비하고 역겹지 않단 말인가? 그리고 돈에 대한 내 태도는? 어머니의 유산이라는 핑계로 스스로 부당하다고 생각하면서도 부를 누리고 있지 않은가? 게다가 나의 게으르고 방탕한 생활은? 그리고 무엇보다 카튜샤에게 한 짓은? 철면피! 악당! 누구든 나를 자기 멋대로 평가하라지! 그들은 속일 수 있어! 하지만 나 자신은 속일 수 없어!'

순간 그는 갑자기 깨달았다. 그가 오늘 모든 사람들에게서 느낀 혐오, 노공작에게서, 그의 가족들에게서, 미시에게서, 하인 코르네이에게서 느꼈던 혐오가 바로 자기 자신에 대한 혐오였음을! 그러자 놀랍게도 마음이 어느 정도 안정되었다. 자신의 비열함을 인정한다는 것은 고통스러운 일이었지만 그 고통에는 정화의 힘이 들어 있었던 것이다.

실제로 살아오면서 그는 '마음의 정화'라고 부를 만한 그런 경험을 몇번 했다. 하지만 군대 생활 이후 그는 그런 경험을 전혀 하지 못했다. 그러자 양심이 요구하는 모습과 그가 실제로 누리는 삶 사이의 격차가 너무 커져버렸다. 그는 그 차이를 자각하고 몸을 떨기도 했다. 하지만 그 차이가 너무 컸고, 자신의 삶이 너무 더러워서 다시 정화할 가능성이 아예 없어 보이기도 했다. 그러자 자신의 내부에서 유혹의 목소리가 들려왔다.

'뭣 하러 헛수고를 또 하려는가? 그토록 여러 번 애를 썼건만 아무것도 이루지 못했잖은가? 너만 그런 게 아니지 않은가? 누구나 다 그러하지 않는가? 산다는 것은 다 그러하기 마련 아닌가?'

그런데 지금 그의 내부에서 다른 목소리가 움트고 있었다. 오직 그것만이 진실하며, 오직 그것만이 힘이 있는, 오직 그것만이 영원하며, 오직 그것만이 자유로운 정신적 존재가 말을 하기 시작한 것이다. 그는 이제 그것만을 믿을 수밖에 없었다.

그가 진정으로 바라는 것과 지금 자기의 모습 간의 차이가 그 아무리 어마어마하더라도 그렇게 새롭게 눈을 뜬 정신적 존재에게 극복이 불가능한 것은 없는 것처럼 여겨졌다.

"그래, 아무리 힘들더라도 나는 나를 구속하고 있는 이 거짓을 깨뜨릴 것이다. 모든 사람들에게 진실을 말하고 진실을 행하리라." 그는 다짐하듯 큰 소리로 말했다. "미시에게도 진실을 말하리라. 나는 타락한 자이므로 그녀와 결혼할 수 없다, 그런데 공연히 그녀를 흔들어놓았다고 말하리라. 마리야에게도 말하리라. 아니다. 그녀에게는 말할 게 없다. 그녀의 남편에게 내가 악당이며 지금까지 그를 속여 왔다고 말하자. 유산도 진실이 인도하는 대로 처분하자. 카튜샤에게도 내가 비열한 놈이며 그녀에게 죄를 범했다고, 그녀의 짐을 덜어주기 위해서라면 무슨 일이든 하겠다고 말하리라. 그래, 그녀를 만나자. 그리고 나를 용서해달라고 말하자. 그래, 어린애처럼 용서를 빌고 만일 필요하다면 그녀와 결혼을 하자."

그는 어릴 때 자주 그랬듯이 두 손을 가슴에 모아 쥔 채 고개를 들어 눈길을 위로 향하고 중얼거렸다.

"주여, 저를 도와주소서! 제게 가르침을 주소서! 제 마음에 깃들으시어 저의 온갖 더러움을 씻어주소서."

그는 간절히 기도했다. 그의 마음속에서 잠들어 있던 하느님이 눈을 뜬 것이다. 그는 이제 마치 인간이 할 수 있는 선한 일은 다 할 수 있을 것처럼 느꼈다.

그는 눈물을 글썽였다. 그 눈물은 한없이 선한 눈물이면서 동시에 악한 눈물이기도 했다. 몇 해 동안 잠들어 있던 그의 내부의 정신적 자아가 깨어난 데 대한 환희의 눈물이기에 그 눈물은 선한 눈물이었다. 또한 자신이 선량하다는 생각에 자신을 향한 애정의 눈물이기도 했기에 악하기도 했다.

그는 흥분했다. 그는 창문으로 가서 문을 열었다. 달이 휘영청 뜬 고요한 밤이었다. 그는 달빛을 받은 포플러 나무, 헛간 지붕, 벽 사이로 보이는 나뭇가지들을 바라보며 맑고 상쾌한 밤공기를 들이마셨다.

"오, 너무 기쁘다! 정말로 너무 기쁘다!" 그는 그의 정신 속에서 벌어진 일들을 단지 그렇게 표현할 수밖에 없었다.

제13장

카튜샤는 저녁 6시가 되어서야 녹초가 된 채 익숙한 감방으로 돌아갈 수 있었다. 생각지도 않던 중형을 선고 받고 15킬로미터가 넘는 돌길을 허기진 채 걸어왔으니 기진맥진하는 것이 당연했다.

그녀는 전혀 뜻밖의 선고를 받고 귀를 의심했다. 그녀는 자신이 시베리아 유형수가 된다는 것을 상상도 할 수 없었으며 방금 들은 말을 전혀 믿을 수 없었다. 그런데 그 판결을 마치 자연스럽고 당연하다는 듯 듣고 있는 재판관들과 배심원들의 조용하고 사무적인 표정을 보고는 화가 치밀어 올라 무죄라고 울부짖었던 것이다. 그리고 그 울부짖음이 아무 의미도, 힘도 없다는 것을 알고 흐느껴 울었던 것이다.

그녀가 호송을 기다리며 죄수실에 앉아 있을 때 재판소 수위가 그에게 돈을 전해주며 말했다.

"어느 부인이 전해주더군. 자, 받아."

유곽 여주인 키타예바가 보내준 3루블의 돈이었다. 그녀는 감방으로 돌아오는 도중 두 호송병 중 한 명에게 20코페이카짜리 은화를 주면서 흰 빵 두 개와 담배를 사다 달라고 부탁했다. 호송병은 웃으며 그러겠다고 말하더니 정말 흰 빵과 담배를 사다 주었고 거스름돈까지 돌려주었다.

카튜샤가 수감되어 있는 감방은 길이 6미터, 폭 3미터 정도의 기다란 방이었고 세 명의 아이를 포함해서 모두 열다섯 명이 수감되어 있었다.

자물쇠 소리가 요란하게 울리고 카튜샤가 감방 안으로 들어오자 모두들 놀란 표정이었다. 거의 대부분 그녀가 무죄로 석방되리라고 믿고 있던 때문이었다. 그녀가 다시 감방 안으로 들어온 것을 보고 모두 그녀가 징역형을 선고 받은 것을 알았다. 죄수들 몇 명이 그녀를 동정하며 재판관들을 비난했고 카튜샤는 다시 눈물을 흘렸다. 그중 가장 가슴 아파 한 사람은 페도시야라는 귀엽고 아직 나이가 어린 여자였다. 흰 살결에 긴 머리칼을 둘로 갈라땋아 머리 아래쪽에 빙 두르고 있는 그녀는 남편을 독살하려던 죄로 수감되어 있었다. 그러나 재판을 기다리던 8개월 사이에 남편과 화해했고 진심으로 남편을 사랑하게 되었다. 그녀의 남편과 시부모들이 법정에서 열심히 그녀를 변호했지만 결국 시베리아 유형의 선고를 받고 말았다. 그녀의 나무 침대는 카튜샤의 침대와 맞붙어 있어 둘은 늘 가깝게 지냈으며 그녀는 카튜샤 일이라면 뭐든 자기 일처럼 나서곤 했다. 카튜샤는 흰 빵을 탐스럽게 바라보는 아이들에게 빵을 나누어주고 자신도 조금 먹은 다음 담배를 피우며 마음을 달랬다. 이윽고 어느 정도 진정이 되고 기운이 나자 그녀는 법정에서 본 광경들을 이야기해주었고 모두들 열심히 귀를 기울였다.

이윽고 취침 시간이 되었고 곧이어 감방 안 여기저기서 코고는 소리가 들리기 시작했다. 하지만 카튜샤는 잠을 이루지 못한 채 자신이 중노동을 해야 하는 유형수가 되었다는 사실에 대해 다시 곰곰 생각했다. 하지만 여전히 실감이 나지 않았다.

"정말, 어쩌다 이렇게 된 거지? 다른 사람들은 아무리 나쁜 짓을 해도 아무 일 없는데, 왜 나만?" 그녀가 자신도 모르게 낮은 목소리로 중얼거렸다. 그러자 그녀에게 언제나 다정하던 코라블료바 노파가 말했다. 언제나 그랬듯 노파는 잠자리에 들기 전에 기나긴 기도를 드리고 있었다.

"너무 걱정하지 마. 시베리아도 사람이 사는 곳이야. 너도 어떻게든 살아갈 수 있을 거야."

"저도 그러리라는 걸 잘 알아요. 그래도 너무 힘들어요. 내가 바라던 건 그런 삶이 아니었는데……."

"그 누구도 하느님의 뜻을 거스를 수는 없는 법이야." 코라블료바가 한숨을 내쉬며 말했다.

"알고 있어요. 하지만 힘들긴 마찬가지예요."

두 여죄수는 잠시 말없이 있었다. 이윽고 노파가 자리에 누웠고, 카튜샤도 눈을 감았다.

제14장

네흘류도프는 이튿날 자신에게 무슨 일인가 일어났다는 것을 또렷이 의식한 채 잠에서 깨어났다. 그리고 그 일이 무엇인지 기억해내기도 전에 뭔가 중요하고 좋은 일이라는 것을 미리 느끼고 있었다.

'카튜샤, 그리고 법정! 그렇다, 거짓은 이제 그만 두고 진실을 모두 밝히리라!'

그런데 무슨 우연의 일치인지 바로 그날 아침 그는 귀족단장의 부인인 마리야 바실리예브나에게서 장문의 편지를 받았다. 그가 정말로 원하던 편지였다. 그녀는 편지에서 그를 자유롭게 해줄 것이라며 행복한 결혼이 되기를 바란다고 썼다.

그는 어제 그녀의 남편에게 모든 것을 털어놓겠다고 결심했었다. 하지만 곰곰 생각해보니 결코 쉬운 일이 아니었다.

'이제껏 모르고 있던 일을 밝혀내어 한 사람을 불행에 빠지게 할 필요가 있을까? 그래, 일부러 찾아갈 필요는 없다. 만일 그가 물어온다면 그때 솔직히 말하자'라고 그는 생각하고 있었고, 그러던 차에 그녀의 편지가 온 것이었다.

한편 미시에게 모든 것을 고백하겠다고 생각했던 것도 다시 곰곰 생각하니 말할 필요가 없는 일로 여겨졌다. 그녀에게 고백하는 것은 오히려 그녀에게 모욕을 주는 일처럼 생각되었다. 그는 그 일 역시 그녀가 물어온다면 솔직히 말해주겠다고 마음을 먹었다.

하지만 카튜샤에 관한 한 머뭇거릴 이유가 전혀 없었다.

'교도소로 가서 그녀에게 모든 것을 털어놓고 용서를 빌자. 그리고 혹시 필요하다면, 그래, 정말로 필요하다면 그녀와 결혼을 하자.'

정신적인 만족을 위해 모든 것을 희생하고 그녀와 결혼하겠다는 생각을 하며 그는 다시 한 번 자기 자신에 대한 애정을 느꼈다. 재산 문제에 관해서도 토지를 소유한다는 것은 부당하다는 자신의 신념에 따라 모든 것을 처리하겠다고 그는 결심했다. 비록 모든 재산을 포기할 힘은 없었지만 자기 자신과 남들을 속이지 않으면서 할 수 있는 일은 모두 하리라고 그는 결심했다.

그가 제일 먼저 착수한 것은 어머니가 살던 이 화려한 저택을 처분하는 일이었다. 그는 아그라페나 페트로브나를 불러 자신의 결심을 말해주었다. 아그라페나는 도무지 이해할 수 없었다. 주인은 곧 미시와 결혼을 할 것이고 그렇게 되면 당연히 이집이 필요할 텐데, 갑자기 이 집을 팔겠다니⋯⋯. 그녀는 자신의 생각을 네흘류도프에게 말했다.

네흘류도프는 아무에게도 감출 필요가 없다는 자신의 다짐을 상기하고는 아그라페나에게 카튜샤에 관한 일을 모두 이야기해주었다. 이야기를 다 들은 후 아그라페나가 말했다.

"아니, 그 애가 그렇게 된 걸 굳이 서방님 탓이라고 할 수 있나요? 그럴 필요 없어요. 다들 그렇게 살아가는걸요. 저는 그 애가 잘못된 길을 걷고 있다는 걸 이미 알고 있었어요. 도대체 그게 누구 잘못이라는 거지요?"

"내 잘못이오! 그래서 그걸 바로 잡자는 거요!"

"그게 그렇게 쉽지는 않을 거예요."

"어쨌든 그건 내가 알아서 할 일이오."

네흘류도프의 말투는 이전과 분명 달랐다. 자기가 알아서 하겠다는 말을 짜증내듯 말한 게 아니라 상대방을 달래듯 말한 것이다. 이상한 일이지만 네흘류도프가 자신이 못된 인간이라며 자신을 혐오스럽게 생각하자마자 다른 사람들이 조금도 혐오스럽지 않게 된 것이다. 그는 전부터 아그라페나와 코르네이를 좋아하고 있었지만 오늘 아침에는 그들을 향해 이상한 존경심까지 느낄 수 있었다.

집을 나온 그는 우선 재판소로 찾아갔다. 오늘도 재판이 있었기에 배심원 임무를 수행해야만 했다. 오늘 사건은 가택 침입 절도에 관한 것이었다. 네흘류도프는 어제와는 사뭇 다른 심정으로 피고를 바라보았다. 피고는 소년티를 막 벗은 젊은이였다.

그는 피고석을 바라보며 생각했다.

'모두들 저들이 위험하다고 한다. 그래, 저들이 위험하다고 치자. 하지만 저들을 심판하는 우리들은? 나는 방탕하고, 음탕하며 거짓말쟁이이다. 저들이나 나나 다 마찬가지이다. 설사 저 소년이 이른바 상식에 비추어 위험하다고 치자. 이렇게 이곳에 잡혀 와 있는 이상 저 소년은 더 이상 위험하지 않다. 게다가 저 소년을 저렇게 만든 것은 저 소년을 둘러싼 환경이다. 우리

는 저 소년을 단죄하기에 앞서 환경을 단죄해야 한다.'

그는 재판관과 검사, 변호인의 말에는 전혀 귀를 기울이지 않은 채 자신의 생각에 몰두해 있었다. 그는 재판정을 둘러보면서 생각했다.

'이 모든 것이 위선이다. 그리고 이 웅장한 법정, 벽에 걸린 초상화들, 화려한 촛대, 안락의자, 이 모든 것들은 너무 거대하다. 이 사회의 제도, 조직도 너무 거대하다. 그것을 유지하는 데 드는 비용을, 위선을 유지하기 위하여 쓰는 돈을 이 조직 밖으로 내팽개쳐진 사람들을 위해 쓴다면? 누구든 그들을 물질적으로 돕고 정신적으로 바른 길로 이끌기 위해 노력한다면? 그런데 아무도 그런 노력을 하지 않는다. 저 소년이 주변 동료들이나 선배들로부터 배운 것이라고는 사람을 속이고 술을 마시고 욕지거리를 하고 사람을 때리는 일뿐이다. 그리고 그런 못된 짓을 하는 사람이 남보다 우월한 사람이라는 것만 배웠을 뿐이다. 그런데도 우리는 이 소년을 이런 처지로 몰아넣은 근본 원인에 대해서는 조금도 고민을 하지 않고 오로지 이 소년을 처벌함으로써 모든 것이 해결되었다고 생각한다.'

그렇게 하염없이 머리에 떠오른 생각을 뒤따라가다가 그는 화들짝 놀랐다. 이제껏 이런 진실을 자신이 전혀 깨닫지 못하고 있었다는 사실에 놀란 것이다. 그는 자신이 왜 이전에 이런 것을 깨닫지 못했는지, 왜 다른 사람들도 그 진실을 볼 수 없는 것인지 이해할 수 없었다.

첫 휴정이 선포되자 네흘류도프는 이 사건 담당 검사를 찾아갔다. 그는 담당 검사에게 카튜샤 사건에 대해 이야기한 후 그녀를 면회할 수 있도록 면회 허가증을 써달라고 부탁했다. 검사가 하도 꼬치꼬치 이유를 묻는 바람에 네흘류도프는 자신이 그 여자를 그런 처지로 몰아넣은 장본인이며 그녀와 결혼할 생각이라고 솔직히 말했다. 잠시 어이없다는 표정으로 네흘류도프를 바라보던 검사는 순순히 면회 허가증을 써주었다.

허가증을 받은 네흘류도프는 검사에게 배심원직도 사퇴하겠다고 말했다. 검사가 그 이유를 묻자 네흘류도프는 대답했다.

"재판 자체가 무용지물이고 부도덕하다고 생각하기 때문입니다."

검사는 고개를 갸우뚱하면서 이상한 눈초리로 그를 바라보더니, 어쨌든 사유서를 제출해야 하며 벌금을 물게 될 것이라고 말했다.

검사실에서 나온 네흘류도프는 카튜샤를 면회하러 교도소로 갔다. 하지만 그날 네흘류도프는 카튜샤를 면회할 수 없었다. 교도소 문을 열고 나온 교도관이 검사의 허가증만으로는 부족하고 교도소장의 허락이 있어야 한다고 말했던 것이다.

그는 교도소장의 관사로 갔으나 외출 중이어서 그를 만나지 못했다. 네흘류도프는 마침 그곳에서 만난 젊은 부소장에게 내일 오전 10시부터 일반 면회가 허용되니, 그때 다시 교도소로 가서 소장을 만나보라는 답변을 얻어냈다.

결국 그날 그는 카튜샤를 만나지 못하고 집으로 돌아왔다. 집으로 돌아온 그는 이상한 감흥에 젖어 일기장을 꺼내어 이전에 쓴 내용들을 이곳저곳 읽어보고는 오늘 날짜에 다음과 같이 적었다.

'나는 지난 2년 동안 일기를 쓰지 않았으며 더 이상 이런 어린아이 장난 같은 짓은 하지 않으리라 생각했다. 하지만 그것은 유치한 장난이 아니라 진정한 자기와의, 모든 사람들 속에 실제로 살아 있는 신성한 자기와의 대화였다. 그 진정한 자기가 잠들어 있는 내내 내게는 대화를 나눌 상대가 없었다. 4월 28일 법정에서 있었던 이상한 사건에 의해 '나'가 깨어났다. 나는 배심원석에서 그녀가, 내가 배반한 카튜샤 그녀가 수의를 입고 피고석에 앉아 있는 것을 보게 되었던 것이다. 그녀는 이 상한 실수에 의해서, 그리고 또 한 번의 내 잘못으로 인해서 징역형을 선고 받았다. 나는 검사를 만났으며 교도소로 그녀를 만나러 갔으나 면회를 할 수 없었다. 나는 그녀를 만나기 위해서라면 무슨 일이라도 하기로, 그녀에게 고백하고, 내 죄를 뉘우치고, 결혼까지 해야 한다면 그렇게 하기로 결심했다. 주여, 저를 도와주소서! 지금 내 영혼은 평온하며 나는 환희에 넘쳐 있다.'

제15장

그날 밤 카튜샤는 오랫동안 잠을 이루지 못했다. 그녀는 남들이 코고는 소리를 들으며 갖가지 생각에 잠겨 있었다. 그녀는 재판정에서 벌어진 일, 지나가던 사람들이 모두 자기에게 눈길을 주던 일들을 생생하게 떠올렸지만 그녀의 기억 속에 네흘류도프는 없었다. 그녀는 어린 시절의 일, 처녀 시절의 일, 특히 네흘류도프와의 첫사랑에 대해서는 한 번도 회상해본 적이 없었다. 너무 가슴이 아플 것 같아서였다. 그 시절의 기억들은 어딘가 그녀의 마음속 깊은 곳에 고스란히 간직되어 있었다. 그녀는 네흘류도프를 잊었으며 그를 다시 생각하지도 않았고, 꿈속에서조차 본 적이 없었다.

오늘 법정에서 그녀는 그를 알아보지 못했다. 군복을 입고 짧은 콧수염만 길렀을 뿐 턱수염은 없던 그때의 모습과 지금의 모습이 너무 다르기 때문만이 아니었다. 그녀가 전혀 그에 대한 생각을 해본 적이 없기 때문이었다. 그녀는 그가 전장에서 돌아오면서 고모네 집에 들르지 않고 그냥 기차를 타고 지나쳐버린 '그날 밤의 어둠' 속에, 그와 함께 한 지난날의 추억을 모두 묻어버렸던 것이다.

네흘류도프의 고모들은 그날 그가 지나는 길에 집에 들르리라 기대하고 그에게 편지를 썼다. 하지만 그는 정해진 기일 안에 페테르부르크에 도착해야 하기에 들를 수 없다고 전보를 쳤다. 이를 안 카튜샤는 지나는 길에라도 그를 한 번 꼭 보리라 마음먹었다. 이제 아이가 뱃속에서 자주 꼼지락거리며 요동을 칠 때였다.

밤 12시에 기차가 통과하기로 되어 있었다. 카튜샤는 두 여주인이 잠들기를 기다려 찬모(饌母)의 딸인 마슈카라는 소녀와 함께 머릿수건을 쓰고 역으로 갔다. 비바람이 치는 어두운 가을밤이었다. 너무 어두웠기에 잘 아는 길이었는데도 불구하고 그녀는 길을 잃고 약간 헤매었다. 그녀는 기차가 도착하기 전에 역에서 기차를 기다릴 작정이었지만 막상 역에 도착했을 때는 3분밖에 정차하지 않는 기차가 막 출발하려 하고 있었다.

일등칸 창가에 앉은 그의 얼굴을 그녀는 금세 알아볼 수 있었다. 젊은 장교 두 명이 군복 윗도리를 벗은 채 마주 앉아 카드놀이를 하고 있었으며 그는 의자 등받이에 등을 기대고 안쪽 자리에 앉아 미소 짓고 있었다. 그의 모습을 알아본 카튜샤는 시린 손으로 기차 창문을 급히 두드렸다.

이윽고 기차가 서서히 움직이기 시작했다. 카드놀이를 하던 장교 한 명이 카드를 손에 든 채 창밖을 내다보았다. 그녀는 창문을 한 번 더 세게 두드린 후 얼굴을 유리에 가까이 댔다. 이윽고 기차가 속력을 내기 시작하자 그녀는 창문을 바라보며 기차를 따라 달리기 시작했다. 일어났던 장교가 창문을 열려 했으나 잘 되지 않았다.

그러자 네흘류도프가 일어나서 창문을 열려 했다. 기차는 점점 더 속력을 냈으며 그녀도 뒤떨어지지 않으려고 힘껏 달렸다. 하지만 기차는 점점 더 속력을 냈고 일등 객실은 이내 플랫폼 밖을 벗어나 멀어졌다. 그래도 그녀는 계속 기차를 따라 달렸다. 그녀를 겨우 뒤쫓아 온 소녀가 그녀를 붙잡았고 그녀는 그 자리에 설 수밖에 없었다.

'그는 밝은 곳 편한 의자에 앉아 즐겁게 농담하며 술을 마시고 있는데 나는 이 어둠 속 진창에서 거센 바람을 맞으며 울고

있다니!'

그녀는 소녀를 와락 껴안고 울음을 터뜨렸다.

그 무서운 밤 이후 그녀의 모든 것이 변해버렸다. 그녀는 더 이상 신(神)도, 선(善)도 믿지 않았다. 그 모든 것이 남을 속이기 위한 수단이라고 생각했다. 자신을 사랑했고, 또 자신이 사랑했던 남자는—그렇다, 그는 자신이 그녀를 사랑한다는 것을 몰랐지만 그녀는 자신이 그를 사랑한다는 것을 알고 있었다—자신을 농락하고 떠나버렸다.

그는 그가 알고 있는 모든 사람들 중에 최고였다. 그 어떤 사람도 그만 못했다. 그 후에 그녀가 만난 모든 사람들은 매번 그 사실을 확인시켜주었다. 그토록 신앙심이 깊은 그의 고모도 그녀가 전처럼 일을 잘하지 못하자 그녀를 내쫓아버렸다. 그녀가 만난 여자들은 그녀를 돈벌이로 삼으려 했고 남자들은 모두 쾌락의 대상으로 삼았다.

그녀가 만난 사람들, 아니 그녀가 살고 있는 세상 자체가 오로지 자신 개개인의 쾌락만을 위해 존재했다. 그런 세상에서 신이나 선은 기만에 불과했다. 그녀는 가끔 어째서 이 세상 사람들은 온통 나쁜 짓만 일삼고 남을 괴롭히기만 하는지 의아하게 생각할 때도 있었다. 하지만 그 생각 자체가 자신을 괴롭게 할 뿐이어서 그녀는 아예 그 생각을 하지 않게 되었다. 그녀는 기분이 우울해지면 담배를 피우거나 술을 마셨다. 그러면 모든 것이 아무 일 없이 지나가버렸다.

제16장

이튿날은 일요일이었다. 새벽 5시 기상과 함께 점호를 마친 죄수들이 모두 예배를 드리러 교회로 가는 날이었다. 카튜샤도 백 명이 넘는 여죄수들과 줄을 지어 교도소 안에 있는 교회로 향했다. 여죄수들은 교회의 왼쪽 자리에 앉았고 남자 죄수들은 오른쪽과 가운데 자리를 잡았다.

이 교회는 어느 부유한 상인이 수만 루블을 희사해서 새로 지은 건물로서 온통 화려한 색채를 자랑하고 있었으며 건물 전체가 찬란한 금빛으로 번쩍이고 있었다. 죄수들이 자리를 잡은 뒤 중앙 통로를 통해 교도소장이 들어서자 예배 의식이 시작되었다.

금빛 법의를 걸친 사제가 여러 성자들의 이름과 기도문을 외우며 빵을 잘게 조각내어 접시 위에 늘어놓은 뒤 그것들을 다시 포도주 잔에 넣었다. 그사이 보좌신부가 기도문을 외웠고 죄수들로 이루어진 성가대가 노래를 불렀다. 이어서 사제가 '마가복음' 중의 한 절을 낭송했다. 이어서 사제가 자비로우시며 전능하신 예수 그리스도를 찬미하면서 설교 아닌 설교를 했고, 설교가 끝난 뒤 성호를 긋고 허리를 굽혀 절을 했다. 그러자 교도소장도, 교도관들도, 죄수들도 일제히 허리를 굽혔다. 그사이 성가대는 계속 성가를 부르고 있었다.

예배는 오랫동안 계속되었다. 성가가 계속되는 동안 계속 절을 해야만 했던 죄수들은 성가가 끝나자 안도의 한숨을 내쉬었다. 이제 마지막 절차만 남아 있었다. 단 위에 있던 사제가 금 십자가를 들고 교회 중앙으로 걸어 내려왔다. 그러자 제일 먼저 소장이 앞으로 나가 십자가에 입을 맞추었고 이어서 교도관들이 뒤를 따랐다. 다음으로 죄수들이 서로 밀치며 앞으로 나가 십자가에 입을 맞추었다. 사제는 소장과 이야기를 나누느라 바빠서 십자가와 자신의 손을 때로는 죄수의 손에, 때로는 죄수의 코앞에 내밀기도 했다. 죄수들은 어렵게 십자가와 사제의 손에 입을 맞출 수 있었다. 이렇게 하여 길 잃은 형제들을 위로하고 교도(教導)하기 위해 베풀어진 예배 의식이 끝났다.

이 예배에 참석했던 모든 사람들, 즉 예배를 주도한 사제도, 교도소장과 교도관도, 카튜샤를 비롯한 죄수들도 이곳에서 행해졌던 화려한 의식 자체가, '예수 그리스도'의 이름으로 '예수 그리스도'가 행한 모든 행동에 대한 신성모독이며 조롱이라는 것을 깨닫지 못하고 있었다—사제가 의식 내내 '예수 그리스도'를 알아듣지도 못할 말로 내내 칭송했지만—. 예수 그리스도는 사제가 빵과 포도주를 갖고 마치 마술 주문처럼 아무 의미도 없는 말을 중얼거리며 신성모독을 행하는 것을 분명 금지했다. 또한 예수는 이렇게 교회에 모여 한꺼번에 기도를 드리기보다는 개개인이 각자 기도를 드리기를 바랐다. 심지어 예수는 교회라는 제단을 파괴하기 위하여 자신이 왔다고 말했다. 예수는 기도란 제단이 아니라 개개인의 마음속에서 드리는 것이라고 말했다.

또한 모두들 입을 맞춘 금 십자가가, 이곳에서 행해지는 것과 같은 일들을 비난했다는 이유로 예수가 처형되었던 형틀이라는 사실을 그 누구도 자각하지 못했다. 빵을 먹고 포도주를 마시며, 예수의 살과 피를 먹고 마신다고 생각한 사제가 실은 그리스도가 자신과 동일시한 '불쌍한 사람들'을 희롱하고 있으며 그들에게서 축복을 빼앗고 가장 잔인한 고통 속에 빠뜨리고

제1부

119

있다는 사실, 예수 그리스도가 이 세상에 가져온 위대한 기쁨의 물결을 오히려 그 '불쌍한 사람들'에게 감추고 있다는 사실을 모르고 있었다. 어떤 의미로 그는 분명 예수의 살과 피를 먹고 마셨다. 그것은 바로 이곳 불쌍한 사람들의 살과 피였다. 그 살과 피를 마심으로써 사제는 그들과 한 몸이 된 것이 아니라 그들을 오히려 고통에 빠뜨렸고 그들에게서 그리스도의 축복과 기쁨을 빼앗고 감추어버렸다.

사제는 양심에 조금도 거리낌 없이 자신의 직분을 다했다. 진정한 신앙이란 옛 성인들이 지니고 있던 믿음 바로 그것이며 그것이 여전히 교회에 의해 이룩되고 있다고 믿게끔 어릴 때부터 교육받았기 때문이며 국가의 권위가 그것을 요구하고 있기 때문이었다. 그는 빵이 살로 변할 수 있다고, 그가 늘어놓은 수많은 말들이 영혼을 구원할 수 있으리라고, 자신이 실제로 그리스도의 살의 일부분을 먹었다고 믿지 않았다. 그런 것은 아무도 믿을 수 없었다. 다만 그는 누구나 신앙을 가져야 한다고만 믿었다. 특히 그에게 신앙심을 굳게 해준 것은 그런 신앙심을 갖고 실천함으로써 그 대가로 가족의 생계를 유지할 수 있었고 지난 18년 동안 자식들을 제대로 교육시킬 수 있던 때문이었다.

교도소장이나 교도관들은 교리의 뜻에 대해, 교회에서 행해지고 있는 일들의 의미에 대해 아무것도 몰랐고 알려고도 하지 않았다. 다만 그들의 윗사람이나 황제가 이 종교를 믿고 있으므로 자기들도 믿어야 한다고 막연히 느끼고 있을 뿐이었다. 그리고 이 막연한 신앙이 그들의 냉혹한 직무를 보호해주는 역할을 했다. 만일 이 신앙이 없었다면 그들이 죄수들에게 가하는 온갖 잔혹한 행위들을 아무런 양심의 가책 없이 행하기는 어려웠을 것이며 아예 불가능했을 것이다.

　　특히 마음이 선량한 소장은 이 신앙의 뒷받침이 없었다면 지금처럼 살아갈 수는 없었을 것이다. 바로 그 때문에 그는 그 누구보다 더 열심히 허리를 굽히고 기도했으며, 찬송가를 따라 부를 때 감동을 느끼려 애썼고, 성체 예배 때 아이들을 안아 올리기도 했다.

　　이 신앙, 아니 신앙이라기보다는 형식적 치장의 의미를 정확히 꿰뚫어보고 속으로 경멸하고 있는 몇 명의 사람을 제외하고는 죄수들도 이 모든 의식 속에 크나큰 행복을 얻을 수 있는 신비스러운 힘이 들어 있다고 믿었다. 그들은 비록 자신들이 현세에서 고통을 받고 있지만 바로 이 의식(儀式)으로 인해 내세에서는 다른 삶을 살 수 있으리라고 믿었다.

카튜샤도 그런 식의 믿음을 지니고 있었다. 예배가 진행되는 동안 경건함과 지루함을 동시에 느끼며 이 의식에 참여했다.

제17장

네흘류도프는 아침 일찍 집을 나섰다. 어젯밤 따뜻한 첫 봄 비가 내렸으며 포장이 되지 않은 곳마다 파릇파릇 풀포기가 돋아나고 있었다. 뜰에 있는 자작나무는 마치 파란 솜털을 흩뿌려 놓은 것 같았으며 벚나무와 포플러나무도 향기로운 싹을 길게 내밀고 있었다. 가게에서도 가정집에서도 덧창을 떼어내고 유리창을 닦고 있었다.

네흘류도프가 걸어가고 있는 거리에는 이미 사람들이 부산을 떨며 걸어 다니고 있었으며 갓 돋아난 파릇한 잔디 위에서 아이들이 개들과 함께 뛰어 놀고 있었고 유모들은 근처 긴 벤치에 앉아 즐겁게 이야기를 나누고 있었다. 교회마다 예배를 알리는 종소리들이 울리고 있었고, 사람들은 저마다 나들이 옷차림으로 교회로 향하고 있었다.

삯마차를 타고 교도소에 도착한 네흘류도프는 금줄이 달린 제복을 입은 교도관에게 다가가 면회 신청을 하고 카튜샤 마슬로바의 이름을 댔다. 그러자 교도관이 말했다.

"여긴 남자 교도소입니다. 일단 신청은 여기서 하시고 면회는 여자 교도소로 가서 하십시오."

그는 교도관이 가리키는 쪽을 향해 걸어갔으나 여죄수 감방으로 향하는 문을 제대로 찾을 수 없었다. 그때 마침 어제 만났던 부소장이 눈에 띄었다. 그가 용건을 말하자 부소장은 하사관 계급장을 단 교도관 한 명에게 네흘류도프를 여자 감방으로 안내해드리라고 말했다. 교도관은 여자 죄수 감방으로 네흘류도프를 안내하더니 여죄수 면회실로 통하는 문을 열어주었다.

면회실에는 두 겹의 철망이 방을 갈라놓고 있었고 그 사이를 제복을 입은 여자 교도관들이 왔다 갔다 하고 있었다. 철망에는 면회 온 사람들과 죄수들이 철망에 얼굴을 바싹 들이댄 채 소리들을 지르고 있었다. 네흘류도프는 면회 신청을 받은 카튜샤가 철망 저쪽에 나와 있으리라고 생각하고 철망 안을 들여다보았다. 하지만 그녀의 모습은 보이지 않았다.

그때 창가 곁, 다른 죄수들 뒤에 한 여자가 서 있는 모습이 보였다. 바로 그녀였다. 그의 심장이 쿵쿵거렸고 숨이 막히는 것 같았다. 결정적인 순간이 다가오고 있었다. 네흘류도프는 안이 훤히 바라다보이는 철망 쪽으로 다가갔다. 분명 그녀였다. 그녀는 푸른 눈의 여죄수 뒤에서 미소를 띤 채 이야기를 하고 있었다. 카튜샤는 죄수복 차림이 아니라 흰 옷을 입고 있었으며 허리를 벨트로 단단하게 죄고 있어 가슴이 볼록하게 솟아 보였다. 법정에서처럼 스카프 아래로 검은 곱슬머리가 비어져 나와 있었다.

'이제 결정적인 순간이 왔구나'라고 그는 생각했다. '뭐라고 불러야 하지? 혹시, 그녀가 먼저 나를 보고 와주지 않을까?'

하지만 그녀는 이쪽으로 다가오지 않았다. 그녀는 친구인 클라라가 면회 온 줄 알고 있었다. 그가 면회를 왔으리라고는 꿈에도 생각할 수 없었던 것이다.

"누구를 면회 오셨습니까?" 철망 사이를 오가던 여교도관이 네흘류도프에게 물었다.

"예카테리나 마슬로바입니다." 네흘류도프가 겨우 더듬거리며 말했다.

"마슬로바, 여기 면회 오신 분이 있다!" 교도관이 큰 소리로 안을 향해 외쳤다.

카튜샤가 고개를 돌리더니 가슴을 내민 채 두 여죄수 사이를 헤집고 철망 앞으로 다가왔다. 그녀는 놀란 듯 의아한 눈길로 네흘류도프를 바라보았다. 하지만 옷차림새로 보아 그가 부자인 것을 알아채고 방긋 미소 지었다.

"저를 면회 오신 건가요?" 그녀는 여전히 미소를 띤 채 얼굴을 철망 가까이 하며 물었다.

"그러니까, 나는……." 네흘류도프는 그녀를 '당신'이라고 해야 할지 '너'라고 해야 할지 잠시 망설이다가 결국 '당신'이라고 부르기로 마음먹고 말했다. "당신을 만나서……."

옆에서 하도 큰 소리로 떠드는 바람에 카튜샤는 그의 말소리를 알아들을 수 없었다. 하지만 말할 때의 그의 얼굴 표정을 보고 잊고 있던 그 사람이 머리에 떠올랐다. 그녀는 제 눈을 의심했다. 그녀의 얼굴에서 미소가 사라지고 고통스러운 주름이 깊게 잡혔다.

"무슨 말씀이신지 안 들려요." 그녀는 이맛살을 더 찌푸리면서 외쳤다.

"내가 여기 온 건……." 그가 말했다. 순간 그는 '나는 지금 해야 할 일을 하고 있는 거야. 나는 고해하고 있는 거야'라고 생각했다. 그는 갑자기 눈물이 솟구쳐 오르고 목이 메어와 두 손으

부활

126

로 철망을 움켜잡은 채 울음을 억지로 참느라 입을 다물 수밖에 없었다.

카튜샤는 흥분한 그의 모습을 보고 그가 바로 '그'임을 똑똑히 알 수 있었다.

"알 것 같기도 한데…… 아니야. 난 당신을 몰라요."

그녀가 그를 보지도 않은 채 외쳤다. 얼굴이 빨갛게 상기되어 있었지만 단호한 표정이었다.

"당신에게 용서를 구하려고 왔소!"

네흘류도프가 마치 암기했던 것을 낭송하듯 억양 없는 말투로 외쳤다. 그 말을 큰 소리로 입 밖에 내고 나서 그는 당황했다. 하지만 곧바로, 자신이 부끄러움을 느꼈다면 그게 더 잘 된 일이라고, 그 부끄러움을 감당해내야만 한다고 그는 생각했다. 그는 계속 큰 소리로 말했다.

"나를 용서해주오. 내가 당신에게 정말 큰 잘못을 저질렀소."

그녀는 꼼짝 않고 서서 사팔눈으로 그를 뚫어져라 바라보았다. 네흘류도프는 더 이상 말을 이을 수가 없어 철망 곁을 떠났다. 그때 마침 부소장이 그곳에 들어오며 철망에서 떨어져 있는 그의 모습을 보고 곁으로 다가와 왜 면회를 하지 않느냐고 물었다. 네흘류도프가 대답했다.

"철망 사이로 면회를 하려니 힘이 듭니다. 말소리가 들리지 않아요."

"그러면 그녀를 잠깐 이곳으로 나오게 해드리겠습니다."

잠시 후 두 사람은 벽에 붙어 있는 걸상에 나란히 앉았다. 카튜샤는 고개를 떨어뜨린 채 손으로 치맛단을 매만지고 있었다.

"나를 용서하기 어렵다는 걸 잘 알고 있소." 말을 꺼내자 네흘류도프는 다시 눈물이 솟는 것을 어쩔 수 없었다. "모든 것을 되돌릴 수 없다는 것을 잘 알고 있소. 하지만 앞으로 내가 할 수 있는 일이라면 뭐든지 하겠소. 그러니……."

"저를 어떻게 찾으셨어요?"

그녀는 그를 보지 않은 채 말했다.

"그저께 있었던 당신 재판 때 내가 배심원이었소. 나를 못 알아본 거요?"

"아뇨. 그럴 겨를도 없었고 보려고도 하지 않았어요."

"아이가 있었다고 하던데……." 그는 얼굴을 붉히며 말했다.

"천만다행으로 금세 죽었어요." 그녀는 고개를 돌리며 짧게 대답했다.

"고모들은 왜 당신을 내보낸 거요?"

"누가 아이 밴 몸종을 곁에 두려 하나요? 하지만 그런 건 다

잊었어요. 이미 끝난 일인데요."

"아니, 끝난 게 아니요. 지금이라도 속죄하고 싶소."

"속죄할 게 뭐 있나요? 지난 일은 지난 일일 뿐이에요."

그 말을 마친 뒤 그녀는 뜻밖에도 그를 바라보며 미소를 지었다. 마치 그를 유혹하는 것 같기도 하고 동정을 바라는 것 같기도 한 미소였다.

카튜샤는 이런 곳에서 그를 보게 되리라고는 꿈에도 생각지 못했기에 처음 그를 보았을 때 깜짝 놀랐다. 이어서 잊으려 했던 지난날의 추억들이 떠올랐다. 그때 경험했던 사랑의 신비, 이어서 도무지 이해할 길 없었던 그의 배신, 꿈 같은 행복에 뒤이어 찾아온 갖가지 치욕과 고통이 연이어 떠올랐던 것이다. 그녀는 늘 그랬듯이 그 기억들을 이 타락한 삶의 안개로 뒤덮어 가려버리려 했다.

그녀는 자기 앞에 있는 이 사람을 한때 자기가 사랑했던 그 사람과 연결지어 생각한다는 것이 너무 가슴이 아팠다. 이렇게 훌륭한 차림에 턱수염에까지 향수를 뿌린 이 남자는 결코 자신이 이전에 사랑했던 네흘류도프가 아니었다. 자신의 욕구를 충족시키기 위해 자기와 같은 여자를 이용하고 그것을 당연시 여기는 뭇 남자들 중의 하나일 뿐이었다. 그녀가 그에게 유혹의 눈길을 보낸 것은 그 때문이었다. 그녀는 이 남자를 어떻게 이용할 수 있을까 하는 생각을 하고 있었던 것이다.

그녀가 다시 입을 열었다.

"이제 다 끝난 일이에요. 이미 시베리아 유형 판결이 내렸는걸요." 그 말을 하면서 새삼 그녀의 입술이 가늘게 떨렸다.

"그건 나도 알고 있소. 그리고 당신에게 죄가 없다는 것도 확신하고 있소."

"그래요, 전 죄가 없어요. 도둑질도 강도질도 하지 않았어요." 그녀는 잠시 말을 멈추었다. 그에게서 얻어낼 것이 무엇인지 잠시 생각했던 것이다.

그녀가 말을 이었다.

"모든 게 변호사에게 달려 있다고들 해요. 상소를 하라는 거예요. 다만 비용이 많이 든다고⋯⋯."

"물론 해야 하오. 내가 이미 변호사에게 말해놓았소."

잠시 침묵이 흘렀다. 이번에도 먼저 입을 뗀 것은 그녀였다.

"저, 한 가지 부탁이 있는데⋯⋯. 돈을 좀 주실 수 있는지⋯⋯. 많지 않은 돈이에요⋯⋯. 10루블 정도만⋯⋯. 그 이상은 필요 없어요."

네흘류도프는 왔다 갔다 하는 부소장과 교도관들이 보지 못하는 사이에 얼른 그녀에게 돈을 건네주면서 말했다.

"카튜샤, 난 너에게 용서를 빌러 온 거야. 그런데 너는 답을 안 해줬어. 나를 용서한 거야? 나를 용서해줄 거야?" 그는 어느새 그녀에게 반말을 하고 있었다. 그녀를 보다 가까이 느끼려는 그의 마음이 시킨 일이었다.

그녀는 그의 말을 듣고 있는 것 같지 않았다. 그녀는 오로지 부소장이 어디로 가는지 눈치만 보고 있다가 그가 등을 돌리자 얼른 지폐를 손에 움켜쥐더니 허리춤에 감추었다.

"정말 이상한 말씀을 하시네요." 그녀는 그가 보기에 마치 조롱하는 듯한 미소를 띠고 말했다.

네흘류도프는 그녀의 영혼 속에 그의 적이 있어 지금의 그녀를 보호하고 있으며 자신이 그녀의 마음에 스며드는 것을 가로막고 있다고 느꼈다. 하지만 이상한 일인지 몰라도 그 사실이 그를 물러서게 하는 대신 뭔가 새롭고 특별한 힘으로 그녀에게 더욱 다가가게 만들었다. 그는 자신이 그녀의 영혼을 눈뜨게 해야 한다고 느꼈다. 동시에 그는 그 일이 지극히 어렵다는 것도 느꼈다. 하지만 그 어려움이 그를 더욱더 강하게 잡아끌고 있었다. 그는 지금, 이제껏 그녀를 향해서건, 그 누구를 향해서건 한 번도 품어본 적이 없는 감정을 느끼고 있었다. 거기에 이기적인 감정은 조금도 들어 있지 않았다. 그는 다만 그녀가 옛날의 그녀로 돌아가기만을 간절하게 원하고 있었다.

이윽고 면회 시간이 끝났다.

"또 올게."

네흘류도프가 걸상에서 일어나며 말했다.

"하실 말씀 다 하신 거 아니에요?"

"아니야. 다시 보러 오겠어. 아주 중요한 이야기를 할 게 남아 있어. 당신은 내게 누이 같은 사람이야."

"정말 이상하네요." 그녀는 고개를 갸우뚱하며 철망 저쪽으로 가버렸다.

제18장

네흘류도프는 자신의 외면 생활 전체를 바꾸기로 작정했다. 그는 우선 이 큰 집을 세놓고 하인들을 내보낸 다음 여관 생활을 하려 했다. 하지만 아그라페나가 겨울이 오기 전에 그 어떤 것도 바꾸려는 건 소용없는 짓이다, 우선 여름에는 이 집을 빌리려는 사람이 없을 것이다, 어디 가서 살든 여기에 있던 짐들은 고스란히 필요할 것이다, 라고 조목조목 지적하는 바람에 그 계획은 무산되었다.

'하긴 카튜샤의 문제가 해결되기 전까지는 생활 방식을 바꿀 이유가 별로 없긴 해'라고 그는 생각했다. '그녀가 무죄 방면되거나 유형을 가게 되어 내가 따라가게 되면 저절로 바뀌겠지.'

그는 변호사 파나린과 미리 약속한 날 그의 집을 찾아갔다.

명성이 자자한 변호사인 만큼 그의 저택은 웅장하고 화려했다.

응접실은 변호사를 만나려는 사람들로 붐비고 있었고 변호사는 어느 상인과 면담 중이었다. 상인이 돌아가자 파나린은 네흘류도프를 반갑게 맞으며 말했다.

"아, 공작님, 어서 오십시오."

네흘류도프는 급한 마음에 다짜고짜 카튜샤 사건을 검토해보았느냐고 물었다.

"네, 다 살펴보았습니다. 정말 엉망으로 사건을 다루었더군요. 하지만 상소 이유를 찾기는 쉽지가 않았습니다. 그런대로 상소 이유를 찾아서 이렇게 정리해보았습니다."

변호사는 빽빽하게 글이 적힌 몇 장의 종이를 꺼내더니 별의미 없는 법적 용어들은 뛰어넘고 어떤 대목은 강조하며 읽기 시작했다.

그 서류는 그 사건이 사법 절차상의 위반과 오류에 의해 잘못 판결이 이루어진 결과라며 네흘류도프가 별로 주목하지 않았던 재판 절차상의 오류들을 몇 가지 지적하고 있었다. 이어서 살인 의도가 없이 예기치 않게 사람을 죽이게 된 경우 그 행위의 유무죄 여부는 살인이 아니라 과실치사에만 적용될 수 있다는 사실을 재판장이 배심원들에게 사전에 알려주지 않은 것은 중대한 과실이라고 지적했다. 이어서 배심원들의 평결문에 큰 오류가 있음을 지적했다. 카튜샤가 오로지 물욕 때문에 스 멜리코프를 독살한 혐의를 받고 있는데, 절도에 대해서는 그 의도가 없었다는 평결을 내리면서 살해 의도가 없었다는 사실 을 적시하지 않은 것은 너무 명백한 오류라는 것이다. 마지막 으로 배심원의 평결에 그런 오류가 있으면 마땅히 지적하고 새 롭게 평결문을 작성하게 하는 것이 재판장의 의무임에도 불구 하고 그가 그렇게 하지 않은 것은 명백한 오류라고 파나린은 지적하고 있었다.

변호사가 읽기를 끝내자 네흘류도프가 물었다.

"그렇게 오류가 많은 사건이니 원로원에서 상소를 받아들이 겠지요?"

"그건 그 심리를 누가 맡아보느냐에 달려 있습니다. 저는 제 가 할 수 있는 한 최선을 다해 상소 이유서를 작성했습니다. 하 지만 솔직히 말씀드린다면 성공하리라는 희망은 별로 갖고 있 지 않습니다. 물론 원로원 심리 위원회에 누가 나오느냐에 달 려 있긴 합니다만……. 혹시 아시는 분이 있다면 손을 써놓으 십시오."

"글쎄요, 몇 명 알기는 합니다만……."

"좋습니다. 빠르면 빠를수록 좋습니다. 그렇지 않으면 그 사람들은 요양이나 하겠다며 어디론가 멀리 가버릴 테니까요. 그러면 족히 서너 달은 기다려야 합니다. 만일 원로원에서 일이 잘못되는 경우 황제께 직접 청원하는 방법이 있긴 합니다. 그것도 당신이 얼마나 영향력을 발휘할 수 있느냐에 달려 있습니다. 그 경우에도 제가 도움을 드리겠습니다. 물론 청원서 작성을 도와드리겠다는 뜻이지 제가 영향력을 발휘하겠다는 뜻은 아닙니다."

"감사합니다. 그렇다면 사례금은……?"

"아, 서기가 정서한 상소장을 드리면서 알려드릴 겁니다."

"한 가지만 더 여쭙겠습니다. 듣자하니 정해진 날 외에 죄수들을 면회하려면 지사의 특별 허가가 필요하다고 하던데 사실입니까?"

"네, 그렇습니다. 하지만 지금은 지사가 출타 중이어서 부지사가 직무를 대행하고 있습니다. 하지만 좀 바보 같은 사람이라서 일이 쉽게 될 수 있을지 모르겠습니다."

"부지사라면 마슬렌니코프 말씀이십니까?"

"네, 그렇습니다."

"그 사람이라면 제가 잘 알고 있습니다."

네흘류도프는 자리에서 일어나 사무실 밖으로 나갔다. 그러자 서기가 미리 준비한 상소장을 그에게 건네주었다. 그가 사례금이 얼마냐고 묻자 서기는 변호사 선생님이 1,000루블이라고 말씀하셨다며, 그분은 웬만하면 이런 사건은 취급하지 않지만 특별히 공작님을 위해 맡은 것이라고 덧붙였다.

네흘류도프는 돈을 건네주며 물었다.

"그런데 이 상소장에는 누가 서명을 해야 합니까?"

"피고 자신이 하게 되어 있습니다. 만일 그게 어렵다면 피고에게 위임장을 받아서 변호사님이 대신하실 수도 있습니다."

"아, 네. 제가 피고에게 가지고 가서 직접 서명을 받도록 하겠습니다."

네흘류도프는 지정 면회일 외에 그녀를 만날 구실이 생긴 것이 기뻤다.

제19장

　교도소로 찾아간 네흘류도프는 교도소장의 방에서 카튜샤를
만날 수 있었다. 네흘류도프의 얼굴을 보자마자 소장이 교도관
에게 그녀를 데려오라고 지시한 것이다.

　소장의 방 안으로 들어오는 카튜샤의 얼굴은 벌겋게 상기되
어 있었다. 카튜샤는 요즈음 보드카를 거의 입에서 떼지 않고
지내고 있었다. 또한 교도관이 와서 누군가 면회를 왔다고 전
하자 코라블료바 노파가 권해주는 반 잔 정도의 보드카를 단숨
에 비운 뒤에 교도관의 뒤를 따라온 것이다.

　그녀는 네흘류도프를 보자 마치 노래를 부르듯 명랑하게 "안
녕하세요?"라고 말한 후 그의 손을 꼭 쥐었다.

　"상소장에 서명을 받으러 왔어." 거침없는 그녀의 태도에 놀

라며 네흘류도프가 말했다. "곧 이 서류를 페테르부르크로 보낼 작정이야."

네흘류도프는 주머니에서 서류를 꺼내더니 테이블 쪽으로 다가갔다. 카튜샤도 테이블로 와서 소장이 건네주는 펜으로 서류에 서명을 했다.

"이제 다 된 건가요?" 그녀는 잉크병에 펜을 꽂고는 소장과 네흘류도프를 번갈아 바라보며 말했다.

"아니, 좀 할 말이 있는데……."

네흘류도프가 망설이며 소장을 바라보자 선량한 소장은 눈치를 채고 밖으로 나갔고 둘은 테이블을 사이에 두고 마주 앉았다.

네흘류도프는 흘끗흘끗 창가에 앉아 있는 교도관의 눈치를 보며 테이블에 팔꿈치를 괴고 낮은 목소리로 말했다.

"만일 이 상소가 기각되면 황제에게 직접 청원할 작정이야. 뭐든 해볼 수 있는 일은 다 해볼 거야."

"처음부터 유능한 변호사를 세우는 건데……." 그녀가 그의 말을 가로막고 말했다. "그 사람, 정말 바보였어요. 그저 내게 듣기 좋은 말만 하고……." 그녀가 그 말을 하고 웃었다. "그때 당신을 알았더라면 이렇게 되지는 않았을 거예요. 여기선 전부

도둑년 취급하고……."

네흘류도프는 오늘 따라 그녀가 좀 이상하다고 생각했다. 그가 입을 열려고 하자 그녀가 또다시 그의 말을 가로막았다.

"부탁이 있어요. 제 방에 할머니가 한 분 들어와 계세요. 어찌나 착한지 모두들 놀랄 지경이에요. 아무 죄도 없는데 아들과 함께 여기 들어와 있어요. 누구나 죄가 없다는 건 다 알고 있어요. 모자가 뭐, 방화죄를 저질렀다나? 말도 안 돼요. 제가 당신과 아는 사이라는 이야기를 듣고는 아들을 좀 만나봐달라고 했어요. 아들이 다 이야기해줄 거라면서요. 아들 이름이 메니쇼프래요. 어때요? 한번 만나봐주시겠어요? 정말 착한 할머니예요."

"좋소, 내가 한번 만나보지." 그는 카튜샤의 거리낌 없는 태도에 다시 한번 놀라며 말했다.

그러자 카튜샤가 이번에는 같은 감방에 갇혀 있는 페도시야에 대한 이야기를 하며 한번 사정을 좀 알아봐달라고 했다. 그는 그러겠다고 말한 뒤 말을 이었다.

"그런데 나도 내 문제로 이야기할 게 있어. 지난번 내가 한 말 기억하고 있지?"

"너무 많은 이야기를 했잖아요. 무슨 이야기지요?"

"네게 용서를 받고 싶어서 왔다고 했어."

"왜 자꾸 그런 말을 해요. 그건 다 소용없는 일이에요. 그보다는……."

"나는 내 자신의 죄를 속죄받고 싶을 뿐이야. 말로써가 아니라 실제 행동으로 속죄하고 싶어. 카튜샤, 나와 결혼해주겠소?"

그녀는 놀란 듯 그를 보는 건지 아닌건지 모르는 모호한 눈길을 보냈다. 이어서 그녀는 마치 화라도 난 듯 "그럴 필요가 뭐 있어요?"라고 중얼거렸다.

"나는 그것이 하느님 앞에서의 내 의무라고 느꼈어."

"하느님이라고요? 어떤 하느님을 지금 찾고 있는 거지요? 전에 꼭 필요했던 그 하느님이 아니고요? 하느님이라고? 맙소사! 좀 더 일찍 하느님을 찾지 못하고!"

그녀는 잠시 입을 벌린 채 멍하니 있었다. 그제야 그는 그녀의 입에서 술 냄새가 풍기는 것을 알아차렸고 그녀의 태도가 전과 다른 이유를 알 수 있었다.

"자, 좀 진정해." 그가 말했다.

"왜 내가 진정해야 하지요?" 그녀는 얼굴이 새빨개지며 말했다. "내가 취한 줄 아는 모양이지요? 그래요, 취했어요. 하지만 내가 무슨 말을 하는지는 잘 알고 있어요. 나는 매춘부고 당신은 신사에다 공작님이지요. 나 같은 여자랑 가까이 해서 몸을 더럽힐 것 없어요. 당신 신분에 걸맞는 공작 아가씨에게나 가요. 나는 10루블짜리 지폐면 충분한 여자니까."

네흘류도프는 몸을 떨면서 나직이 중얼거렸다.

"너는 내가 얼마나 죄책감을 느끼고 있는지 모를 거야."

"죄책감을 느낀다고요?" 그녀는 피식 웃으며 말했다. "그러면 그때 100루블을 던지고 가버리면서는 안 느꼈나보지? 그게 내 몸값이었나?"

그는 "카튜샤!"라고 외치며 그녀의 손을 잡으려 했다. 그러자 그녀가 분노한 듯 그의 손을 뿌리치며 말했다.

"저리 가요! 나는 매춘부고 당신은 공작이에요. 여긴 당신 같은 사람에겐 볼 일이 없어요. 당신, 나를 미끼로 구원받으려고! 이 세상에서는 나를 농락하고 저 세상에서는 나를 통해 구원받으려고! 당신은 보기만 해도 역겨워요. 그 안경도, 그 기름지고 밉살스러운 얼굴도! 가세요! 어서 가버리세요!" 그녀는 거칠게 자리를 박차고 일어나며 외쳤다.

"아, 왜 그때 죽어버리지 못했을까!" 그녀는 흐느끼며 울기 시작했다.

네흘류도프는 더 이상 아무 말도 하지 못했다. 그녀의 눈물에 가슴이 아팠다.

교도관이 의자에서 일어나더니 면회 시간이 끝났다고 알려주었다.

"오늘 너무 흥분한 것 같아. 가능하다면 내일 다시 오겠어. 다시 한번 잘 생각해봐."

그녀는 그의 말에 아무 대답도 하지 않고 교도관의 뒤를 따라 복도로 나갔다.

방으로 돌아온 카튜샤는 궁금해하는 동료 죄수들의 질문 공세를 외면한 채 꼼짝 않고 나무 침대에 누워 있었다. 그녀의 영혼 속에서 괴로운 싸움이 시작된 것이다. 네흘류도프의 말에 의해, 그녀가 고통받았던 그 세계, 그녀가 아무것도 이해하지 못한 채 떠나버린 그 세계, 증오하며 떠날 수밖에 없었던 그 세계에 대한 기억이 되살아난 것이다. 그녀는 지금 그녀가 살고 있는 몽환의 세계에서 깨어나기를 두려워하고 있었다. 그리고 지나간 날에 대한 생생한 기억을 간직한 채 그 몽환의 세계 속에서 살아간다는 것은 너무나 괴로운 일이었다. 그날 밤 그녀는 다시 보드카를 사서 감방 동료들과 함께 마셨다.

"그래, 바로 그거야, 바로 그거였어……." 네흘류도프는 교도소 입구 쪽으로 걸어 나오면서 중얼거렸다. 그는 이제야 자신이 무슨 죄를 지었는지 확실히 깨달은 것이다. 만일 그가 자신이 지은 죄를 씻으려 하지 않았다면 자기가 얼마나 큰 죄를 지었는지 그는 결코 알 수 없었을 것이다. 카튜샤 편에서도 마찬가지였다. 그녀 역시 그녀에게 그 얼마나 무서운 짓이 행해진 것인지 느끼지 못했을 것이다. 그는 이제야 자기가 그 여자의 영혼에 무슨 짓을 한 것인지 알게 되었고, 그녀는 이제야 자기에게 무슨 짓이 가해진 것인지 알게 된 것이다.

이제까지 네흘류도프는 양심의 가책을 느끼면서 그런 자신의 모습에 감탄하고 있었다. 하지만 지금 그는 오로지 공포에 사로잡혀 있었다. 그는 이제 와서 그녀를 버릴 수 없다는 것을 잘 알고 있었다. 하지만 그녀와의 관계가 어떤 결과를 빚게 될 것인지는 도저히 상상조차 할 수 없었다.

그가 교도소 문을 나서려 했을 때였다. 교도관 한 명이 그에게 다가와 말했다.

"공작님, 어떤 여자가 공작님께 쪽지를 하나 전해드리라고 하더군요."

그는 네흘류도프에게 편지 봉투를 건넸다.

"어떤 여자인데요?"

"읽어보시면 알 겁니다. 정치범이지요. 이런 일은 금지되어 있지만, 인정상……." 교도관은 야릇한 웃음을 띠며 말했다. 네흘류도프는 교도소를 나오자 바로 편지를 읽었다.

> 당신이 어느 죄수를 만나려고 교도소에 자주 온다는 소식을 듣고 당신을 만나야겠다는 생각이 들었습니다. 저를 면회해주시면 고맙겠습니다. 당신이 돌봐주는 사람에 대해서, 또한 우리 그룹에 대해서 많은 정보를 드릴 수 있을 겁니다.
>
> 베랴 보고두호프스카야

베랴 보고두호프스카야는 언젠가 네흘류도프가 친구들과 함께 곰 사냥을 갔던 노브고로드현의 어느 시골 구석에서 만난 적이 있던 여교사였다. 당시 그녀가 대학에 가고 싶으니 학비 80루블을 빌려달라고 해 네흘류도프는 그녀에게 도움을 준 적이 있었다. '그래, 그때도 그런 낌새가 있었어. 그녀는 분명 혁명 운동 때문에 투옥된 걸 거야. 그래, 어디 한번 만나보자. 게다가 카튜샤에게 도움이 될 정보가 있다고 하잖아.'

제20장

다음 날 아침, 잠에서 깨어난 네흘류도프는 어제 있었던 일을 곰곰 생각해보고는 두려움에 사로잡혔다. 그럼에도 불구하고 그는 이왕 시작한 일을 끝까지 밀고 나가겠다고 더욱더 굳게 결심했다.

그는 집을 나서자 부지사 마슬렌니코프의 집으로 마차를 몰았다. 카튜샤의 특별 면회와, 그녀가 부탁했던 메니쇼프의 면회 허가증을 받기 위해서였다. 그리고 기왕에 만난 김에 보고두호프스카야의 면회도 부탁해볼 심산이었다.

마슬렌니코프는 그가 군대에 있을 때 함께 근무하던 꽤 오랜 친구였다. 당시 마슬렌니코프는 부대의 경리장교였다. 그는 일과 황제 외에는 관심이 없던 열성적이며 마음씨 좋은 장교였다. 하지만 네흘류도프에게 지금의 그는 오직 관료로만 보일 뿐이었다. 그는 부유한 여성과 결혼한 뒤 그녀의 고집에 꺾여 군문을 떠나 행정직으로 옮긴 것이다. 둘은 나이 차이가 많이 났지만(마슬렌니코프는 거의 마흔에 가까운 나이였다) 막역한 사이였다.

마슬렌니코프는 네흘류도프를 반갑게 맞아주었다.

"어서 오게. 때맞춰 잘 왔군. 회의까지는 아직 10분이 남았어. 그래, 무슨 일인가?"

"실은 부탁이 있어 찾아왔네."

"그래? 무슨 부탁인데?" 마슬렌니코프는 갑자기 경계심을 품으며 약간은 놀란 목소리로 물었다.

"사실은 내가 관심을 많이 기울이고 있는 사람이 감옥에 있다네. 그 사람을 면회실이 아닌 일반 사무실에서 만나고 싶어. 듣자하니 그게 모두 자네 재량에 달려 있다고 하더군."

이어서 네흘류도프는 그 사건이 독살 사건이지만 재판이 부당했다는 이야기를 간단하게 해주었다. 회의 때문에 빨리 가봐야만 했던 마슬렌니코프는 꼬치꼬치 묻지 않고 그의 부탁을 들어주었다. 이어서 네흘류도프는 메니쇼프와 보고두호프스카야에 대한 면회 허가증도 받아내는 데 성공했다.

마슬렌니코프의 집에서 나온 네흘류도프는 지체 없이 교도소장의 관사로 갔다. 막 출근하기 위해 제복의 단추를 채우고 있던 소장이 그를 보자 말했다.

"어서 오십시오. 자, 앉으시지요. 무슨 일이신지요."

"아, 네. 방금 부지사에게 다녀오는 길입니다. 이 면회 허가증을 받아냈습니다." 네흘류도프는 서류를 내밀며 말했다. "마슬로바를 면회하고 싶습니다."

소장은 사람 좋은 미소를 띠며 말했다.

"아, 그렇군요. 그런데 오늘은 좀 면회하기에 적절하지 않은 것 같습니다."

"무슨 일이 있나요?"

"그게, 다 공작님 때문입니다." 소장이 빙긋이 웃으며 말했다. "공작님, 그녀 손에 돈을 쥐어주지 마십시오. 돈을 주고 싶다면 제게 주십시오. 제가 그녀 대신 챙기고 있겠습니다. 어제 주신 돈으로 술을 구해 마시고는 오늘 형편없이 취했습니다. 심지어 난동까지 부렸습니다. 어떻게 술들을 구하는지 정말 아무리 해도 근절하기 어렵군요."

"아니, 그게 사실입니까?"

"그렇습니다. 어떻게 할 도리가 없어 독방으로 옮겼습니다.

평상시엔 꽤 온순한 여자인데……. 제발, 돈을 주지 마십시오."

"그럼 정치범 보고두호프스카야는 면회할 수 있겠습니까?"

"네, 가능합니다."

소장과 네흘류도프는 소장 관사를 나와 함께 감옥 쪽으로 걸어갔다. 사무실로 들어가자 소장이 네흘류도프에게 말했다.

"정치범은 탑에 갇혀 있어서 시간이 좀 걸릴 겁니다. 좀 기다리셔야 합니다."

"그렇다면 기다리는 동안 잠시 메니쇼프를 만나볼 수 있겠습니까? 어머니와 함께 방화범으로 구속되어 있습니다."

"아, 21호실 감방에 수감되어 있지요. 곧 불러오도록 하겠습니다."

잠시 후 네흘류도프는 메니쇼프와 소장실 옆방에서 단둘이 마주 앉아 이야기를 나눌 수 있었다. 교도관은 벽 쪽에 앉아 무심한 눈길로 밖을 내다보고 있었다. 메니쇼프는 생김새나 말투나 매우 소박하고 선량한 평범한 시골 청년이었다. 이런 청년이 죄수복을 입고 감방에 처박혀 있다는 것이 네흘류도프에게는 이상하게만 여겨졌다. 메니쇼프는 자신이 이곳에 오게 된 사연을 그에게 들려주었다. 네흘류도프는 이 젊은이가 하고 있는 이야기가 마치 비현실적인 것처럼 들렸다. 다만 불운했다는 이유 하나만으로 아무 죄 없는 한 인간이 체포되어 죄수복을 입은 채 이런 무서운 곳으로 보내질 수 있다는 사실이 너무 두려울 뿐이었다. 게다가 이렇게 선량해 보이는 젊은이의 입에서 나오는 이야기가 거짓일 수도 있다는 사실이 그를 너무 두렵게 했다.

젊은이가 들려주는 사건의 내용은 이러했다. 젊은이는 사랑하는 여자와 결혼했다. 그런데 술집 주인에게 곧 여자를 빼앗겼다. 젊은이는 여기저기 찾아다니며 법에 호소했다. 하지만 아무 소용없었다. 술집 주인이 관리들을 매수한 때문이었다. 그는 어느 날 틈을 내어 아내를 집으로 끌고 왔다. 그러나 다음 날 아내는 달아나고 없었다. 그는 아내를 되찾기 위해 다시 술집으로 갔다. 그러자 술집 주인이 그의 아내가 그곳에 없다며 가라고 했다. 그가 가지 않고 버티자 술집 주인은 종업원들과 함께 그를 흠씬 두들겨 팼다. 그리고 다음 날 술집에 불이 났다. 젊은이와 어머니는 방화 혐의로 체포되었다. 하지만 젊은이는 방화를 하지 않았다. 그는 대부(代父)의 집에 가 있었던 것이다.

"정말 자네가 불을 지르지 않았나?"

"그런 생각은 해본 적도 없습니다요. 그놈이 직접 불을 지른

게 틀림없어요. 바로 얼마 전에 보험에 들었다고 했거든요. 그 놈들은 내가 맞으면서 불을 지르겠다고 위협했다고 하더군요. 하지만 그런 생각은 해본 적도 없어요. 그리고 불이 났을 때 전 그곳에 없었어요. 보험금을 타먹으려고 자기가 불을 질러놓고 얼씨구나 하며 저와 제 어머니에게 뒤집어씌운 겁니다."

"사실인가?"

"그럼요. 하느님께 맹세코 사실입니다요. 나리, 제발 도와주십시오." 그는 갑자기 울음을 터뜨리더니 더러운 소맷자락으로 눈물을 닦았다.

"너무 걱정하지 마. 내가 될 수 있는 한 힘을 써볼 테니."

교도관이 와서 면회 시간이 끝났다며 메니쇼프를 데려갔고 네흘류도프는 그곳에서 베라 보고두호프스카야를 기다렸다.

잠시 후 방 뒤쪽에 있는 문을 통해 베라가 빠른 걸음걸이로 들어섰다. 노란 얼굴빛에 야윈 몸이었지만 커다란 두 눈은 부드럽게 빛나고 있었다.

"와주셔서 감사해요." 그녀가 네흘류도프의 손을 잡으며 말했다. "저를 기억하시나요?"

"이런 식으로 만나게 될 줄은 정말 몰랐습니다."

"정말 너무 반가워요. 너무 기쁘고요."

네흘류도프는 그녀가 왜 이곳에 들어오게 되었는지 물었다. 그러자 그녀는 활기 있게 자신이 소속해 있는 단체의 활동에 대해 이야기했다. 그녀의 입을 통해 선전, 계급 타파, 사회 그룹, 본부와 지부 등의 생소한 단어가 마구 튀어나왔다. 그녀는, 단체의 간부 한 명이 검거되는 바람에 모든 비밀 서류가 압수되어 모두 체포되었고 자신도 그 와중에 체포되었다고 말했다.

네흘류도프는 그녀가 불쌍했다. 하지만 그것은 아무 잘못도 없이 이 악취가 풍기는 감옥에 갇혀 있는 메니쇼프를 향한 측은함과는 거리가 멀었다. 그는 그녀가 겪고 있는 마음속 혼란 때문에 그녀가 불쌍했다. 그녀는 자신을 영웅시하고 있었으며 자기가 신봉하고 있는 '주의(主義)'를 위해서라면 기꺼이 자신을 희생할 준비가 되어 있었다. 하지만 그녀는 그 주의가 과연 어떤 것인지, 그것이 관철되면 어떤 결과가 올 것인지에 대해서는 설명할 수 없었다.

이어서 그녀는 자기가 네흘류도프를 면회하려 한 이유에 대해 이야기했다. 첫 번째 용무는 현재 페트로파블로프스크 요새 감옥에 수감되어 있는 그녀의 친구 슈스토바에 관한 것이었다. 그녀는 지부의 회원이 아니면서 친구의 부탁으로 서적과 서류를 집에 보관해 두었다가 발각되어 체포되었다는 것이었다. 그녀는 슈스토바가 수감된 데 책임을 느끼고 네흘류도프에게 힘을 좀 써달라고 부탁했다.

이어서 그녀는 같은 요새 감옥에 수감되어 있는 구르케비치라는 사나이에 대한 부탁도 했다. 부모가 그를 면회할 수 있도록, 그가 연구를 위해 필요로 하는 전문 서적들을 그 안에서 받을 수 있도록 도와달라는 부탁이었다.

이어서 그는 카튜샤에 관한 조언을 해주었다. 교도소 안 사람들이라면 누구나 알고 있듯이 베라는 카튜샤에 얽힌 사연과 네흘류도프가 그녀를 위해 힘을 쓰고 있다는 사실을 알고 있었다. 그녀는 네흘류도프에게 그녀를 정치범 감방으로 옮겨주든지, 아니면 지금 교도소 병원에 환자가 많아 간호보조원이 필요하니 그리로 옮겨주는 게 어떻겠느냐고 말했다. 네흘류도프는 그녀의 조언에 감사하다고 말한 후 그렇게 되도록 힘써야겠다고 대답했다.

네흘류도프는 내일 다시 와서 카튜샤를 면회하겠다고 소장에게 말한 뒤 교도소를 나왔다.

교도소에 드나들면서 네흘류도프는 이제까지 아무런 관심도 없었던 교도소의 실상을 알고 가슴이 아팠으며 그곳에서 벌어지고 있는 일에 두려움을 느꼈다. 하지만 그 두려움은 아무 죄도 없는 메니쇼프 같은 사람이 겪고 있는 육체적 고통에서 비롯된 것만은 아니었다. 그는 아무 이유 없이 메니쇼프 같은 사람에게 고통을 가하는 자들로 인해 그가 느끼고 있을 선과 신에 대한 불신이 두려웠다.

또한 그는 단순히 통행증의 기한이 지났다는 이유로 백 명 이상의 사람이 이곳에 한 달 이상 갇혀 있다는 사실도 알게 되었다. 도대체 그런 일이 어떻게 일어날 수 있다는 것인지 그는 너무 두려웠다. 그리고 그들이 죄가 없다는 것을 알면서도 그들을 괴롭히는 교도관들, 그러면서 스스로 중요한 과업, 국가에 유익한 과업을 수행하고 있다고 믿고 있는 교도관들도 두려웠다. 그러나 무엇보다 두려웠던 것은 저 병약하고 나이가 든, 선량한 소장이라는 존재, 그 자신은 그렇게 선량하면서도 자신이나 자신의 자식들과 똑같은 사람들을 부모 자식 간에, 부부 간에 갈라놓게 만들어놓고 있는 저 소장이라는 존재였다. 그렇다면 그는 과연 선량한 사람인가, 아닌가?

'그게, 다 뭘 위해서지?' 네흘류도프는 자문해보았다. 하지만 답은 결코 찾을 수 없었다.

제21장

다음 날 네흘류도프는 변호사를 찾아가 메니쇼프 사건에 대해 설명한 후 사건을 의뢰했다. 그의 이야기를 들은 변호사는 만일 그 말이 사실이라면 아무 대가 없이 그 사건을 맡아주겠다고 말했다. 이어서 페도시야에 대한 청원서 작성도 부탁했다. 변호사 사무실을 나온 그는 마슬렌니코프를 찾아갔다. 카튜샤를 병원으로 옮겨달라는 부탁을 하기 위해서였다. 마슬렌니코프는 선선히 그의 부탁을 들어주었다.

우리 사이에 가장 널리 퍼져 있는 미신 가운데 하나는 누구나 자기만의 독특하고 결정적인 특질을 갖고 있다는 생각이다.

그 결과 어떤 사람은 선하고 어떤 사람은 악하며, 어떤 사람은 친절하고 어떤 사람은 잔인하며, 어떤 사람은 현명하고 어떤 사람은 어리석으며, 어떤 사람은 부지런하고 어떤 사람은 게으르다고 흔히 구별해 말한다.

하지만 인간은 결코 그렇지 않다. 저 사람은 악할 때보다는 선할 때가 많다든지, 게으를 때보다는 부지런할 때가, 어리석을 때보다는 똑똑할 때가 더 많고, 혹은 그 반대로 말할 수는 있다. 하지만 그 누구를 두고 단정적으로 어떠어떠한 사람이라고 말하면 안 된다. 그런데도 우리는 사람들을 그렇게 단정적으로 구분한다. 그것은 올바르지 않다.

인간은 강물과도 같다. 강물은 언제고 변함없이 흐르지만 어느 곳에서는 폭이 좁고 물살이 빠르기도 하다가 다른 곳에서는 넓어지면서 물살이 느려지기도 한다. 맑은 곳이 있는가 하면 탁한 곳도 있고 차가운 곳이 있는가 하면 따뜻한 곳도 있다. 인간도 이와 마찬가지다. 어느 인간이건 인간의 모든 특질의 싹을 안에 지니고 있어 어느 때는 이런 특질이 나타나고 어느 때는 저런 특질이 나타나기도 하며 여전히 똑같은 사람이면서 전혀 다른 사람으로 보이기도 한다. 그리고 어떤 사람에게는 그 변화가 아주 쉽고 빠르게 이루어지기도 한다. 네흘류도프는 바로 그런 사람이었다. 그는 지금 변화를 겪고 있는 중이었으며, 그 변화는 육체와 정신 두 측면에서 동시에 일어나고 있었다.

재판이 끝나고 카튜샤를 처음 만났을 때 느꼈던 자신이 새로 태어났다는 의기양양한 기쁨은 완전히 사라지고 이제 공포와 혐오감이 대신 자리 잡았다. 그렇더라도 그녀를 떠나지 않겠다는 결심, 그녀가 원한다면 그녀와 결혼하겠다는 결심은 조금도 흔들리지 않았다. 하지만 그 일이 너무 어려운 일임을 그는 알고 있었고, 그렇기에 두려웠다.

마슬렌니코프를 만난 다음 날, 그는 다시 그녀를 면회하러 갔다. 그를 만난 소장이 말했다.

"오늘은 그녀를 만나실 수 있습니다. 하지만 돈에 대해 부탁드린 말씀을 꼭 지켜주시기 바랍니다. 그리고 부지사님이 편지에 이르신 대로 그녀가 병원으로 옮겨 가 일할 수는 있습니다. 의사가 동의했습니다. 하지만 그녀가 거부하더군요. '염병을 앓고 있는 거지 같은 놈들 침구를 돌보란 말인가요?'라고 말하더군요. 정말 한심합니다."

네흘류도프는 아무 대답도 하지 않고 그녀를 면회실에서 만나게 해달라고 했다. 단둘이 만나고 싶어서였다. 소장은 교도관에게 그를 면회실로 안내하라고 했다.

면회실에는 이미 그녀가 와 있었다. 그녀는 철망 건너편에서 나와 네흘류도프 쪽으로 다가오며 말했다.

"저를 용서해주세요. 어제 너무 말을 막했어요. 하지만 제발 저를 가만 내버려 둬주세요."

네흘류도프는 그녀의 사팔눈에서 적의가 뿜어져 나오는 것을 느낄 수 있었다.

"나보고 너를 두고 떠나라는 거야?"

"맞아요."

"왜?"

그녀는 다시 화가 난 듯한 눈길로 그를 쳐다보며 말했다.

"어쨌든 나를 내버려두셔야 해요. 정말이에요. 어쩔 수 없어요. 모든 걸 다 그만둬주세요." 그녀는 입술을 파르르 떨며 잠시 말이 없었다. "정말이에요. 차라리 목을 매달고 싶어요."

네흘류도프는 자신을 거부하는 그녀의 마음속에 자신을 향한 증오심, 도저히 용서할 수 없다는 원한이 들어 있음을 느낄 수 있었다. 하지만 거기에는 뭔가 다른 것, 뭔가 선한 것도 들어 있었다. 그녀가 냉정하게 모든 것을 거부하는 모습을 보는 순간 네흘류도프의 마음속에 자리 잡고 있던 의혹이 일순간에 사라져버리고 그는 다시 진지하면서 격렬한 감정에 사로잡혔다.

"카튜샤, 전에 했던 말을 다시 할게." 그는 아주 진지하게 말했다. "당신이 괜찮다면 나와 결혼해줘. 당신이 그걸 원치 않는다면 어디든 당신을 따라가겠어." 그는 어느새 당신이라는 칭호에 반말을 곁들이고 있었다.

"당신 마음대로 하세요. 더 이상 말하고 싶지 않아요." 그녀의 입술이 다시 떨렸다.

그도 더 이상 말할 힘이 없어 잠시 잠자코 있었다.

그가 겨우 다시 입을 열었다.

"잠시 시골로 내려갔다가 페테르부르크로 갈 작정이야. 당신 사건, 아니 우리 사건에 대해 최선을 다해볼 작정이야. 하느님의 도움으로 판결이 번복될 수 있을 거야."

"그러건 말건 상관없어요. 이 사건이 아니더라도 나는 그런 벌을 받을 만해요." 그녀는 눈물을 억지로 참으며 말했다.

"그런데 메니쇼프는 만나보셨나요?" 그녀가 감정을 억누르며 불쑥 물었다. "정말로 죄가 없지요? 그렇지요?"

"그런 것 같아."

네흘류도프는 메니쇼프에게서 들은 이야기를 그녀에게 해주었다.

잠시 침묵이 흐른 뒤 그녀가 다시 입을 열었다.

"저기요, 병원 일 말인데요……. 당신이 원하신다면 가겠어요. 그리고 술도 마시지 않겠어요."

네흘류도프는 그녀의 눈을 바라보았다. 그 눈에 웃음이 떠올라 있었다.

"그래? 잘 됐네"라고 대답한 후 네흘류도프는 자리에서 일어났다. 그는 '그래, 그녀는 전혀 딴 사람이 되었어'라고 생각했다. 그는 이제까지 그를 사로잡고 있던 의혹에서 벗어나 전에는 결코 경험해보지 못한 새로운 감정을 느끼고 있었다. 강력한 사랑의 감정, 바로 그것이었다.

제
2
부

제1장

    카튜샤 사건에 대한 원로원 심리는 2주일 후에 열릴 가능성이 있었다. 네흘류도프는 그 전에 페테르부르크에 가 있을 예정이었다. 그리고 만일에 상소가 기각되면 변호사의 충고대로 황제에게 직접 탄원서를 보낼 작정이었다. 만일 그 모든 노력이 수포로 돌아간다면 카튜샤는 다른 죄수들과 함께 6월 초순경에 시베리아로 떠나게끔 되어 있었다.

    그는 페테르부르크로 가기 전에 우선 시골 소유지들을 돌아보기로 작정했다. 어떤 식으로든 그것들을 정리해야 할 것 같았던 것이다. 그는 우선 제일 가까운 곳에 있는 쿠즈민스코예 마을로 갔다. 흑토질의 광활한 땅으로서 그의 수입의 대부분을 차지하고 있는 곳이었다.

네흘류도프는 소년 시절과 청년 시절의 대부분을 그곳에서 보냈으며 어른이 된 뒤에도 어머니 요청으로 집사와 함께 그곳 상황을 점검하기 위해 두 번 그곳에 간 적이 있었다. 따라서 그는 그곳 상황이나 농부들과 지주와의 관계 그리고 농부와 지주의 관계가 지주의 경영 방침에 의해 전적으로 좌지우지된다는 것을 잘 알고 있었다. 명목상으로 농노제는 폐지되었지만 농부들은 여전히 철저하게 지주에게 예속되어 있었다.

사실 그는 대학생일 때부터 그 사실을 알고 있었다. 당시 그는 한 개인이 토지를 소유하는 것은 노예제 폐지 전에 농노를 소유하고 있던 것과 하나도 다를 바 없는 죄악이라고 느꼈으며, 바로 그 때문에 아버지의 유산인 토지를 농민들에게 나누어주었던 것이다. 그러나 군복무 중 1년에 2만 루블의 돈을 낭비하며 생활하면서 그런 의식은 차츰 그의 뇌리에서 사라졌다. 그는 어머니가 보내주는 그 많은 돈이 어디서 오는지 궁금해하지도 않았고, 가능한 한 그 문제에 대해서는 생각조차 않으려 했다.

그런데 한 달 전에 어머니가 돌아가시고 대규모의 토지를 상속받게 된 그는 토지를 직접 관리할 수밖에 없게 되었으며 토지 사유에 대한 자신의 입장이 어떤 것인가 하는 문제에 대해

제2부

163

다시 스스로 묻게 되었다.

한 달 전만 하더라도 네흘류도프는 그 질문에 대해 자기 혼자 힘으로 현 사회질서를 바꾸는 것은 불가능하다고 대답했을 것이다. 그리고 그 토지를 관리하는 것은 자신이 아니라고 대답하고, 가능한 한 그곳에서 멀리 떨어져 살면서 그곳에서 오는 돈을 받는 것으로 자신의 양심을 달래는 척했을 것이다. 하지만 지금은 달랐다. 그는 그 문제를 그냥 그대로 내버려 둔 채 떠나지 않겠다고 결심했다. 비록 감옥과 관련되어 해결해야만 하는 여러 어려운 문제들로 인해, 또한 시베리아로 여행을 가야 할지도 모르기에 돈이 필요할 수도 있었다. 하지만 그는 자신에게 돌아올 온갖 불이익을 감수하고 농지 경영 방법을 바꾸기로 결심한 것이다.

그는 농지를 직접 경작하지 않고 싼 임대료로 농부들에게 임대해주기로 마음먹었다. 농부들이 자립적으로 농지를 경영 관리할 수 있게 해주기 위해서였다. 그는 그것으로 모든 문제가 해결되리라고는 생각하지 않았지만 최소한 농민을 노예 상태에서 벗어나게 할 수 있는 개혁의 첫 걸음은 되리라고 생각했다.

정오 무렵에 쿠즈민스코예 마을에 도착한 네흘류도프는 집사 겸 영지 관리인에게 자신의 의사를 밝혔다. 그리고 쿠즈민스코예 영지에 속한 세 마을의 농부들을 모두 한곳에 모이게 해달라고 집사에게 지시했다. 자신의 계획을 농부들에게 알리고 임대료 등에 관한 문제들을 결정하기 위해서였다. 집사는 그렇게 되면 게으른 농부들이 땅을 망칠 뿐이며 주인의 수입도 크게 줄어들 것이라며 펄쩍 뛰었다. 실은 지금 그가 누리고 있는 자리를 잃게 될까봐 두려웠던 것이다. 어디서나 늘 그렇듯이 집사는 중간에서 돈을 착복해서 남몰래 다른 곳에 토지를 사들이는 등 부정을 저지르고 있었던 것이다.

하지만 네홀류도프는 집사의 면전에서 단호한 모습을 보여주었다. 그는 자신의 확고한 의지에 스스로도 만족했다. 그는 사무실에서 나와 저택으로 갔다. 그는 이전에 어머니가 쓰던 방으로 들어가 내일 농부들을 만나기 위해 일찍 잠자리에 들 준비를 했다.

그다지 넓지 않는 깨끗한 방 벽에 베네치아 그림들이 걸려 있는 것이 보였고 어머니가 앉아 있던 안락의자가 눈에 들어왔다. 순간 그는 이상한 기분에 젖었다. 이제 곧 황폐해질 이 집, 곧 벌목되어버릴 숲, 비록 자기 손으로 직접 한 일은 아니었지만 상당한 노력과 비용을 들여 가꾸고 유지해온 외양간, 농기구 창고, 농기계, 말, 소 등에 대해 생각이 미쳤고 그것들에 미련이 생긴 것이었다. 방금 전까지만 해도 그 모든 것을 쉽게 포기할 수 있을 것 같았다. 하지만 갑자기 이 모든 것들과 토지를 내주고, 자기 수입을 반감시키는 일이 무척 어려운 일로 여겨졌다.

'나는 땅을 소유해서는 안 된다. 땅을 소유하지 않게 된다면 집과 농장도 유지할 수 없다. 게다가 나는 시베리아로 갈 것이다. 그러니 집이나 영지도 소용없다'라고 한 목소리가 말했다. 그러자 다른 목소리가 들려왔다.

'그래, 그렇다고 치자. 네가 평생을 시베리아에서 지낼 수는 없지 않은가? 너는 결혼도 하고 아이도 갖게 될 것이다. 그러면 네가 물려받은 그대로 자식들에게 물려줘야 할 것 아닌가? 그것이 땅에 대한 의무이기도 하다. 그 무언가를 포기하는 것, 파괴하는 것은 쉽다. 하지만 얻기는 어렵다. 무엇보다 너는 너의 미래를 염두에 두어야 하고 그에 따라 적절하게 네 재산을 정리해야 한다. 또한 너는 과연 네 마음에서 우러나와 이런 행동을 하는 것인가? 혹시 남을 의식해서 하는 행동은 아닌가?'

네흘류도프는 생각을 하면 할수록 더욱더 의문에 사로잡혔고 더욱더 갈피를 잡을 수 없었다. 그는 이 복잡한 문제를 내일 맑은 정신으로 다시 한번 생각해보기로 마음먹고 침대에 누웠다.

제2장

이튿날 아침 네흘류도프는 9시가 되어서야 눈을 떴다. 그가 일어난 기척을 보이자 밖에서 기다리고 있던 사무실 서기가 반짝반짝 빛나게 닦아 놓은 구두와 맑고 차가운 샘물을 갖다주면서 농부들이 모였다고 말했다. 네흘류도프는 정신이 번쩍 들어 자리에서 벌떡 일어났다. 모든 것을 포기하고 재산을 잃는 것에 대해 아쉬움을 느꼈던 어제의 기분은 어디론가 사라져버렸다. 그는 다시금 눈앞에 놓여 있는 일에 기쁨과 보람을 느꼈다.

네흘류도프가 옷을 입고 창밖을 내다보니 농부들이 계속 꾸역꾸역 모여들고 있었다. 잠시 후 집사가 안으로 들어오더니 농부들이 모두 모였다고 말했다. 네흘류도프는 집사와 함께 밖으로 나갔다.

밖으로 나가며 그는 왠지 부끄러웠다. 분명 농부들에게 은혜를 베풀어주려고 자신이 이곳에 온 것이고 그들을 모이라고 했음에도 불구하고 왜 부끄러운 기분이 드는 것인지 스스로도 이해할 수 없었다.

"공작님께서 여러분들에게 자비를 베풀어주시겠답니다." 집사가 농부들을 향해 큰 소리로 말했다. "여러분들에게 토지를 나누어주시겠답니다."

"사실입니다. 여러분들에게 토지를 나누어주려고 왔습니다." 집사에 이어 네흘류도프가 직접 말했다.

농부들은 무슨 말인지 알 수 없어서인지, 아니면 믿을 수 없어서인지 잠시 아무 말도 없었다.

"아니, 우리에게 땅을 나눠주신다고요? 그게 무슨 말입니까?" 중년의 한 농부가 침묵을 깨고 말했다.

"여러분들이 마음대로 사용할 수 있도록 싼 값에 빌려주겠다는 겁니다."

"거, 고마우신 말씀이로군요." 한 노인네가 말했다.

"아, 토지세만 낼 수 있다면야." 다른 농부가 말했다.

이어서 농부들이 중구난방으로 떠들어댔다.

"암, 땅을 안 빌릴 이유가 없지."

"우리에게 땅 파는 재주밖에 더 있나?"

"나리도 그게 나을 겁니다. 세만 속 편하게 받고 계시면 되니까요. 어휴, 골치 아픈 일이 어디 한두 가지입니까?"

그런데 이때 집사가 끼어들었다.

"다, 당신들 탓이야! 당신들이 시키는 대로 일만 잘하면 무슨 문제가 있어!"

"아니, 모든 걸 당신 마음대로 해놓고 무슨 소리를 하는 거야!" 코가 날카롭게 생긴 노인이 집사의 말을 받았고 이어서 농부들과 집사 사이에 말다툼이 벌어졌다. 한쪽에서는 그동안 억눌렸던 분노를 폭발시켰고 다른 쪽에서는 자신의 우월함과 권력을 과시하고만 있었다.

네흘류도프는 더 이상 참고 들을 수가 없어 집사를 저지하고 본격적인 이야기를 꺼냈다.

"자, 자, 그만들 해요. 다시 토지 이야기로 돌아갑시다. 땅을 원하기는 하는 겁니까? 만일 내가 토지를 전부 빌려주겠다면 얼마를 토지세로 내놓겠소?"

"나리 땅이니까 나리께서 값을 부르셔야지요." 나이든 농부가 말했다.

네흘류도프는 이 근처에서 가장 싼 토지세를 제안했다. 그런데 농부들이 아무도 반가워하는 기색을 보이지 않자 네흘류도프는 깜짝 놀랐다. 그는 농부들이 기뻐서 환호성이라도 지를 것이라고 생각했던 것이다.

이어서 농부들 사이에서는 마을 전체 이름으로 빌릴 것인가, 아니면 원하는 사람들끼리 조합을 만들어 빌릴 것인가 하는 문제로 갑론을박이 벌어졌고, 돈을 지불할 능력이 있는 사람끼리 조합을 만들고 그렇지 못한 사람은 제외하자는 의견을 내놓은 사람들과 돈을 내놓을 능력이 없는 사람 사이에 격렬한 논쟁이 벌어졌다. 급기야 관리인이 나서서 사태를 무마하고 토지세와 지불 날짜를 결정했다. 농부들이 흩어지자 네흘류도프는 계약서를 작성하기 위해 집사와 함께 사무실로 갔다.

일은 네흘류도프가 바라던 바대로 마무리되었다. 농부들은 인근의 토지세보다 3할 이상 싸게 땅을 손에 넣을 수 있게 된 것이다. 대신 토지에서 네흘류도프가 거둬들일 수 있는 소득은 거의 반 정도 줄어들게 되었다. 하지만 그 정도로도 네흘류도프에게는 충분하고도 남았다. 게다가 숲과 농기구들을 팔아서 들어올 돈도 만만치 않았다.

모든 일이 원하는 대로 되었지만 네흘류도프는 뭔가 부끄럽고 찜찜했다. 특히 농민들 중 몇 사람이 고마움을 표시했지만 대부분은 더 큰 무언가를 기대하는 눈치였다. 한마디로, 그는 많은 것을 잃었으나 농부들이 기대하고 있는 만큼은 해주지 못한 것 같은 기분이었다.

제3장

이어서 네흘류도프는 고모들로부터 유산으로 물려받은 영지가 있는 파노보로 갔다. 그가 카튜샤를 처음 만난 곳이었다. 그는 이곳에서도 쿠즈민스코예에서와 마찬가지로 일을 처리할 작정이었다. 더불어 카튜샤에 관해서, 또한 자기 아이에 관해서도 가능한 한 자세히 알아볼 예정이었다.

그는 아침 일찍 파노보에 닿자마자 고모네 저택으로 달려갔다. 그는 황폐할 대로 황폐해진 저택의 모습을 보고 놀랐다. 함석지붕은 벌겋게 녹이 슬고 아예 뒤집혀진 것들도 있었다. 현관 입구의 계단도 다 썩어 없어지고 난간만 겨우 남아 있었다. 창문에는 유리 대신 판자가 끼워져 있었고 관리인이 살던 건물도, 부엌도, 외양간도 거의 폐허가 되어 있었다. 다만 뜨락만 전보다 울창해서 꽃들이 활짝 피어 있었으며 담 너머로 벚나무, 사과나무, 살구나무 등이 마치 구름처럼 펼쳐져 있었다. 라일락 울타리도 열여섯 살이던 카튜샤와 술래잡기를 하다 넘어져 그가 쐐기풀에 손을 찔리던 그때처럼 꽃이 만발해 있었다.

십장을 만나자 그는 당장 궁금하던 것부터 물어보았다.

"이 마을에 마트료나 하리나라는 여자가 있나?"

그녀는 카튜샤의 이모였다.

"네, 있습니다요. 술을 밀매하며 살고 있지요."

"그 집이 어디지? 한번 찾아가 보고 싶어서 그러네."

"저 마을 변두리, 제일 끝에서 세 번째 오두막집입니다. 왼쪽에 벽돌집이 있고 그 뒤에 그 할멈의 집이 있습니다. 제가 안내해드릴까요?"

"아니, 나 혼자 찾아가보지. 자네는 내일 농부 대표들을 추려서 모이게 좀 해줘. 내가 할 말이 있어."

밖으로 나온 그는 카튜샤의 이모가 사는 집을 찾아 마을길을 걸어갔다. 그는 마을길을 걸어가면서 많은 농부들을 만났다. 물론 그 전에도 농부들을 만난 적이 있었지만 직접 그들이 사는 모습을 가까이서 본 것은 처음이었다. 그는 놀랐다. 그들의 삶이 비참한 것을 보고 놀랐지만 그들이 그렇게 비참하다는 사실을 자신이 전혀 모르고 지내왔다는 것에 더욱 놀랐다.

자기는 아무렇지도 않게 보아 넘긴 그 흔한 밀가루가 모자라서 열두 식구가 굶주리고 있는 집, 십장 소유의 자작나무를 베었다는 죄목으로 남편이 감옥에 들어가는 바람에 구걸을 하고 다니는 아이 셋 딸린 아낙, 차라리 외양간이 낫다고 할 정도로 형편없이 더럽고 냄새나는 방에 옹기종기 앉아 있는 아이들 등 그 비참한 삶의 현장을 두 눈으로 직접 보고 있자니 착잡하기 이를 데 없었다.

그는 길에서 만난 아이에게 물어 마트료나의 오두막을 찾을 수 있었다. 마트료나 노파의 집은 집이랄 것도 없었다. 건장한 사람이라면 몸을 펴기도 힘들 만큼 비좁은 방 한 칸이었던 것이다. 네흘류도프가 낮은 문에 머리를 부딪치며 안으로 들어가니 노파는 큰 손녀와 함께 고장난 베틀을 손보고 있었다.

낯선 사람이 들어서자 노파는 경계하는 말투로 "누굴 찾소?"라고 물었다. 밀주를 만들어 팔고 있었기에 경계심이 많을 수밖에 없었다.

"나는 이곳 마을 지주요. 잠시 나눌 이야기가 있어서 왔소."

"아이고, 이런 년 보게! 나리도 못 알아보다니! 그냥 지나가는 사람인 줄 알고……. 아이고, 나리! 제가 너무 큰 잘못을……. 아니, 이렇게 귀하신 분이 이렇게 누추한 데를……. 이 늙은이를 용서해주세요……. 나이를 먹으니까 눈이 어두워져서……." 노파는 손녀에게 손짓으로 밖으로 나가라고 하더니 네흘류도프에게 의자를 권했다. 그는 의자에 앉자마자 노파에게 말했다.

"자, 내가 찾아온 용건을 말하리다. 할멈, 카튜샤 마슬로바를 알고 있겠지?"

"카테리나요? 제가 모를 리가 있습니까? 제 조카인데요. 그 애 때문에 눈물깨나 흘렸지요. 나리, 나리는 그 애를 버리셨지만 하실 만큼 하신 거예요. 100루블이나 주셨잖아요. 다 그 애가 맘을 곱게 쓰지 못해서 그렇게 된 거지요. 내가 세탁부 일이나 하라고 그렇게 말했건만……."

"내가 알고 싶은 건 아이 일이오. 아이는 지금 어디 있소?"

"어린애 말인가요? 실은 그 애 일이 저도 궁금해요. 들은 것밖에 없으니 말입지요. 산모가 너무 몸이 좋지 않아 제가 양육원에 보냈어요. 굶겨 죽일 수는 없으니까요. 거기 가면 나을 줄 알았지요. 그런데, 그만……. 거기 도착하자마자 죽었다고 하더군요. 그 여자가 그렇게 말했어요."

"그 여자라니? 누구 말이오?"

"스코로드노예에 살던 여자예요. 아, 저 같은 게 아이를 양육원에 보내는 방법을 알겠어요? 우선 아이를 그 여자에게 맡겼지요. 다들 그렇게 했어요. 양육원에 갈 만큼 아이가 모이면 그여자가 데리고 갔어요. 그 애는 그 집에서 두어 주일 있었을 겁니다. 아이가 넷쯤 모였기에 모스크바로 그 애를 데리고 갔는데 그만 그곳에 가자마자 죽어버렸다는 거예요."

네흘류도프가 자기 아이에 대해 알 수 있는 것은 그것이 전부였다. 하지만 그의 뇌리에 남은 것은 아이에 대한 소식보다 농부들의 비참한 삶의 현장이었다. 돌아오는 길에 그는 구걸하는 아낙을 길에서 만나 10루블짜리 지폐를 주었다. 그러자 그가 두어 걸음도 떼기 전에 갓난애를 안은 다른 여자가 따라왔고 이어서 노파가 뒤를 따랐으며 그 뒤에 또 다른 여자가 따라왔다. 네흘류도프는 지갑에 들어 있던 60루블을 그들에게 모두 나눠준 뒤, 가슴속에 차오르는 커다란 슬픔을 안고 십장의 집으로 돌아왔다.

십장의 집으로 돌아온 네흘류도프는 머릿속에 감도는 생각들을 정리하기 위해 정원을 거닐었다.

이제 모든 것이 분명해졌다. 다만 이렇게 분명한 사실들을 사람들이 모르고 있고 자신도 모른 채 지내왔다는 것이 새삼 놀라울 뿐이었다.

　'사람들은 죽어가고 있다. 그런데 사람들은 그렇게 죽어가는 삶에 너무 익숙해져서 거기에 그냥 길들여져버렸다. 아이들이, 과도한 노동에 시달리는 여자들이, 영양실조에 걸린 사람들이, 특히 노인들이 마구 죽어가고 있다. 사람들은 점차 그 생활에 익숙해져 그것이 얼마나 무서운 일인지 알지도 못하고 불평조차 하지 않는다. 그래서 우리도 그것을 자연스럽게 보고 당연하게 여긴다. 이제 불을 보듯 명확하다. 농민들이 그런 비참에 빠져 있는 것은 그들의 삶의 터전인 토지가 그들 소유가 아니라 지주 소유로 되어 있기 때문이다. 어린아이나 노인들이 쉽게 죽는 것은 우유가 없기 때문이며, 우유가 없는 것은 가축을 방목하고 건초를 키워낼 땅이 없기 때문이다. 그리고 농부들이 경작한 수확물들이 외국으로 팔려나가 온갖 불필요한 사치품을 사들이는 데 쓰이고 있기 때문이다.'

　도저히 믿어지지 않는 무서운 일들이었다. 그런 일이 있어서는 안 되었다. 이 모든 것을 바꿀 방법을 찾아야만 하고 최소한 자기만이라도 그렇게 하면 안 되었다.

제2부

177

'내 반드시 방법을 찾아내리라.' 그는 자작나무 가로수 길을 걸어가며 다짐했다.

그는 이제야 쿠즈민스코예에서 농민들에게 땅을 빌려주면서 왜 자신이 부끄러움을 느꼈는지 알 수 있었다. 그는 자기 자신을 속였던 것이다. 그는 그 누구에게도 땅을 소유할 권리가 없음을 알고 있었다. 그런데도 그는 은연 중 그 권리를 자기 것인 양 받아들이고 있었다. 그는 마음속으로는 자기가 땅을 소유할 권리가 없다는 것을 알면서도 마치 자기가 소유한 것을 베풀어주듯 농부들에게 나누어주려 했던 것이다.

'다시는 그렇게 일을 처리하지 않으리라. 쿠즈민스코예의 일도 다시 처리하리라'라고 그는 생각했다.

그가 마음속으로 세운 새로운 구상은 다음과 같았다.

'농부들에게 토지세를 내게 한다. 그리고 그들이 낸 돈을 그들의 재산으로 인정하고 그것을 공동 관리하여 세금이나 공공 사업비로 지불하게 한다.'

십장의 집으로 돌아온 네흘류도프는 십장에게 자신의 구상을 밝혔다. 하지만 십장은 그의 말을 도무지 이해할 수 없었다. 특히 농부들이 낸 토지세를 농부들의 공동자금으로 한다는 말은 더욱 요령부득이었다. 사람이란 남에게 손해를 끼치더라도 자신의 이익을 도모하게 되어 있다는 생각이 깊이 뿌리를 내리고 있는 십장 같은 사람에게 네흘류도프의 말은 전혀 앞뒤가 맞지 않았다.

"그렇다면 나리의 수입은 없어지지 않습니까?"

"맞아. 나는 그걸 포기할 생각이야."

십장은 길게 한숨을 내쉴 뿐이었다.

네흘류도프는 다시 한번 내일 농부들 대표들을 모이게 하라고 말한 뒤 숙소로 돌아갔다. 쿠즈민스코예에서의 경험도 있고, 농부들을 모두 모아 놓고 이야기를 하다보면 이야기가 쉽지 않으리라 생각한 때문이었다.

제4장

　숙소로 돌아온 네흘류도프는 안으로 들어가지 않고 계단에 앉아 어두운 정원을 바라보며 생각에 잠겼다. 물레방아 소리, 꾀꼬리 울음소리와 함께 이름 모를 새들이 가까운 관목 숲에서 지저귀고 있었다. 밝은 달이 헛간 뒤 하늘로 막 떠올랐고 멀리서 번갯불이 번쩍이더니 점점 더 가까워졌다. 이윽고 천둥소리가 연이어 들리더니 금세 하늘이 검은 구름으로 뒤덮였다. 새들의 울음소리도 어느새 그쳐 있었다. 물레방아 소리와 거위가 꽥꽥거리는 소리가 들렸고 어느새 첫 닭 울음소리가 마을로부터 들려왔다. 뇌우가 쏟아지는 밤이면 닭은 평소보다 일찍 울기 마련이다. 또한 닭이 일찍 울면 그 밤은 즐거운 밤이라는 속담도 있다.

네흘류도프에게 오늘 밤은 즐거움 이상의 밤이었다. 이 밤은 기쁨이 넘치는 행복한 밤이었다. 그의 상상 속에서 순진했던 학생 시절 이곳에서 보냈던 밤이 새롭게 떠올랐다. 그는 마치 그 시절로 돌아간 것 같았을 뿐 아니라 자신의 삶에서 최고의 순간을 보내고 있는 것처럼 느껴졌다.

그는 그가 열네 살이었을 때 하느님에게 진리를 가르쳐달라고 간절히 기도하던 순간을 떠올렸을 뿐 아니라, 그때 느꼈던 감정을 똑같이 느꼈다. 그리고 그보다 더 어렸을 때 어머니 곁을 떠나면서 착한 애가 되겠다고, 어머니 속을 썩이지 않겠다고 어머니 무르팍에 엎드려 울던 때와 똑같은 감정을 느꼈다. 그리고 둘도 없이 친하던 친구 니콜레니카와 언제나 훌륭한 사람으로 살면서 서로를 돕고 모든 사람을 행복하게 만들기 위해 힘쓰자고 결심하던 때의 기분을 느꼈다.

그는 쿠즈민스코예 마을에서 유혹에 못 이겨 했던 일들을 기억해내고 지금도 역시 후회하고 있지 않은지 자문해보았다. 그는 오늘 자신이 마을에서 보았던 일들을 되새겨보았다. 그러자 그 어렵고 비참한 삶들에 대비되어 도시의 귀족들이 누리는 사치스러운 삶, 자신도 그중 하나인 그 삶들이 떠올랐다. 이제 모든 것은 너무나 명백했고 망설임이나 의혹의 여지가 없었다.

거의 보름달에 가까운 달이 휘영청 떠올라 헛간의 함석지붕이 달빛에 반짝였다. 잠시 멈췄던 꾀꼬리 울음소리가 다시 들려왔다. 마치 그 빛을 영원히 잃고 싶지 않아하는 것 같았다.

그는 쿠즈민스코예에서 자신을 그토록 혼란스럽게 만들었던 질문들을 다시 떠올려보았다. 그리고 지금은 그 질문과 답이 너무나 간단하다는 것을 알고 놀랐다. 그때 그가 혼란스러웠던 것은 자기에게 어떤 결과가 빚어질 것인가에 대해 생각한 때문이었다. 하지만 지금은 자기가 무엇을 해야 할 것인가라는 생각만 했고, 그러자 문제가 너무 간단해졌다.

더욱 놀라운 것은 자기 자신을 위해서 어떻게 해야 할 것인가라는 질문에 대해서는 아무리 해도 답이 나오지 않았지만 남을 위해서 무엇을 할 것인가라고 질문하는 순간 답이 명확해진다는 사실이었다. 정말로 답은 명확했다. 농민들에게 땅을 나누어준다, 카튜샤에게 저지른 죄를 씻기 위해 어떠한 일도 마다하지 않는다는 것이 바로 그 답이었다. 그렇게 하여 자신에게 어떤 결과가 빚어질지는 전혀 알 수 없었지만 그것들을 실천해야 한다는 것은 너무나 명백했다. 그런 확신이 들자 그는 기쁘기 한량없었다.

네흘류도프는 집 안으로 들어간 뒤에도 계속 생각했다.

'나는 내 주변에서 벌어지고 있는 일들의 의미를 알 수도 없고 이해할 수도 없다. 부모님이나 고모가 왜 이 세상에 태어나 살게 된 것인지, 왜 다정한 친구 니콜레니카는 죽고 나만 살아남았는지, 왜 카튜샤가 태어났는지, 어쩌자고 나는 그런 돌이킬 수 없는 짓을 저질렀는지, 전쟁은 왜 일어나는지, 나는 무엇 때문에 그토록 방탕한 생활을 했는지, 이 모든 것에 답하고 하느님의 섭리를 이해하는 것은 불가능하다. 하지만 이제 내 영혼 속에 자리 잡은 하느님의 뜻을 실천하는 것은 가능하다. 나는 지금 그것을 느끼고 있다.'

다시 천둥이 울리더니 밖에서는 비가 내리기 시작했다. 번갯불이 이따금 정원과 저택을 비추었다.

그는 옷을 벗고 침대에 누웠다. 그러나 군데군데 벽지가 찢긴 더러운 벽을 보자 혹시 벌레에게 물리지나 않을까 걱정이 되었다.

'그래, 내가 이 집 주인이 아니라 하인이라고 생각하자.' 그렇게 생각하자 마음이 편해졌다. 사실 공연한 걱정이 아니었다. 그가 촛불을 끄자마자 벌레가 기어 다니며 그의 몸뚱이를 물어 뜯기 시작했다.

'토지를 포기하고 시베리아로 가야 한다. 오, 벼룩이며 빈대

며……. 좋아, 참아야 해! 참을 수 있어!'

하지만 그런 결심에도 불구하고 그는 도저히 견딜 수가 없었다. 그는 자리에서 일어나 창가로 가서 앉아 흘러가는 구름과 그 사이로 다시 얼굴을 내민 달을 홀린 듯 바라보았다.

제5장

네흘류도프는 새벽녘에야 겨우 잠이 들었기에 늦게야 잠에서 깨어났다. 십장이 농부들 중에서 추려서 불러낸 일곱 명의 사람들이 정오에 과수원에 모였다. 십장이 포도나무 옆에 말뚝을 박은 뒤 그 위에 탁자를 얹고 벤치들을 갖다 놓았다.

농부들이 자리를 잡고 앉자 네흘류도프는 그 맞은편 걸상에 앉아 계획안이 적힌 종이를 펼쳐놓고 설명을 해주었다.

"내 생각에 토지란 사고 팔 수 없는 것이오. 만일 그렇다면 돈이 있는 사람이 토지를 다 사버릴 것이며, 토지가 없는 사람에게 그 토지 사용 대가로 자신이 원하는 것을 요구하게 될 것이기 때문이오. 그래서 나는 여러분에게 토지를 나누어주려 하오."

농부들 중 선뜻 그의 말을 반기는 사람은 없었다. 대부분 네흘류도프의 의도가 무엇인지 의심쩍어하는 표정이었다. 네흘류도프가 말을 이었다.

"나는 더 이상 토지를 소유하고 싶지 않아서 이곳에 온 것이오. 이제 어떤 식으로 그걸 나누는 게 제일 좋을지 여러분들과 상의하려 하오."

모두들 아무 말이 없었다. 그러자 네흘류도프가 재차 입을 열었다.

"자, 여러분들이 만일 토지를 나누어줘야 하는 입장이라면 어떻게 하겠소?"

그러자 한 직공이 눈썹을 움직이면서 말했다.

"누구에게든 똑같이 나누어줘야지요."

"물론입니다. 사람 머릿수대로 나누어야지요." 하얀 각반을 다리에 두른 맘씨 좋아 보이는 노인이 맞장구를 쳤다.

"그게 그렇지 않소." 이미 그런 의견이 나오리라 생각하고 반론을 준비해온 네흘류도프가 말했다. "만일 모든 사람들에게 똑같이 나누어준다면 농사일을 해보지 않은 사람들은 그 땅을 돈 많은 사람에게 팔게 될 거요. 부자가 다시 지주가 되는 거지요. 그리고 농사짓는 사람들의 수가 증가하게 되면 또다시 땅이 부족하게 될 거요. 그러면 부자가 다시 농민들을 마음대로 주무를 수 있게 될 거요."

"그렇습니다." 병사 출신의 사람이 재빨리 동의했다.

"그렇다면 토지 매매를 금지하고 농사짓는 사람에게만 나눠 주면 되겠네요"라고 누군가 의견을 냈다.

그러자 네흘류도프는 누가 직접 농사를 짓는 사람이고 누가 다른 사람을 위해 농사를 짓는 사람인지 분간해내는 게 불가능하다고 대답했다. 그러자 사려 깊게 생긴 농부 한 명이 조합 같은 공동체를 만들어 공동으로 농사를 짓고 그 수확물을 농사짓는 사람에게는 주고 그렇지 않은 사람에게는 주지 않으면 어떻겠느냐고 말했다.

실은 네흘류도프는 그런 의견이 나오리라 보고 그에 대한 답을 이미 준비해둔 터였다. 그는 그런 조합이 제대로 굴러가려면 모든 사람들이 다 농기구를 가지고 있어야 하며 그 누구도 경쟁에 뒤처지지 않기 위해 농기구들과 말들도 공동으로 관리되어야 한다, 또한 그 일이 이루어지려면 모든 사람들의 합의가 우선적으로 필요하다고 말했다.

"우리들은 절대로 의견 일치를 볼 수 없습니다. 언제나 서로 으르렁거리기나 하고 여편네들은 남들 흉보기에 바쁜데요." 한 이 빠진 노인이 말했다.

그러자 네흘류도프가 미리 준비해온 자신의 의견을 꺼냈다.

　"실은 이게 절대로 간단한 문제가 아닙니다. 누구에게 좋은 땅을 주고 누구에게는 그보다 못한 땅을 줄 것이냐 하는 문제도 있고……. 그런데 헨리 조지라는 미국 사람이 바로 이 문제에 대해 자신의 의견을 발표한 적이 있고 나도 그의 의견에 동의하고 있소."

　"아, 주인님 땅인데 주인님 마음대로 하시면 되지, 뭐 그리 복잡합니까? 그냥 적당히 나눠주십시오." 이 빠진 노인이 다시 끼어들었다. 네흘류도프는 노인의 말에 잠시 기분이 상했다. 그러나 다른 사람들이 노인이 끼어든 것을 못마땅해하는 것을 보고 마음을 가라앉혔다. 그는 헨리 조지의 단일세 이론에 기대어 자신의 구상을 설명하기 시작했다.

　"땅은 그 누구의 것도 아니오. 땅은 하느님의 것이오."

　"맞습니다!" "옳아요!" 여기저기서 몇몇 목소리가 들렸다.

　"땅은 누구에게나 공동의 소유요. 누구에게나 그 권리가 있소. 그런데 땅은 좋은 게 있고, 나쁜 게 있으며, 누구나 좋은 땅을 갖기를 원하오. 그렇다면 공정하게 땅을 나누는 방법은 어떤 것일까? 좋은 땅을 가진 사람이 나쁜 땅을 가진 사람보다 더 많은 돈을 내면 되는 것이오. 그렇다면 누가 누구에게 돈을 내느냐? 땅을 이런 식으로 운영하려면 공동 자금이 필요하오. 각자 자기가 소유한 땅의 가치에 따라 공동 자금을 출자하는 거요. 그러니 토지를 갖고 싶지 않은 사람은 돈을 내지 않으면 되는 거요."

"그거 좋습니다." 난로 직공이 눈썹을 움직이며 말했다.

"거, 조지란 사람, 머리가 좋구먼." 곱슬머리의 풍채 좋은 노인이 맞받았다.

네흘류도프는 다시 한번 자신의 의견을 되풀이한 후, 돌아가서 마을 사람들과 의논한 뒤에 결정해서 답을 달라고 대표들에게 말했다.

이튿날 마을 사람들이 모여서 주인의 제안을 두고 논의를 벌였다. 사람들은 두 파로 갈라졌다. 한 파는 주인의 제안이 마음에 들어 지지했고, 다른 한 파는 주인의 속셈이 무엇인지 의심했고 그 의도를 이해할 수 없어 두려워했다. 하지만 사흘째 되는 날 결국 그들은 네흘류도프의 제안을 받아들이기로 합의했고 그 뜻을 주인에게 전달했다. 그들이 전원 합의를 보는 데는 노인들의 발언이 큰 몫을 했다. 노인들은 주인이 영혼 문제에 대해 깊이 고민했으며 영혼의 구원을 위해 그런 결정을 하게 된 것이라고 말했다. 노인들의 말은 네흘류도프가 이곳 파노보에 머물면서 가난한 사람들을 위해 돈을 베풀어줌으로써 더욱 설득력을 얻었다. 그는 직접 돈을 주어 가난한 사람들을 돕는 것이 온당한 일이 아니라는 것을 잘 알고 있었다. 하지만 그는 생전 처음으로 농민들의 가난하고 비참한 생활을 직접 목격하고는 그런 식으로라도 도와주지 않을 수 없었다.

그가 돈을 나누어준다는 소문이 나자 사방에서 사람들이 몰려왔다. 네흘류도프는 도무지 어떤 기준으로 얼마씩 줘야 할지 난감했다. 그렇다고 수중에 돈이 있는데 도와주지 않을 수도 없었다. 그 난관에서 벗어나기 위해 그는 하루빨리 파노보를 떠나기로 결정했다.

파노보에 머물던 마지막 날 네흘류도프는 거실에서 고모가 남겨둔 물건들을 바라보았다. 그는 사자 머리 모양의 청동 고리가 달린 낡은 마호가니 장롱 서랍에서 많은 편지들을 발견했다. 그 편지들 사이에는 여럿이 함께 찍은 사진이 한 장 있었다. 사진 속에는 고모들이 있었고 자신이 대학교에 다니던 무렵의 청순한 모습의 카튜샤가 있었다. 그는 저택 물건들 중에서 그 편지들과 사진만 간직했고, 나머지 것들은 십장이 소개해준 방앗간 주인에게 10분의 1 가격으로 팔았다.

네흘류도프는 쿠즈민스코예에서 자신이 재산을 모두 잃는다는 생각에 아쉬움에 사로잡혔던 것을 다시 상기해냈다. 그는 자신이 왜 그런 아쉬움에 사로잡혔었는지 의아할 뿐이었다. 지금 그는 무한한 해방의 기쁨을 맛보고 있었으며 탐험가가 신대륙을 발견했을 때 느낌직한, 뭔가 새로운 것이 눈앞에 펼쳐져 있는 것 같은 환희에 젖어 있었다.

제6장

    도시로 돌아온 네흘류도프는 이상하게 낯설고 새롭다는 느낌을 받았다. 그날 그는 가스등이 켜진 저녁에 역에 도착해서 곧장 집으로 갔다. 방마다 아직 나프탈렌 냄새가 풍기고 있었다. 아그라페나 페트로브나와 코르네이는 둘 다 지치고 불만에 찬 표정이었으며, 적당히 꾸려서 처박아 두면 될 물건들을 놓고 이러니저러니 승강이를 벌이고 있었다. 농부들의 비참한 삶에서 큰 충격을 받은 네흘류도프에게는 이런 어리석은 짓이 영 못마땅했다. 그는 누이가 와서 집 안에 있는 물건들을 처분할 때까지 모든 것을 아그라페나 마음대로 정리하라고 이르고는, 다음 날 당장 하숙을 구해 나가겠다고 마음먹었다.

    이튿날 감옥에서 가까운 두 칸짜리 수수한 방을 하숙으로 구한 네흘류도프는 자기가 골라준 짐들을 그 집으로 옮기라고 이른 뒤에 변호사를 만나러 갔다. 밖은 추웠다. 봄철에 가끔 그렇듯이 비바람이 몰아친 뒤 추위가 몰려온 것이다.

그는 아직 자신의 뇌리에 남아 있는 농부들의 비참한 삶을 도심지에 사는 사람들과 비교해보았다. 푸줏간, 어물전, 양복점들을 지나칠 때마다, 그는 그들의 깨끗하고 기름진 모습에 놀랐다. 농촌에서는 전혀 볼 수 없던 모습이었다. 그는 마치 그들을 처음 보는 것 같았다. 그들은 그들이 취급하는 상품에 대해 잘 모르는 사람들을 속이는 일이 추하기는커녕 아주 중요한 업무의 하나라고 확신하고 있었다.

평퍼짐한 엉덩이에 옆에 단추를 줄줄이 달고 있는 마부도, 금줄 두른 모자를 쓰고 있는 문지기도, 앞치마를 두르고 있는 하녀들도, 특히 목덜미를 파랗게 면도한 사륜마차 멋쟁이 마차꾼들도 모두 기름기가 자르르 흐르고 있었다.

네흘류도프는 이곳 도시 사람들 중에서 땅을 잃고 도시로 쫓겨 온 시골 사람들의 모습을 쉽게 식별할 수 있었다. 그들 중에는 도시 생활 조건을 잘 이용해서 양갓집 사람들처럼 지내게 된 사람들도 물론 있었다. 하지만 농촌에서 살 때보다 더 형편이 나빠져서 농민보다 더 비참한 생활을 하는 사람들이 더 많았다. 그들의 몰골은 그야말로 비참 그 자체였다.

어느 건물 지하 창가에서 일하고 있는 구두 수선공, 수증기와 비누 거품에 둘러싸여 빨랫방망이를 휘두르고 있는 세탁부들, 양말도 신지 않은 발에 페인트 얼룩으로 더럽혀진 낡은 구두를 신고 햇볕에 그을린 여윈 손으로 페인트 통을 부지런히 나르며 서로 욕지거리를 해대는 페인트공들, 달구지에 앉아 몸이 흔들리고 있는, 온통 먼지투성이에 시커먼 얼굴의 마부, 거리 모퉁이에서 어린아이의 손을 잡고 구걸하고 있는 남자와 여자들이 바로 그들이었다.

'왜 사람들이 이곳으로 몰려드는 것일까?' 네흘류도프는 갓 칠한 페인트 냄새가 섞인 흙먼지를 들이마시며 생각했다.

잠시 뒤 네흘류도프는 변호사 파나린과 마주 앉았다. 변호사는 곧장 그에게 메니쇼프 사건에 대한 이야기를 시작했다. 그는 공소장을 방금 읽고 분개해 있었다.

"정말 역겨운 사건이로군요. 주인이 보험금을 노리고 방화한 게 틀림없는 사건입니다. 무엇보다 중요한 건 메니쇼프 모자의 유죄를 입증할 만한 증거가 전혀 없다는 사실입니다. 예심판사가 과도하게 열의를 냈거나 검사가 소홀했기 때문에 벌어진 일입니다. 만일 이 사건을 주(州) 법정이 아니라 이곳에서 다루게 되다면 승소를 보장하겠습니다. 보수도 받지 않겠습니다. 페도시야 사건도 말씀하셨지요? 그녀가 직접 황제께 보내는 청원서도 다 작성했습니다. 페테르부르크로 가시거든 직접 제출하도록 하십시오. 청원위원회에 유력한 분들을 알고 계시면 거기에 제출하십시오. 그 외에 더 없지요?"

"아닙니다. 한 가지 더 있습니다."

이어서 네흘류도프는 분리파 교도들의 편지를 주머니에서 꺼냈다. 네흘류도프가 교도소를 들락날락하면서 죄수들을 돕는다는 이야기는 이미 널리 퍼져 있었다. 그 편지는 그가 카튜샤를 면회하는 동안 죄수 중 한 명이 그에게 건네준 것이었다.

"아니, 감옥에서 퍼부어대는 불만을 다 받아내는 깔때기라도 되시려는 겁니까? 그 많은 걸 어떻게 다 감당하시려고……."

"그런 게 아니라, 이 사건은 너무 어처구니가 없어서."

네흘류도프는 변호사에게 사건의 진상을 대충 이야기해주었다. 어느 마을에서 한 농부의 집에 친구들이 모여 성경을 읽고 논의를 벌였다. 그런데 교회 목사가 이들을 수상하게 보고 당국에 신고를 했다. 예심판사가 그 집주인을 조사했고 검사보가 기소장을 작성했다. 농부는 재판을 받았고 유형을 가게 되었다.

"정말 어처구니없는 일입니다. 대체 이게 사실일까요?" 네흘류도프가 변호사에게 물었다.

"뭐가 그렇게 놀라운 일이지요?"

"아니, 이 사건 전체가 다 그렇지요. 우선 경찰을 이해할 수 없어요. 사정도 알아보지 않은 채 그저 명령에 따라 체포만 하고……. 게다가 검사가 그런 기소장을 작성하다니……. 그래도 교육을 받은 사람 아닙니까?"

"바로 그 생각에 문제가 있는 겁니다. 우리들은 검사나 재판관들을 자유로운 사람들이라고 생각하는 경향이 있습니다. 물론 그들은 한때 그랬을 겁니다. 하지만 지금은 전혀 다릅니다. 그들은 봉급날만 손꼽아 기다리는 관리일 뿐입니다. 봉급이 오르기만 기다리는 것, 그게 바로 그들의 본질입니다. 그러니 그 누구건 걸리기만 하면 기소하고 재판에 회부하고 선고를 하는 거지요."

"아니, 그렇다 해도, 친구들과 성경을 읽었다고 해서 사람들을 시베리아로 유형 보내야 한다는 법이 존재한다는 겁니까?"

"아, 그들이 성경을 제멋대로 곡해했다고 이유를 덧붙이면 되는 거지요. 즉 교회의 해석을 비난했다고 하면 그만입니다. 사람들 앞에서 그리스 정교를 비판하면 유형을 받게끔 형법에 나와 있습니다."

"말도 안 돼요!"

"사실입니다. 저도 변호사지만 늘 재판관들에게 고마워하고 있습니다. 저를 교도소에 처넣지 않는 자비를 베풀어주어 감사하다고 생각하는 거지요. 그 사람들은 마음만 먹으면 당신이나 나 정도는 언제고 공민권을 박탈하고 시베리아에 유형을 보낼 수 있습니다."

"아니, 모든 걸 검사나 판사 마음대로 할 수 있다면 재판이 무슨 소용 있습니까?"

"여기서는 대답하기 어려운 질문을 하시는군요. 그건 철학에 속하는 문제입니다. 어디 그 문제에 대해 한번 진지하게 논의해보지 않으시렵니까? 토요일에 저희 집에 학자, 문필가, 예술가들이 모이니 한번 오셔서 이야기를 나누어보지요."

네흘류도프는 건성으로 "네"라고 답했지만 속으로는 가지 않으리라고 다짐했다. 파나린뿐 아니라 그가 가까이하는 사람들이 이제는 자신과 너무 다른 눈으로 세상을 보고 있음을 절감한 때문이었다. 그는 옛 친구들 뿐 아니라, 파나린과 같은 주변 사람들로부터도 자신이 더욱 멀어진 듯 느꼈다.

제7장

변호사 사무실을 나온 네흘류도프는 삯마차를 타고 교도소로 향했다. 교도소에 도착한 그는 정문 현관의 벨을 누르면서 오늘 카튜샤가 어떤 기분으로 자신을 맞이할지 두려워서 심장이 두근거렸다. 그가 문을 열어준 교도관에게 카튜샤 마슬로바를 면회하러 왔다고 말하자 교도관은 그녀가 병원에 가 있다고 대답했다. 네흘류도프는 즉시 병원으로 갔다.

착해 보이는 늙은 병원 수위가 용건을 묻더니 그를 소아과 병동으로 안내했다. 소아과 병동에서 만난 젊은 의사가 그에게 무슨 일로 왔느냐고 물었다. 네흘류도프가 이곳에서 간호보조사로 일하고 있는 카튜샤를 만나러 왔다고 말하자 의사는 옆에 있던 간호사에게 카튜샤를 데려오라고 말했다.

잠시 후 늙은 간호사를 앞세우고 카튜샤가 방으로 들어왔다. 그녀는 푸른색 줄무늬 드레스에 앞치마를 두르고 머리에는 하얀 스카프를 쓰고 있었다. 네흘류도프를 보자 그녀의 얼굴이 붉어졌다. 그녀는 망설이는 듯 잠시 멈춰서더니 찡그린 눈을 아래로 내리깐 채 빠른 걸음으로 그를 향해 걸어왔다. 그에게 가까이 온 그녀는 손을 내밀기 싫어하는 눈치이더니 마지못해 손을 내밀었다. 얼굴은 더욱 빨개져 있었다.

카튜샤가 자신이 너무 흥분했었다며 그에게 사과한 이래로 그녀를 처음 만나는 네흘류도프는 그때와 같은 모습의 카튜샤를 보게 되리라고 생각하고 있었다. 하지만 지금 그녀는 그때와 너무 달랐다. 다소곳하면서 부끄러워하는 기색을 보이고 있는 것도 그렇고 그녀의 얼굴 표정에는 뭔가 새로운 것이 있었다. 네흘류도프가 보기에 그녀의 표정에는 자신을 향한 적의도 숨겨져 있는 것 같았다.

네흘류도프는 페테르부르크로 가기 전에 들렀다며 파노보에서 가지고 온 사진이 들어 있는 봉투를 그녀에게 내밀었다.

"이걸 파노보에서 발견했어. 오래된 사진인데, 당신 마음에 들 것 같아. 자, 받아."

그녀는 검은 눈썹을 치켜올리고 뭔가 묻는 듯, 놀란 눈길로 잠시 그를 바라보더니 말없이 봉투를 받아 들고는 앞치마 속에 넣었다.

"거기서 당신 이모를 만났어." 네흘류도프가 말했다.

"그래요?" 그녀가 심드렁한 말투로 말했다.

"여기서 지내기는 어때?"

"잘 지내고 있어요."

"뭐 불편한 건 없어?"

"네, 좀 서투르긴 하지만……."

"정말 잘된 일이야. 어쨌든 거기보다는 나을 테니까."

"거기라니요? 어디요?"

"감옥 말이야." 네흘류도프가 서둘러 대답했다.

"뭐가 낫다는 거지요?"

"우선 사람들이 좋잖아. 그곳에 있는 사람들보다는……."

"거기도 좋은 사람들이 많이 있어요."

네흘류도프는 화제를 바꾸었다.

"메니쇼프 모자 사건에 대해 좀 알아봤어. 석방될 수 있을 것 같아."

"정말 그랬으면 좋겠어요. 정말 좋은 할머니예요." 그 말을 하면서 그녀는 미소를 지었다.

"오늘 페테르부르크로 갈 작정이야. 당신 사건도 곧 심리가 열릴 것이고 판결이 폐기될 수도 있을 거야."

"폐기되건 말건 이제 아무 상관없어요."

"그게 무슨 말이지?"

그녀는 대답 대신 오히려 묻는 것 같은 눈길로 그를 바라보았다. 네흘류도프는 그 눈길이, 자신이 아직도 여전히 결심을 굳히고 있는지, 아니면 거절한다는 그녀의 뜻을 받아들였는지 묻고 있다고 생각했다.

그가 말했다.

"당신이 왜 상관없다고 하는지 모르겠군. 당신이 무죄가 되건 안 되건 상관이 없는 건 바로 나야. 어쨌든 나는 내가 말한 대로 할 거니까."

그녀의 얼굴이 기쁨으로 환해졌다. 하지만 그녀의 입에서 나온 말은 그 표정이 보여주는 것과는 전혀 달랐다.

"그런 식으로 말씀하시면 안 돼요. 이미 여러 번 당신께 제 뜻을 말했어요. 이제 그 이야기는 그만해요."

갑자기 병실 안이 떠들썩해지더니 어린아이 울음소리가 들렸다.

"저를 찾는 모양이에요." 그녀가 불안한 시선으로 주변을 둘러보며 말했다.

"그럼, 오늘은 이만 가보겠어." 네흘류도프가 말했다. 그녀는 그가 내민 손을 못 본 척 몸을 돌리더니 양탄자가 깔린 복도로 총총히 사라졌다.

네흘류도프는 그녀의 속마음을 도무지 종잡을 수 없었다. 자신을 용서해주겠다는 것인지, 아니면 더 화가 난 것인지 알 수 없었다. 다만 한 가지 분명한 것은 그녀가 변했다는 것이었다. 이 변화를 통하여 그녀는 그와도 연결이 되었고 하느님과도 연결된 것이 분명했다. 그렇게 그녀와 연결되었다는 생각에 그는 벅찬 감동과 기쁨을 맛보았다.

이후 카튜샤는 틈만 나면 하루에도 몇 번씩 봉투에서 사진을 꺼내 들여다보곤 했다. 그러던 어느 날 밤이었다. 그녀는 마침 당직을 끝내고 간호사 한 명과 함께 쓰고 있는 방에 혼자 있게 되었다. 그녀는 마음 놓고 사진을 들여다보기 시작했다. 그녀는 사람들의 얼굴, 그들이 입고 있는 옷, 베란다의 계단, 네흘류도프와 자기의 얼굴, 그의 고모들 얼굴 뒤에 배경이 되고 있는 관목 숲 등을 하나도 빼놓지 않고 그리운 눈빛으로 찬찬히 훑어보았다. 그녀는 특히 자기 자신의 얼굴, 이마까지 곱슬머리를 늘어뜨린 귀여운 자신의 얼굴에서 한동안 눈을 떼지 못했다.
그녀는 하도 사진을 열심히 바라보고 있었기에 동료 간호사가
방으로 들어온 것도 눈치를 채지 못하고 있었다.

"그게 뭐니? 그 사람이 갖다준 거야?"

간호사는 함께 사진을 들여다보더니 카튜샤에게 물었다.

"이게 누구야? 너야?"

"맞아."

"이게 그 사람이야? 이 사람은 그분 어머닌가?"

"그분 고모야. 정말 나를 못 알아보겠어?"

"정말 못 알아보겠어. 하긴 10년도 더 지난 사진이니……."

"10년이 아니라 평생이 지나간 것 같아." 카튜샤가 쓸쓸한 표
정으로 말했다.

"그때는 편했겠네."

"편했어. 하지만 징역살이보다 나빴어. 지옥이었어."

"왜?"

"왜 그러냐고? 저녁 8시부터, 아침 4시까지! 그것도 매일 밤!"

"그런데 왜 그만두지 않았던 거지?"

"그러고 싶어도 그럴 수 없었어!" 카튜샤는 갑자기 사진을 서
랍에 넣고 눈물을 흘리며 복도로 뛰쳐나갔다. 사진을 들여다보

고 있는 동안 그녀는 자신이 옛날로 돌아간 것 같은 착각에 빠져 있었다. 그리고 그와 맺어지면 행복할 수도 있으리라고 상상하고 있었다. 그러나 동료 간호사의 말 한마디가 자신의 지금의 처지와 옛날의 모습을 비교하게 만들었다. 그리고 그녀가 어렴풋이 느끼고는 있었지만 굳이 떠올리지 않으려 했던 유곽 생활에 대한 공포가 생생하게 떠올랐다.

그녀에게 그 무서운 밤들의 기억이 떠올랐다. 특히 그녀를 그곳에서 빼내주겠다고 약속했던 한 학생을 목매게 기다리던 사육제 날 밤이 더욱 생생하게 떠올랐다. 자신이 술에 취해 있을 때 들이닥친 사람들! 그렇게 하루하루, 한 달 두 달 그리고 한 해, 두 해, 세 해가 지나갔다. 왜 그런 생활을 바꾸지 못했던가! 이 모두가 '그' 때문이다! 그러자 마음속에 품고 있던 그를 향한 증오가 갑자기 솟구쳤다. 그를 맘껏 비웃고 욕하고 싶었다. 오늘 그가 찾아왔을 때, '나는 당신 속마음을 잘 알고 있다! 하지만 절대로 뜻대로 되지 않을 것이다! 옛날에 내 몸은 마음대로 했을지 몰라도 이제 내 마음까지 그러도록 내버려두지는 않겠다! 당신이 너그러운 척하게 만드는 도구가 되지는 않을 것이다!'라고 분명하게 밝힐 기회를 놓친 게 못내 아쉬웠다.

제8장

네흘류도프는 페테르부르크에서 네 가지 용건이 있었다. 첫 번째는 원로원에 카튜샤의 상소장을 제출하는 일이었고 두 번째는 카튜샤와 같은 감방에 있는 페도시야 비류코바 사건을 청원위원회에 올리는 일, 세 번째는 베라 보고두호프스카야가 부탁한 일로 슈스토바의 석방을 헌병대나 비밀경찰에 신청하는 일과 역시 그녀가 부탁한 일로 요새 감옥에 수감되어 있는 아들을 그 어머니가 면회할 수 있도록 주선하는 일이었다. 그리고 네 번째 사건은 성경을 읽고 논쟁을 벌였다는 이유로 코카서스로 유형을 가게 되어 있는 분리파 교도 사건이었다. 그는 그 사건에 대해 당사자들만큼이나 더 열심히 진실을 규명해보고 싶었다.

이제 네흘류도프는 자신이 이전까지 함께 생활했던 사람들 사이에서 불편함과 자책감을 동시에 느꼈다. 하지만 모든 인척 관계, 친구 관계, 자신의 습관 등은 그를 자연스럽게 그 사회로 끌어들였다. 게다가 그가 지금 가장 간절히 원하고 있는 일, 즉 카튜샤를 비롯해 고통받고 있는 사람들을 돕는 일을 성취하려면 바로 그 사회에 속한 사람들, 존경은커녕 분노와 경멸을 느끼게 되는 그런 사람들의 도움을 받아야만 했다.

그가 페테르부르크로 와서 큰 이모인 전 국무장관의 부인 카테리나 이바노브나 치르스카야 백작 부인의 집에 머물게 되자 그는 이제 그에게 낯설게만 여겨지는 귀족 사회의 한복판에 뛰어든 셈이 되었다. 내키지 않는 일이었지만 도리가 없었다. 만일 자신이 호텔에 묵는다면 이모가 기분 상해할 것이 뻔했으며, 더욱이 발이 넓은 이모가 자신의 일들을 해결하는 데 도움을 줄 수도 있기 때문이었다.

"얘야, 너에 대해 이상한 소문들이 들리더구나." 그가 이모 집에 도착하자마자 카테리나 이바노브나 백작 부인이 커피를 권하며 말했다. "너, 무슨 박애주의자로 통하더구나. 범죄자들을 돕고 교도소도 들락날락한다며? 뭐, 세상을 바로잡겠다는 거니?"

"아뇨, 절대로 그런 생각해본 적 없어요."

"아니야? 그렇다면 다행이고⋯⋯. 어쨌든 이 일에 무슨 로맨스가 끼어 있는 것 같은데, 그 이야기 좀 해줄래?"

네흘류도프는 자신과 카튜샤와의 관계에 대해 숨김없이 다 말해주었다.

"그래, 불쌍한 네 어머니 엘렌이 그런 이야기를 했던 적이 있었지. 네가 네 고모네 집에 가 있을 때였다. 그래, 아직도 그 애가 예쁘니?"

카테리나 이바노브나는 예순이 다 된 노인이었지만 아직 건강하고 말이 많았다. 네흘류도프는 어릴 때부터 이 이모를 잘 따랐다.

"아니, 이모. 그런 건 다 끝난 일이에요. 다만 그녀를 돕고 싶을 뿐이에요. 죄도 없이 유죄 판결을 받았거든요. 그녀가 이렇게 된 건 전부 제 탓이에요. 그녀를 위해서라면 뭐든 해야 해요."

"그런데 네가 그 애와 결혼하려 한다는 이야기가 들리던데, 그게 대체 무슨 소리냐?"

"네, 그러려고 했어요. 하지만 그녀가 원치 않아요."

카테리나 이바노브나는 어이없다는 표정으로 조카를 바라보더니 말했다.

"그 애가 너보다 더 똑똑하구나. 너는 정말 멍텅구리야. 하긴 그래서 내가 너를 좋아하긴 한다만. 어쨌든 좋은 방법이 있다. 알린이라는 사람이 그런 여자들을 올바른 길로 인도하는 일을 하고 있어. 매춘부 갱생원을 운영하고 있거든. 거기 부탁하면 어떻겠니?"

"제가 이모님께 부탁하려는 건 그런 게 아니에요. 이미 유죄 판결을 받았다니까요. 그 판결을 파기해달라고 원로원에 상소를 하려고 온 거예요."

"원로원? 거긴 아는 사람이 없는데……. 사촌 한 명이 있긴 하지만 업무가 전혀 다르고……. 그래, 이모부에게 이야기해볼게. 이모부는 발이 여간 넓은 게 아니니까. 그래, 또 무슨 부탁이 있지? 다 말해보려무나."

"하나는 요새 감옥 일입니다. 거기 수용되어 있는 아들을 어머니가 면회할 수 있게 해달라는 부탁이에요. 제가 알기로는 체르뱐스키라는 사람에게 달려 있는 문제라고 하더군요."

"체르뱐스키? 나는 그 사람을 별로 좋아하지 않는데……. 하지만 그 사람은 마리에트의 남편이니까 그녀에게 부탁할 수 있을 거다. 내 부탁이라면 뭐든 들어줄 거야. 아주 젊고 예쁘고 좋은 여자거든."

네흘류도프가 다른 사정들을 이야기하려는 순간 그의 이모부인 전 국무장관 이반 미하일로비치 차르스키 백작이 들어섰다. 큰 키에 건장한 체격이었다. 남편을 보자 백작 부인이 말했다.

"여보, 이 아이가 당신에게 부탁할 일들이 있는 모양이에요. 한번 들어보세요. 난 편지들을 써야겠어요. 얘야, 마리에트에게 편지를 써줄까?"

"그래 주시면 고맙겠습니다."

"그 요새 감옥 이야기는 내가 쓸게. 다른 것 부탁할 것 있으면 비워둘 테니 네가 직접 써."

전 국무장관 이반 미하일로비치 백작은 신념에 투철한 사람이었다. 그는 마치 새들이 천성적으로 벌레를 먹고, 날개로 하늘을 날아다니게 되어 있듯이 자신은 비싼 요리를 먹고 고급 옷을 입고 좋은 말이 끄는 마차를 타고 다니게 되어 있다는 신념을 굳건히 지키고 있었다. 그는 그 모든 것이 자기를 위해 미리 마련되어 있어야 한다고 믿고 있었다. 또한 그는 무슨 수를 쓰더라도 국고에서 더 많은 돈을 얻어내면 얻어낼수록, 훈장의 수가 늘어나면 늘어날수록, 상류 사회 고위층 인사들과 가까이 지내면 지낼수록 자신에게 유리하다고 생각하는 사람이었다.

그는 자신의 그 굳건한 신념 외에 다른 일들은 아무래도 좋다고 생각하는 사람이었다. 그리고 바로 그 신념 덕분에 결국 국무장관의 지위에까지 오르게 되었으니 조금도 흔들릴 필요가 없었다.

그 신념과 함께 그를 그 지위에 오르게 한 중요한 자질들이 있었다. 우선, 그는 문서나 법률에 대한 어느 정도의 지식이 있어서 그런대로 서류를 작성할 능력이 있었고, 맞춤법이 정확한 문장을 쓸 줄도 알았다. 다음으로는 그의 당당한 풍채가 큰 역할을 했다. 그는 남들이 감히 접근할 수 없을 정도의 위엄을 갖추고 있었을 뿐 아니라 필요한 경우 야비할 정도로 비굴해질 수 있는 유연성도 갖추고 있었다. 마지막으로 그는 도덕적인 측면이나 국익의 측면에서 그 어떤 원칙도 갖고 있지 않았다. 그렇기에 그때그때 상황에 따라 자유롭게 찬반을 표시할 수 있었다. 그는 자신의 행위가 도덕적인가 아닌가, 혹은 자신의 행위가 국가 전체에 득이 될 것인가 아닌가 하는 쓸데없는 걱정을 하지 않았다.

그는 국무장관직을 그만둔 뒤에도 이곳저곳 위원회 위원의 자격으로 해마다 수만 루블의 수입을 올리고 있었다. 그리고 새로운 훈장들도 차곡차곡 수여했으며 그 덕분에 많은 유력 인사들과 깊은 관계를 유지하고 있었다.

차르스키 백작은 마치 아랫사람의 보고를 듣는 듯한 태도로 네흘류도프로부터 자초지종을 들은 후에 소개장을 두 통 써주었다. 한 통은 원로원 상소국 위원인 볼리프에게 보내는 편지였고 또 다른 한 통은 청원위원회의 유력 인사에게 보내는 편지였다.

네흘류도프는 이모가 마리에트에게 써준 소개장과 이모부가 써준 두 통의 소개장을 들고 집을 나섰다. 그는 우선 마리에트를 찾아가기로 했다.

네흘류도프는 마리에트를 어릴 적부터 알고 있었고 그녀 남편의 평판이 나쁘다는 것도 알고 있었다. 그는 수많은 정치범들을 가혹하게 다루기로 유명했다. 네흘류도프는 학대받는 사람들을 돕기 위해 학대자를 찾아가 그 앞에 무릎을 꿇듯이 하고 부탁을 해야 한다는 사실이 괴로웠다. 자신은 이미 그런 부류에 속하지 않는다고 생각하고 있으면서 자신을 여전히 동류로 생각하는 사람들과 어울린다는 것은 괴로운 일이었다. 그러다보면 다시 자기 몸에 배어 있는 이전의 자기 모습으로 돌아갈까봐 두렵기도 했다. 하지만 독방에 갇혀 고통 받고 있는 사람을 그 고통에서 구해줄 수만 있다면 그런 괴로움과 두려움은 이겨내야 한다고 용기를 냈다.

마리에트의 집을 찾아간 그는 마침 외출하려고 마차에 오르려던 그녀를 만나 겨우 이모가 준 소개장을 전해줄 수 있었다. 그녀와 헤어지면서 그는 고개를 갸우뚱했다. 아름다운 그녀가 그에게 보낸 미소가 아무래도 심상치 않았기 때문이었다.

이어서 그는 원로원 사무실로 가서 볼로프를 만나려 했으나 만나지 못했다. 그곳을 나온 그는 청원위원회 유력 인사인 보로비요프 남작의 집을 방문했다. 하지만 그는 남작을 만나지 못하고 문지기에게 소개서를 전하고 돌아선 후 볼리프의 집을 향해 마차를 몰았다. 다행히 네흘류도프는 그를 만날 수 있었다.

응접실에서 네흘류도프를 맞은 볼리프는 즉석에서 그가 준 소개장을 읽었다.

"아, 마슬로바 사건이로군요. 원로원 의원들에게 부탁해보도록 하겠습니다. 상소장이 이미 수리되어 오는 수요일에 사건 심리가 있을 예정입니다."

"그렇다면 제가 변호사에게 전보를 쳐도 되겠습니까?"

"변호사요? 아니, 그럴 필요가 어디 있나요! 하기야 당신이 원한다면 별 수 없지만."

"상소장 내용이 충분치 못한지도 모르겠습니다. 하지만 사건을 잘 살펴보시면 오해 때문에 잘못된 판결이 내려졌음을 아실 수 있을 것입니다."

"그래요. 음, 그럴 수도 있겠지요. 하지만 원로원에서는 사건 자체를 검토하는 게 아니라서……. 법률이 제대로 적용되었는지, 올바로 해석되었는지 그런 것만 검토합니다."

"하지만 이번 사건은 예외라고 생각합니다."

"말씀은 잘 알겠습니다만, 어디 예외적이지 않은 사건이 있나요? 어쨌든 힘써보겠습니다. 드릴 말씀은 그뿐입니다."

네흘류도프는 재차 부탁한다고 말한 후 자리에서 일어나며 작별 인사를 했다.

제9장

이튿날 아침 네흘류도프가 자리에서 일어나 옷을 갈아입고 아래층으로 내려가려는데 하인이 변호사 파나린의 명함을 내밀었다. 그는 자신의 일들도 처리할 겸, 카튜샤에 대한 사건 심리에도 참석할 겸 모스크바에서 페테르부르크로 온 것이었다. 네흘류도프가 보낸 전보를 미처 받지 못한 모양이었다. 변호사 파나린은 네흘류도프로부터 심리 날자와 담당위원들의 이름을 듣자 미소를 지었다.

"허, 세 유형의 의원들이 한자리에 모인 셈이로군요. 볼리프는 전형적인 페테르부르크 관리 타입이고 스코보로드니코프는 이론적 법률가 타입이며 베는 아주 실용적인 법률가이지요. 베가 그들 중 가장 수완이 좋습니다. 그 사람에게 희망을 걸어야 합니다. 청원위원회 일은 어떻게 됐습니까?"

"지금 보로비요프 남작을 만나보러 가려 합니다. 어제 찾아가 봤지만 만나지 못했습니다."

"그래요? 파벨 황제 궁정에서 하인 일을 하던 그의 조부에게 황제가 상으로 남작 칭호를 내린 사람 말이로군요. 뭔가 황제 마음에 썩 드는 일을 한 모양입니다. 보로비요프 남작은 그 칭호를 여간 자랑스러워하는 게 아니지요. 정말 지독한 허풍쟁이에다 아첨꾼입니다. 암튼 저와 함께 가시지요."

그들이 현관으로 나섰을 때 마리에트의 편지를 가져온 하인과 마주쳤다.

당신을 기쁘게 해드리고 싶어 평소의 제 원칙을 버리고 남편에게 말씀을 드렸답니다. 아마 그 여자는 곧 석방될 겁니다. 남편이 요새 감옥 사령관에게 편지를 보냈으니까요. 이제 용건이 없더라도 저를 찾아오세요. 기다리고 있을게요.

"이제 원하시던 일 하나는 해결하신 셈이로군요." 파나린이 말했고 그들은 마차를 남작의 저택을 향해 몰았다.

저택에 도착한 그들이 하인의 안내를 받아 서재로 들어가자 짧은 머리에 건장해 보이는 보통 키의 남자가 그들을 맞았다. 보로비요프 남작이었다. 그가 네흘류도프를 보자 말했다.

"반갑습니다. 당신 모친과 오래전부터 가깝게 지냈었지요. 당신이 어릴 때 당신을 본 적이 있습니다. 자, 앉아서 무슨 용건인지 말씀 좀 해보시지요."

네흘류도프가 페도시아에 대해 이야기를 하자 그는 흰머리를 끄덕이더니 말했다.

"잘 알겠습니다. 참 안됐군요. 그런데 청원서는 냈습니까?"

"여기 준비해 왔습니다."

"좋습니다. 제가 직접 청원을 넣어드리지요. 제가 폐하께 직접 말씀드리도록 하겠습니다."

"이반 미하일로비치 백작도 황후 폐하께 청원하시겠다고 하셨습니다."

네흘류도프가 그 말을 꺼내자마자 보로비요프의 안색이 변했다.

"청원서는 당신이 직접 제출하도록 하십시오. 저는 저대로 힘써보겠습니다."

그와 파나린은 곧바로 그의 집을 나섰다.

이어서 네흘류도프가 찾아간 사람은 페테르부르크 감옥을 총괄하고 있는 독일계 남작 출신의 장군이었다. 그는 평판이 매우 좋지 않은 사람이었다. 그는 그가 한창 때 받은 수많은 훈장 중 백십자 훈장만을 달고 다녔다. 이 훈장은 그가 코카서스에서 근무할 때 저지른 잔인한 학살 덕분에 받은 것이었으며 폴란드에 근무할 때도 무장한 러시아 농민들을 지휘해서 비슷한 학살을 저질렀다. 이제 나이가 든 그는 일선에서 물러나 남녀 정치범을 요새 감옥에 가두는 일을 맡고 있었다. 일종의 명예직이라고 볼 수 있었다. 그는 상부에서 전달된 지시 사항은 어김없이 이행했으며, 그 결과 10년 사이에 수감자의 절반 이상이 미치거나 병에 걸려 죽거나 자살했다.

　그는 그 사실을 알고 있으면서도 눈 하나 깜짝하지 않았다. 그 일은 모두 황제 폐하의 이름으로 상부에서 전해진 명령을 충실히 수행하는 도중 일어난 일이었으니 조금도 염두에 둘 필요가 없었다. 그는 주어진 임무를 충실하게 수행하기 위해서는 일말의 망설임도 없어야 한다고 확신하고 있었으며 그것이 바로 애국적인 군인의 임무라고 생각했다.

　그는 일주일에 한 번씩 모든 감방을 둘러보고 죄수들의 애로 사항을 물었다. 규정이었기 때문이다. 하지만 죄수들의 수많은 애로사항을 묵묵히 듣고만 있을 뿐 실행에 옮긴 적은 한 번도 없었다. 그 어떤 청원도 규칙에 어긋나지 않는 게 하나도 없기 때문이었다.

객실에서 네흘류도프를 맞은 장군이 그에게 물었다.

"어머니는 잘 지내시는가?"

"어머니는 돌아가셨습니다."

"이런 실례했군. 안타까운 일이야. 그래 무슨 일로 왔나?"

"실은 부탁드릴 일이 있어서 왔습니다."

"그래? 좋아, 무슨 일인가?"

"여기에 구르케비치라고 하는 친구가 수감되어 있습니다. 그의 어머니가 아들을 만나보고 싶은데 잘 안 되는 모양입니다. 만나는 게 어렵다면 책이라도 반입할 수 있도록 해주실 수 있겠습니까?"

네흘류도프의 말을 듣고 노장군은 아무 표정도 짓지 않은 채 이맛살을 찌푸렸다. 사실상 그는 아무 생각도 하지 않고 있었으며 네흘류도프의 부탁에도 아무런 관심이 없었다. 그 어떤 부탁이건 자신은 규정대로 대답할 뿐이라는 것을 그는 잘 알고 있었다. 그는 그저 아무 생각 없이 머리를 쉬고 있을 뿐이었다.

"이보게, 그건 내가 할 수 있는 일이 아니야. 황제 폐하께서

정하신 원칙에 어긋나지 않는다면 면회는 얼마든지 할 수 있어. 책은 도서실에 많으니 거기서 얼마든지 빌려볼 수 있어.”

“그 청년은 학술 서적이 필요한 모양입니다. 공부를 하고 싶답니다.”

“그런 말에 속지 마. 그냥 불평을 하고 있을 뿐이야.”

이어서 그는 이곳 수감자들이 얼마나 잘 지내고 있는지, 어떤 혜택을 누리고 있는지 길게 늘어놓더니 수감자들은 그 고마움을 모른다고 말했다. 그의 말을 건성으로 들으며 네흘류도프는 자신이 아무리 질문을 하고 설명을 하더라도 마이동풍이리라는 것을 깨달았다.

그는 구르케비치 문제는 접어두고 여죄수 슈스토바가 석방 명령을 받아 석방되었는지 물어보았다. 그러자 장군은 테이블 옆의 벨을 눌러 병사에게 서기를 불러오라고 명령했다. 잠시 후 들어온 서기는 슈스토바가 어느 이상한 요새에 수감되어 있는 죄수이며 그녀에 관한 그 어떤 명령도 받은 바 없다고 보고했다.

그러자 장군이 네흘류도프에게 말했다.

“명령을 받으면 그 즉시 석방할 것이네. 이런 곳에 두고 싶지도 않고, 이런 곳에 들어오는 게 반갑지도 않아.”

제2부

219

네흘류도프는 이 가혹한 노인을 향한 동정과 혐오감을 애써 감추며 자리에서 일어났다. 그러자 노장군이 충고조로 말했다.

"이보게, 이런 곳에 수감되어 있는 자들과 가까이 지내지 말게. 결백한 놈은 하나도 없어. 정말 부도덕한 자들이야. 그놈들에 대해서는 자네보다 내가 훨씬 더 잘 알아."

네흘류도프는 한숨을 내쉬며 그곳에서 물러나왔다.

제10장

다음 날은 원로원에서 카튜샤 마슬로바 사건에 대한 심리가 열리는 날이었다. 네흘류도프는 장엄한 원로원 건물 앞에서 변호사 파나린을 만났다. 건물 앞에는 이미 여러 대의 마차들이 줄지어 서 있었다.

건물에 대해 잘 알고 있는 파나린은 심리가 열리는 방으로 네흘류도프를 안내했다. 네흘류도프가 다른 방청인들과 함께 법정으로 들어가니 곧바로 심리가 시작되었다. 네흘류도프와 파나린은 방청석에 앉았다.

심리 의원은 모두 네 명이었다. 깨끗하게 면도를 한 날카로운 눈빛의 의장 니키틴, 입술을 굳게 다물고 사건 기록을 넘겨보고 있는 볼리프, 곰보에 뚱뚱한 몸집의 법률학자 스코보로드니코프, 흰 수염을 늘어뜨린 베 노인이 바로 그들이었다. 그들이 자리를 잡자 이어서 서기가 들어왔고 그 뒤를 마른 몸집에 그다지 크지 않은 젊은 남자가 뒤따르고 있었다.

"저 사람이 검사인가요? 셀레닌 맞지요?" 네흘류도프가 파나린에게 물었다.

"네, 맞습니다. 그런데 왜 그러시지요?"

"내가 저 친구 잘 압니다. 아주 좋은 친구입니다."

"유능하고 좋은 검사이지요. 그렇다면 저 사람을 미리 염두에 둘 걸 그랬습니다."

"저 친구라면 분명히 양심에 따라 판단할 겁니다." 네흘류도프는 자신과 셀레닌 사이의 우정과 정직하고 선량한 그의 성품을 떠올리며 말했다.

"하지만 이미 때는 늦었습니다."

이어서 심리가 시작되었다. 먼저 심의 대상이 된 것은 카튜샤 마슬로바의 사건이 아니었다. 어느 주식회사 사장의 비리를 보도한 신문 기사에 대해 주식회사가 명예훼손으로 고소한 사건에 대한 심리였다. 최종 판결에서 주식회사는 패소했고 원로원에 상고한 것이다.

네흘류도프는 눈앞에서 벌어지고 있는 논의에 대해 귀를 기울이며 이해하려고 했다. 하지만 그가 지방재판소에서 경험한 것과 조금도 다를 바 없었다. 여기에서도 정작 중요한 문제는 다루지 않고 변죽만 울렸다. 예컨대 회사 사장의 배임 행위가 사실인지 아닌지는 뒷전으로 미룬 채, 신문 발행인에게 그런 기사를 실을 권리가 있는지 없는지, 그런 행위가 명예훼손에 해당되는지 아닌지만 논의되었다. 게다가 어려운 법률 용어들을 나열하는 바람에 일반인들은 도무지 이해할 수도 없었다.

볼리프는 열심히 주식회사를 비호했다. 이어서 셀레닌이 정색을 하고 반론을 폈으며 볼리프는 불쾌해했다. 의장은 이미 자신의 의견을 정해둔 듯 열심히 주식회사를 비호하는 볼리프의 말을 귓등으로 흘리고 있었다. 이어서 베와 스코보로드니코프가 이 사건은 뚜렷한 상소 이유가 없다는 취지의 발언을 했으며 결국 3대 1로 상소는 기각되었다.

이어서 카튜샤 사건에 대한 심의가 시작되었다. 파나린은 변호인석에 가서 앉았다.

제일 먼저 발언한 것은 볼리프였다. 그는 상소 이유를 소상하게 밝힌 뒤에 너무 지나치다 싶을 정도로 원심 파기 의향을 밝혔다. 그러자 의장이 파나린에게 물었다.

"뭐 덧붙일 말은 없습니까?"

파나린은 일어나서 원심에서 법률 해석을 잘못한 사항을 여섯 가지로 나누어 아주 분명하고 정확하게 지적했다. 그리고 그에 곁들여 간단하게 시비곡직에 대해, 또한 원판결의 명백한 모순에 대해 지적했다. 그럼에도 불구하고 그의 어조는, 법률에 대한 학식으로 보나 통찰력으로 보나 자신보다 이 사건을 훨씬 더 잘 알고 있는 원로위원들에게 이런 식의 설명을 하게 된 것을 죄송하게 생각한다는 뜻을, 이것이 자신의 직책이기에 어쩔수 없으니 너그럽게 용서해달라는 겸손의 뜻을 분명히 드러내 보이고 있었다.

파나린의 변론을 듣고 나니 원로원에서 원심을 파기할 게 분명하다고 누구나 생각할 만했다. 파나린은 변론을 끝낸 뒤 의기양양한 표정으로 주변을 둘러보았고 네흘류도프는 승소를 확신했다. 하지만 원로의원들의 얼굴을 바라본 네흘류도프는 자신의 착각을 금세 깨달았다. 의원들과 검사의 얼굴에는 미소도 없었고, 자신의 승리를 짐작할 수 있는 그 어떤 기색도 엿볼 수 없었다. 그들은 변론을 듣는 것 자체가 지루하다는 표정을 짓고 있었으며 "그런 변론은 수도 없이 들어왔어. 다 소용없는 짓이야"라고 말하는 것 같았다. 그들은 변론이 끝나자 지루함에서 벗어나게 해주어 만족스럽다는 표정을 지을 뿐이었다.

변호사의 변론이 끝나자 의장은 검사의 의견을 물었다. 셀레닌은 상소 이유가 희박하다는 이유를 간단명료하게 설명한 뒤에 기각을 주장했다. 그의 말이 끝난 뒤에 의원들은 자리에서 일어나 평의실로 들어갔다. 평의실에서 볼리프는 원심 파기를 강력하게 주장했다. 니키틴은 법의 엄격성을 주장하며 그의 의견에 반대했다. 베는 기권했고 최종 결정권은 스코보로드니코프에게 달려 있는 셈이 되었다. 그는 상소 기각 의견을 냈다. 도덕적인 양심 때문에 카튜샤 같은 여자와 결혼하려는 네흘류도프가 영 못마땅한 때문이었다. 게다가 매춘부를 둘러싼 이따위 사건에 그가 유명한 변호사를 대동하고 직접 참관하러 왔다는 사실도 심히 언짢았다. 그는 상소 이유가 분명하지 않기에 의장의 의견에 동의한다고 말했다.

그래서 상소는 기각되고 원 판결은 그대로 유효하게 되었다.

원로원에서 나오기 전에 네흘류도프는 복도에서 잠깐 셀레닌을 만났다. 네흘류도프는 그에게 자신이 배심원이었기에 이 사건에 대해 소상히 알고 있다며 사건에 대해 말해주었다. 그리고 판결은 부당하다고 말했다. 그러자 셀레닌은 원로원은 판결 자체에 직접 개입할 수는 없다고 원칙을 말했다. 그러고는 나중에 언제 한번 만나 식사라도 하자고 말한 후에 총총히 사라졌다. 네흘류도프는 이전에 자신이 알던 정이 많던 친구와는 영 딴판이라고 생각했다.

제11장

법정을 나온 뒤 변호사와 헤어진 네흘류도프는 매우 슬펐다. 원로원의 상소 기각으로 죄 없는 카튜샤가 계속 고통을 받게 되리라는 사실이 가슴 아팠을 뿐 아니라 이 판결로 인해 자신이 그녀와 운명을 같이 하는 게 더 힘든 일이 된 때문이었다.

네흘류도프가 집으로 돌아오자 수위가 그에게 두 통의 편지를 내밀었다. 그중 한 통은 어느 여자가 하인의 방에서 쓰고 간 것이라고 말하며 수위는 약간 경멸의 표정을 지었다. 그 편지는 슈스토바의 어머니가 쓴 편지였다. 자기 딸을 구해준 데 대해 정말 감사한다며 바실리예프스키가(街)에 있는 자신의 집으로 내일 아침에 꼭 와달라고 간청하는 편지였다.

또 한 통의 편지는 옛 친구인 시종무관 보가트이레프에게서 온 편지였다. 네흘류도프는 그에게 자신이 가지고 온 분리파 교도에 대한 청원서를 황제에게 제출해달라고 부탁해놓은 터였다. 보가트이레프는 자신이 황제에게 직접 청원서를 제출하겠지만 네흘류도프 자신도 사건 담당자에게 미리 부탁해놓는 게 좋을 것이라고 편지에 썼다. 그는 보가트이레프의 말대로 분리파 교도 사건 담당자를 직접 찾아가기로 결심했다.

그가 자기 방으로 가서 분리파 교도들에 대한 청원서를 읽고 있을 때 백작 부인의 하인이 2층으로 차를 마시러 오란다고 전했다. 그는 서류를 가방에 넣고 곧바로 2층으로 갔다. 층계 짬에서 밖을 내다보니 마리에트의 갈색 말이 끄는 쌍두마차가 보였다. 그는 자신도 모르게 즐거운 마음이 되어 저절로 미소가 떠올랐다.

방으로 들어가자 마리에트는 찻잔을 손에 든 채 백작 부인 옆에 앉아 미소 띤 얼굴로 뭔가 열심히 이야기를 하고 있었다. 재미있는 이야기였는지 백작 부인이 파안대소했다. 네흘류도프는 그녀들에게 인사를 하고 그 옆에 앉았다. 마리에트는 네흘류도프의 얼굴을 보자 그의 마음에 전염이라도 된 듯 갑자기 심각한 표정이 되었다.

마리에트는 네흘류도프에게 사건이 어떻게 되었느냐고 물었다. 그는 상소가 기각되었다는 이야기, 복도에서 셀레닌을 만난 이야기들을 해주었다.

"셀레닌, 그분은 정말 강직한 분인데…… 어쨌든, 그 여자 정말 안됐어요." 마리에트가 한숨을 내쉬며 말했다.

네흘류도프는 슈스토바라는 여자가 석방되었다는 이야기를 해주며 마리에트에게 애를 써줘 감사하다고 말했다. 그런데 그의 말이 끝나기도 전에 마리에트가 말했다.

"그런 말씀 마세요. 그녀가 석방될 수 있다고 남편이 말했을 때 나는 이렇게 생각했어요. '그녀가 곧 풀려날 만큼 결백하다면 도대체 왜 그녀를 감옥에 가둔 걸까? 정말 말도 안 돼요! 말도 안 돼!'라고요."

마치 네흘류도프가 하고 싶은 이야기를 그녀가 대신 한 것 같았다. 백작 부인은 마리에트가 자기 조카에게 호감을 갖고 있다는 사실을 알아채고 내심 반가웠다.

둘 사이 대화가 끊기자 백작 부인이 말했다.

"그런데, 내일 알린의 집에 가보지들 않을래? 내일 저녁 프랑스에서 온 키제베레트 선교사께서 설교를 하실 거란다. 내가 그분에게 네 이야기를 했더니 관심을 보이더라. 너는 분명 그리스도 앞으로 나갈 수 있는 자격이 있다는 거야. 그러니 내일 꼭 참석하도록 해라. 마리에트, 당신도 좀 권해봐요. 당신도 갈 거지요?"

"하지만 부인, 제게는 공작에게 뭔가 권할 자격이 없는걸요. 그리고 내일은 프랑스 극장에 가기로 했어요."

"그래요? 그럼 두 군데 다 가면 되겠네. 애야, 너도 가봐라."

마리에트가 잠시 생각하더니 네흘류도프에게 말했다.

"그렇다면 내일 제가 있는 좌석으로 오실 수 있으세요?"

"글쎄요, 그게 좀……."

그때 하인이 들어와서 손님이 왔다고 전하는 바람에 백작 부인이 "마리에트, 내 조카에게 차라도 권해줘요"라고 말하며 방에서 나갔다.

백작 부인이 나가자 마리에트는 장갑을 벗고 찻주전자에 손을 갖다 대며 "드시겠어요?"라고 말했다. 자못 진지하고 슬픈 표정이었다.

"내가 높이 평가하는 분이, 저의 겉모습과 저 자신을 혼동하는 걸 보면 정말 견디기 어려워요."

그 말을 하면서 그녀는 곧 눈물이라도 흘릴 것 같은 표정이었다. 비록 그 말 자체는 그저 막연하기만 할 뿐 아무런 의미도 없었지만 네흘류도프는 의미심장하게 받아들였다. 아름답고 젊은 여성이 그런 말을 하며 자신에게 보내는 눈길에 네흘류도프는 마음이 끌릴 수밖에 없었다. 그는 그녀를 말없이 바라보았다. 그러자 그녀가 다시 말했다.

"당신은 제가 당신을, 그리고 당신 마음속을 모른다고 생각하실 거예요. 하지만 당신에 관한 건 모두들 다 알고 있답니다. 공공연한 비밀이지요. 저는 당신이 하는 일을 기쁘게 생각해요. 당신을 우러러 보기도 한답니다."

"뭐 기뻐하실 것까지야. 아직 별로 한 일도 없는데……."

"당신은 고통 받는 사람들을 구원해주시려 하시지요……. 목숨까지도 바칠 각오이고요. 그런 경우 저도 그렇게 할 거예요. 하지만 우리는 각자 운명이 다르니……."

"그렇다면 당신은 지금 당신의 운명에 만족하지 않고 있다는 말인가요?"

"저요?" 그녀는 그의 질문에 놀란 듯 반문하더니 말했다. "만족해야 하지요. 만족하고 있고요. 하지만 뭔가 벌레 같은 게 꿈틀거리며 저를 깨우는 것 같아서……."

"그렇다면 그 벌레를 다시 잠들게 하면 안 됩니다. 그 속삭임에 귀를 기울여야 합니다."

네흘류도프는 마치 덫에 빠져든 듯 말했다.

훗날 네흘류도프는 이 대화를 떠올릴 때마다 부끄러웠다. 점점 그의 말투와 비슷해져 갔던 그녀의 말투, 그가 농촌과 감옥 생활의 비참함에 대해 설명할 때 공감하는 표정으로 열심히 귀를 기울이던 그녀의 모습이 생각났던 것이다. 그들은 그런 비참함에 대해 이야기를 나누면서 실제로는 마주보는 눈길을 통해 사랑한다는 말을 속삭이고 있었던 것이다.

그녀는 백작 부인의 집을 나서면서 네흘류도프에게 내일 극장에 꼭 와달라고 부탁했고 그는 그러겠다고 약속했다.

그날 밤 네흘류도프는 한동안 잠을 이루지 못했다. 카튜샤에 대한 일, 원로원의 기각, 그녀를 따라 시베리아까지 가겠다는 그의 결심 등이 머릿속에 떠오르는 한편, 마치 그것들에 대답이라도 하듯 마리에트의 얼굴과 미소와 한숨 등이 어른거렸던 것이다.

'시베리아로 가는 것이 과연 옳은 짓일까? 소유권을 모두 포기하는 것도?' 그는 끊임없이 자문했으며 그 질문은 답을 구할 수 없는 어둠 그 자체였다. 그는 아무런 답도 내리지 못한 채, 자신에 대한 절망과 슬픔에 젖어 무거운 잠에 빠져들었다.

제12장

다음 날 아침, 잠에서 깨어난 네흘류도프는 전날 자신이 뭔가 잘못했다는 죄책감을 느꼈다. 그는 어제 일을 곰곰이 생각해보았다. 특별히 그릇된 행동은 떠오르지 않았다. 분명 그는 나쁜 행동은 하지 않았다. 하지만 나쁜 생각은 분명히 했었다.

그는 카튜샤와 결혼하고 토지를 포기하는 일이 실현 불가능한 꿈이라고, 자신이 감당해내지 못하리라고 생각했었다. 그 일은 너무 인위적이고 부자연스러운 일이며 이제껏 살던 식으로 살아가야만 하리라고 생각했었다.

그는 나쁜 행동은 하지 않았지만 더 나쁜 짓을 한 셈이었다. 나쁜 행동 자체는 되풀이하지 않을 수도 있고 뉘우칠 수도 있다. 하지만 나쁜 생각은 여러 나쁜 행동들을 낳는다. 나쁜 행동은 다음번에 비슷한 행동을 하는 것을 좀 더 쉽게 만들 뿐이지만 나쁜 생각은 사람을 불가항력적으로 나쁜 행동의 길로 몰아넣는다.

네흘류도프는 어제 자신이 했던 생각들을 되짚어보면서 자신이 잠시나마 그런 생각들을 했었다는 것이 놀라웠다. 그는 자기가 결심한 일이 제 아무리 새롭고 어려운 일일지라도 그것이 그에게 남은 유일한 삶의 길임을 알고 있었다. 또 이전의 상태로 돌아가는 것이 아무리 쉽고 자연스럽더라도 그것은 바로 죽음을 의미한다는 것을 잘 알고 있었다. 그것은 마치 잠을 충분히 자고 난 뒤 더 이상 졸리지도 않으면서, 어서 일어나 자신을 기다리고 있는 즐겁고 중요한 일을 해야 한다는 것을 알면서도 침대에서 뒹굴뒹굴 하는 것과 같았다.

페테르부르크에 머물던 마지막 날 오전에 네흘류도프는 바실리예프스키가에 살고 있는 슈스토바를 찾아갔다. 슈스토바는 아파트 2층에 살고 있었다. 그는 수위가 일러준 대로 아파트 뒷문을 통해 가파른 계단을 올라갔다.

부엌에서 요리를 하고 있던 노부인이 네흘류도프의 얼굴을 보자마자 누구인지 짐작하고 반색을 하며 맞았다. 슈스토바의 어머니였다. 그녀는 앞치마에 손을 문지르며 그를 안으로 안내했다. 방에는 슈스토바 외에 그녀의 이모와 사촌 오빠가 함께 앉아 있었다.

"리지야(슈스토바의 이름), 이분이 바로 네흘류도프 공작님이시란다." 노부인이 방에 앉아 있던 창백한 처녀에게 말했다.

처녀는 자리에서 벌떡 일어나며 그를 맞았다.

"어머, 어서 오세요. 정말 감사합니다. 실은 제 이모님이 공작님을 뵙자고 하신 거예요. 이모님은 베랴 보고두호프스카야와 아주 친하답니다. 저는 베랴의 얼굴도 몰라요."

그러자 그녀의 이모가 말했다.

"사실입니다. 조카를 도와주셔서 정말 감사드려요. 그런데 베랴는 잘 지내나요?"

"아주 잘 지내고 있습니다. 자신에 대해서는 아무것도 바라지 않고 그저 당신 조카 걱정만 하더군요. 더욱이 당신 조카가 아무 죄도 없이 체포당한 데 대해 걱정을 많이 했습니다."

"사실이에요. 정말 무서운 일이었지요. 저 애가 저 때문에 공연히 고생을 한 거예요."

"이모, 그런 말씀 말아요. 이모 말이 아니었더라도 저는 똑같이 행동했을 거예요."

제2부

235

그러자 그녀의 이모가 그런 말 말라는 듯 그녀의 말을 가로 채고 말했다.

"누군가 저보고 서류를 보관해달라고 찾아왔었는데 마침 제가 집에 없었어요. 그래서 저 애가 받아두었고, 곧이어 가택수색이 있었어요. 서류가 압수되고 저 애가 저 대신 끌려간 거지요. 서류를 준 사람이 누구냐고 저 애에게 계속 심문한 모양이에요."

"이모, 하지만 나는 한 마디도 하지 않았어요. 마틴이 체포된 건 제 잘못이 아니에요."

"알아. 하지만 힘들었을 거야. 게다가 독방에 갇혔었으니…… 젊은 사람에게 독방은 정말 무서운 곳인데……."

"누구나 다 무서울 겁니다." 네흘류도프가 말했다.

"아뇨, 누구에게나 다 그런 건 아니에요." 슈스토바의 이모가 말했다. "진정한 혁명가에게는 그곳이 조용한 휴식처라고들 해요. 경찰에 쫓기게 되면 끊임없는 불안, 물질적인 궁핍 속에 지내기 마련이지요. 자기 자신뿐 아니라 남들 걱정에 두려움에 휩싸이게 되고요. 하지만 일단 체포가 되면 모든 책임을 어깨 위에서 내려놓게 되는 거예요. 맘껏 쉴 수 있고, 심지어 즐거워하는 사람도 있어요. 하지만 리지야처럼 죄가 없는 경우는 다르지요.”

“당신도 겪어봤습니까?”

“저요? 두 번 들어가봤어요. 스물두 살 때가 처음이었지요. 아무 죄도 없이 붙잡혀 간 거였어요. 아이가 하나 있었고 임신 중이었는데……. 자유를 잃고 남편과 떨어진다는 게 힘들었지만 한 인간이 물건 취급당한다는 고통에 비하면 그런 건 아무것도 아니었어요. 어디 가냐고 물어도 가보면 안다고 말하고, 무슨 죄냐고 물어도 대답도 안 하고……. 그러더니 나도 모르는 일을 심문하고 옷을 벗기고 수의로 갈아입히더니 꼭대기 독방에 처넣었어요. 그렇게 이유 없이 당하고 보면 인간끼리 서로 사랑하고 믿으라는 말, 하느님을 사랑해야 한다는 말을 믿었던 사람도 흔들리지 않을 수 없는 법이에요. 전 그때부터 사람을 믿지 않아요. 성격도 거칠어졌고요. 저 애가 잡혀 가자 저는 그때 제 생각이 난 거예요. 아, 제가 너무 말이 많았네요. 실은 부탁이 있어서 뵙자고 한 거예요. 베랴에게 이 편지를 전해주실 수 있겠어요? 봉하지 않았으니 당신이 읽어보고 찢어버리셔도 돼요. 곤란한 내용은 들어 있지 않아요.”

그는 편지를 받아 주머니에 넣었다. 그는 그 편지를 읽지 않고 그대로 베랴 보고두호프스카야에게 전해주리라 마음먹었다.

제13장

이제 네흘류도프에게 페테르부르크에서 볼 일은 한 가지만 남은 셈이었다. 바로 분리파 교도 사건이었다. 그는 군대 근무 시절 친구였던 시종무관 보가트이레프에게 황제에게 보낼 청원서를 부탁하기로 마음먹고 그를 찾아갔다. 네흘류도프를 만난 옛 친구는 그 일은 자기보다는 토포로프에게 찾아가보라고 권했다. 그가 바로 그 사건을 담당하고 있으며 황제와도 가깝다는 것이었다.

토포로프의 이름을 듣자 네흘류도프는 기분이 찜찜했으나 어쨌든 한번 찾아가보기로 했다. 그는 토포로프를 찾아가며 그런 사람이 이런 일을 담당하는 것은 모순이며, 그가 맡고 있는 직무 자체가 말이 안 된다고 생각했다. 무신론자인 그가 종교에 관한 일을 맡아보고 있었던 것이 우선 모순이었지만 그보다도 종교에 관한 일을 감시하고 관장하는 이런 정부 부서가 있다는 사실 자체가 말이 안 되는 일인지도 몰랐다.

토포로프는, 말하자면 하느님의 선언에 의해 창설된 교회, 하느님은 물론이고 지옥의 문으로도, 그 어떤 인간의 힘으로도 흔들 수 없는 그 교회를, 폭력까지 가미된 온갖 수단을 다 동원해 지켜나간다는 임무를 띠고 있는 사람이었다. 이 신성한 부동(不動)의 제도, 신이 창설한 그 교회라는 제도를 인간이 만든 제도 및 그 임무를 맡은 사람들에 의해 유지하고 지켜나간다는 그런 모순된 일을 하고 있는 사람이었다. 그는 그런 모순을 느끼지 못하고 있었으며 아예 외면하고 있는지도 몰랐다. 그리고 그는 지옥의 문이 와서 위협해도 끄떡없을 하느님의 교회가 혹시 파괴될까봐 로마 가톨릭 교도, 청교도, 선교사, 분리파 교도들을 끊임없이 감시하는 일을 맡고 있었던 것이다.

근본적 종교심이 없는 사람들, 인간의 평등과 인간 사이의 동포 의식에 대해서는 생각도 해보지 않은 사람들이 으레 그렇듯이 토포로프는 일반 민중이란 자신과는 전혀 다른 존재라고 확신하고 있었으며 자신에게는 없어도 상관없는 것이 민중에게는 꼭 필요하다고 확신하고 있었다. 자신은 마음 깊은 곳에서 신앙을 갖지 않고도 잘 지내고 있으며 그렇게 지내는 게 편리하다고 생각하면서도 그는 일반 민중이 자기와 같은 생각에 빠지는 것은 곤란하다고 여기고, 그들이 그렇게 되지 않도록 힘쓰는 것이 자신의 신성한 의무라고 생각하고 있었다.

네흘류도프가 사무실로 가서 용건을 말하자 당직 관리가 청원서를 받아들더니 잠시 기다리라고 말하고는 안으로 들어갔다. 청원서를 읽어본 토포로프는 얼굴을 찌푸렸다. 그는 분리파 교도 사건을 잘 알고 있었다. 사건의 내막을 다시 정리하면 다음과 같았다.

그리스 정교에서 이탈한 일군의 사람들이 훈시를 들은 뒤 재판에 회부되었고 무죄 판결을 받았다. 그러자 교회 고위 성직자들과 지사(知事)가 다른 종파 간의 결혼은 불법이라는 탄원서를 제출해서 이 분리파 교도들의 남편과 아내, 자식들을 서로 떼어놓으려고 했고 당사자들은 청원서를 내게 된 것이다. 이 사건을 처음 맡았을 때 토포로프는 교회의 탄원을 묵살하는 게 낫지 않을까 잠시 망설였다. 하지만 그들 가족을 뿔뿔이 흩어놓는 것이 교회와 당국의 탄원을 무시하는 것보다 훨씬 쉬운 일이었다. 게다가 그들을 그대로 놔두었다가는 이웃에 나쁜 영향을 미칠 수도 있었다.

그런 참에 네흘류도프의 청원서를 접하고 보니 그는 골치가 아팠다. 이렇게 발이 넓은 사람이 이 사건을 알게 되었으니 혹시 황제가 알게 되면 자신이 너무 가혹하다고 질책할지도 몰랐고 해외 신문에 날지도 몰랐다. 그는 이례적인 결정을 내리기로 하고 네흘류도프를 들어오라고 했다.

네흘류도프가 들어오자 토포로프가 말했다.

"좋습니다. 그곳 현(縣) 관리들이 지나치게 열성적이어서 벌어진 일 같습니다. 그냥 없었던 일로 하겠습니다."

"그럼 이 청원서는 제출하지 않아도 됩니까?"

"물론입니다. 제가 확실하게 약속드립니다. 아니, 지금 당장 해드리지요."

그러더니 그는 책상 앞으로 가서 종이에 무언가 쓰기 시작했다.

"자, 됐습니다. 이걸 청원자들에게 전해주면 됩니다."

"그렇다면 이 사람들이 도대체 무엇 때문에 그런 고생을 한 겁니까?"

"한마디로 말씀드리기 어렵군요. 다만 이 말씀은 드릴 수 있습니다. 우리는 우리가 보호하고 있는 민중들의 이익에 지대한 관심을 기울이고 있습니다. 그러니 그들의 종교 문제에 관해

열성을 쏟는 것이 당연합니다. 무관심한 것보다는 조금 지나칠 정도라도 간섭하는 게 낫지 않습니까?"

"좋습니다. 하지만 종교의 이름으로 어떻게 인간 윤리의 기본을 무너뜨릴 수 있다는 거지요? 가족들을 떼어놓는 일 말입니다."

토포로프는 네흘류도프가 세상을 너무 모른다는 듯한 너그러운 미소를 지으며 말했다.

"개인적으로 보면 그렇게 생각할 수도 있겠지요. 하지만 국가라는 큰 틀에서 보면 문제가 좀 다릅니다. 그건 그렇고 제가 일이 있어서 이만 실례하겠습니다." 그는 가볍게 목례를 하며 네흘류도프에게 손을 내밀었다.

'민중의 이익? 흥, 자신의 이익이겠지.' 사무실에서 나오며 네흘류도프는 중얼거렸다. 그러자 그가 교도소를 들락거리며 알게 된 사람들이 머리에 떠올랐다. 술을 밀매한 죄로 유형에 처하게 된 시골 아낙네, 절도죄를 범한 젊은이, 떠돌이 부랑자, 방화범, 횡령죄로 기소된 실업가, 정보를 캐내기 위해 죄도 없이 감금되었던 슈스코바, 입헌정치 주장을 하다 투옥된 구르케비치 등등……. 갑자기 네흘류도프는 이들이 투옥되고 유형에 처하게 된 것이 사회정의를 어지럽힌다거나 범법자라서가 아니라 관리들이나 부자들이 이들로부터 착취한 재산을 향유하는 데 그들이 거추장스러운 존재이기 때문이 아닐까 하는 생각이 들었다.

그는 이어서 생각했다.

'교도소란 말 그대로 사람들을 교도하는 곳이 아니라 사람들을 오히려 탈선하게 만드는 곳이다. 교도소 운영에 들어가는 비용을 국민의 삶을 향상시키는 데 쓰는 게 오히려 낫다. 그게 어렵다면 최소한 지금 교도소 안에서 벌어지고 있는 온갖 모순과 결함들을 시정하기 위해 노력해야 한다.'

네흘류도프는 이제 분명히 알게 되었다. 자신의 이모부뿐 아니라 원로원 의원들, 토포로프 그리고 각 관청의 깨끗한 옷을 입은 사람들은 이 무고한 사람들이 어떤 고생을 하고 있는지에 대해서는 눈곱만큼도 신경을 쓰지 않고 있으며 오로지 자신의 안위에 위험이 될 사람들을 제거하는 일에만 몰두하고 있음을. 따라서 한 명의 무고한 사람을 구하기 위해 열 명의 죄인을 용서한다는 원칙은 절대로 통용되지 않았다. 반대로 썩은 것을 잘라낸다는 명목 하에 멀쩡한 것들을 마구 잘라낼 뿐이었다. 위험한 한 사람을 제거하기 위해 아무 죄도 없는 열 명의 사람에게 억지 죄목을 붙여 처벌하는 것이다.

네홀류도프에게는 이런 식의 설명이 너무나 간단명료했다. 하지만 너무나 간단명료한 진실이었기에 네홀류도프는 그것을 받아들이는 데 망설일 수밖에 없었다. 그토록 복잡한 현상들이 이렇게 간단한 설명만으로 다 해명이 될 수 있단 말인가? 정의, 법, 종교, 심지어 하느님이라는 단어까지 겉만 번지르르할 뿐 그 안에는 가장 조잡한 탐욕과 잔인함이 숨겨져 있다는 것을 믿을 수 있단 말인가?

그는 이제 페테르부르크에서의 볼일은 다 끝났다고 생각했다. 하지만 마리에트와 오늘 극장에서 만나기로 한 사실이 생각났다. 실상은 가지 않아도 그만이었지만 그는 약속은 지켜야 한다는 구실로 극장에 갔다.

그가 극장에 도착했을 때는 프랑스 작가 뒤마 피스의 〈동백꽃 여인〉 2막이 공연되고 있었다. 네홀류도프는 안내원의 안내를 받아 마리에트의 좌석으로 갔다.

마리에트는 그를 반갑게 맞았다. 그녀는 어깨가 훤하게 노출된 화려한 옷을 입고 있었고 그녀의 남편은 담배를 입에 문 채 그를 향해 흘낏 경멸의 눈길을 보냈을 뿐이었다. 그는 그녀가 자기를 보자고 했으니 무슨 특별히 할 말이라도 있을 줄 알

왔다. 아니, 그런 용건이 있으리라고 기대하는 척했다고 말하는 것이 옳다. 그는 그녀가 단지 자신을 유혹하려는 속셈이라는 것을 잘 알고 있었다. 그러자 그녀가 불쾌해졌고, 그런 그녀에게 끌렸던 자신이 불쾌해졌다. 더욱이 방금 토포로프를 만나고 오면서 들었던 생각이 다시금 떠올라 그녀가 역겹기까지 했다. 그녀를 감싸고 있는 아름다움이라는 베일 밑에 감추어져 있는 추한 모습이 보이는 것 같았다. 그녀는 수많은 사람들의 생명과 눈물의 대가로 출세한 남편의 그늘 아래 생활하는 여자일 뿐이었고, 전날 자기 앞에서 한 말, 그에게 보여준 모습은 그를 유혹하기 위해 던진 거짓들일 뿐이었다.

그는 공연이 끝나기도 전에 거리로 나왔다. 거리에서 그는 화려하게 치장하고 길에 서 있는 창녀를 만났다. 그러자 창녀나 마리에트나 똑같다는 생각이 들었다. 다만 거리의 여자는 솔직하게 '생각이 있으면 저를 사세요. 아니면 그냥 가시던지'라고 말한다는 것과 마리에트는 그런 건 생각도 않는, 고상하고 세련된 생활을 하고 있는 척 말한다는 게 다를 뿐이었다.

네흘류도프는 이제 눈앞에 똑똑히 보이는 궁전, 보초들, 성채, 강, 보트, 그리고 증권 거래소들처럼 그 모든 사실을 또렷이 볼 수 있었다. 이제 이 북구의 여름밤처럼 네흘류도프의 영혼이 휴식을 취할 수 있는 완전한 어둠은 없었다. 다만 그 어딘지 알 수 없는 근원에서 나오는 음침하고 희미한 빛이 있을 뿐이었다. 이제 네흘류도프의 영혼에 휴식처로서의 어둠, 휴식처로서의 무지(無知)는 존재하지 않았다.

모든 것이 명확했다. 중요하고 훌륭하다고 생각했던 것이 무의미하고 혐오스러워졌으며 현란하게, 그리고 사치스럽게 빛나는 모든 것들이 그 안에 아주 오래된, 누구나 잘 알고 있는 범죄를 감추고 있었다. 그 범죄들은 처벌을 받기는커녕 인간이 발명해낼 수 있는 온갖 광휘에 감싸여 빛을 발하고 있었다.

네흘류도프는 자기가 본 것을 모두 잊고 싶었다. 보지 않고 싶었다. 하지만 이제 보지 않을 수 없었다. 그가 이 페테르부르크를 밝히고 있는 빛의 근원을 볼 수 없는 것처럼 그는 그 모든 것들을 보여주는 그 빛이 어디에서 오는지 그 근원을 볼 수 없었다. 그리고 그 빛은 흐릿하고 음침하며 자연스럽지 않았다. 하지만 그는 이제 그 빛이 드러내 보여주는 것을 볼 수밖에 없었다. 그는 기쁨과 동시에 불안을 느꼈다.

제14장

　다음 날 모스크바에 도착하자마자 네흘류도프는 급히 카튜
샤를 찾아갔다. 시베리아로 갈 수밖에 없게 되었다는 사실을
알려주기 위해서였다. 하지만 그녀는 병원에 없었다. 다시 감방
으로 돌아갔다는 것이었다. 왜 그렇게 되었느냐는 네흘류도프
의 물음에 수위가 대답했다.

　"나리, 그런 여자는 다 그렇지요. 조수하고 그렇고 그런 짓을
한 모양입니다. 의사가 돌려보내버렸습죠."

　네흘류도프는 크게 놀랐다. 그리고 그녀가 자신에게 그렇게
큰 비중을 차지하고 있다는 사실에 다시 한번 놀랐다. 그는 수
치스러웠다. 그녀가 변하고 있다고 믿었던 자신이 바보처럼 여
겨졌다. 하지만 그는 결심을 바꾸지 않았다. 그녀의 정신 상태

가 어떻건, 그녀가 어떤 행동을 하건 오로지 자신의 양심에 따라 행동하면 그만이라고 결심을 더 굳혔을 뿐이었다.

그는 교도소로 갔다. 그런데 그를 만난 당직 교도관이 전 소장이 해임되고 새 소장이 왔다고 말하면서 덧붙였다.

"워낙 엄격한 분이라서 면회가 될지 모르겠습니다."

그가 잠시 기다리자 감방을 순시 중이던 신임 소장이 교도소 입구로 왔다. 신임 소장은 큰 키에 광대뼈가 나온 우락부락한 사람이었다. 그는 면회 시간 외에는 면회가 안 된다고 말했다. 하지만 네흘류도프가 지사의 허가증을 보여주자 안으로 들어오라고 말했다.

사무실에 들어가자 네흘류도프는 정치범 베랴 보고두호프스카야를 면회할 수 있느냐고 물었다. 슈스토바의 이모에게서 받은 편지를 전해주기 위해서였다. 그러자 소장이 딱 잘라 단호하게 말했다.

"정치범의 면회는 금지되어 있습니다."

베랴에게 전할 편지를 주머니에 넣고 있던 네흘류도프는 마치 계획했던 범죄가 발각된 것 같아 얼굴이 화끈거렸다.

잠시 뒤 사무실로 카튜샤가 들어왔다.

"당신에게 좋지 않은 소식을 전해야겠어." 네흘류도프는 그녀를 보지도 않은 채 단조로운 어조로 말했다. "원로원에서 상소가 기각됐어."

"그럴 줄 알았어요." 그녀가 마치 숨이 차오르는 듯 이상한 어조로 말했다. 그녀의 눈에 눈물이 글썽이고 있었다. 하지만 그 눈물에도 네흘류도프의 마음은 풀리지 않고 오히려 냉정해졌다.

"병원에서 제 소문 들으셨지요?" 카튜샤가 말했다.

"무슨 소문? 나랑은 상관없어." 그는 이맛살을 찌푸리며 차갑게 말했다. 그의 자존심이 다시 고개를 들었던 것이다.

'나와 결혼하겠다는 여자가 줄을 서 있는 판에, 내가 청혼했음에도 불구하고 그사이에 딴 남자와 그 짓을 하다니.' 그는 그런 생각을 하며 그녀를 바라보았다.

그는 주머니에서 커다란 봉투를 꺼내어 책상 위에 놓으며 말했다.

"여기 서명 좀 해줘야겠어. 황제께 올리는 탄원서야."

카튜샤는 스카프 끝자락으로 눈물을 닦으며 책상 앞으로 오더니 어디에 서명해야 하느냐고 물었다. 네흘류도프는 서명할 곳을 가르쳐주고 나서 그녀가 앉아 있는 의자 뒤에 서서 흐느낌으로 떨리는 그녀의 등을 말없이 바라보았다. 그의 마음속에서 선과 악의 두 감정이 싸우고 있었다. 상처 입은 자존심과 괴로워하는 그녀를 향한 동정심이었다. 결국 동정심이 이겼다.

청원서에 서명한 그녀는 의자에서 일어나 그를 바라보았다.

"어떤 일이 있더라도 내 결심은 변함이 없을 거야." 네흘류도프가 말했다. "당신이 어디로 가든 따라갈 거야."

"그럴 필요 없잖아요." 그녀가 황급히 말했다. 하지만 표정은 밝아졌다.

소장이 다가오자 네흘류도프는 그의 말을 기다리지도 않고 밖으로 나왔다. 그의 마음은 모든 사람을 향한 평화와 기쁨과 사랑으로 가득 차 있었다. 이제까지 결코 맛보지 못한 느낌이었다. 카튜샤가 그 어떤 행동을 하더라도 그녀를 향한 자신의 사랑은 변치 않으리라는 것을 확인하자 그는 기쁨에 젖었으며 이전에 결코 도달한 적이 없는 높이까지 영혼이 고양되었다. 조수와 그녀 사이에 무슨 일이 있었건 아무 상관없었다. 그건 그녀의 일이었다. 그가 그녀를 사랑하는 것은 자신을 위해서가 아니었다. 그는 그녀를 위해서, 또한 하느님을 위해서 그녀를 사랑한 것이다.

카튜샤를 병원에서 내쫓게 한 사건은 사실은 오해였다. 카튜샤가 약을 타러 약국에 갔을 때 그곳에 평소부터 그녀에게 눈독을 들이던 조수 외에는 아무도 없었다. 그가 그녀를 껴안으려 했고 그녀가 그를 밀치는 바람에 선반에 있던 약병 두 개가 바닥으로 떨어져 깨져버렸다. 이때 마침 복도를 지나가던 의사가 약병 깨지는 소리에 안으로 들어왔다가, 얼굴이 상기된 채 약국에서 나가는 카튜샤의 모습을 보고 성이 나서 소리쳤다.

"여기까지 와서 그런 짓을 하다니! 당장 내쫓아버리겠어!"

그녀는 오늘 네흘류도프를 만나면 자초지종을 이야기해주려 했었다. 하지만 그러다가는 더 오해를 살까봐 운도 떼지 못한 채 그만 눈물부터 나왔던 것이다.

카튜샤는 그를 용서할 수 없으며 자신이 그를 미워하고 있다고 스스로에게 계속 다짐하고 있었다. 하지만 사실 그녀는 다시 그를 사랑하고 있었고 그래서 그가 원하는 대로 행동했다. 술도 담배도 끊었고 교태도 부리지 않았다. 그녀가 병원으로 온 것도 그가 원했기 때문이었다. 그가 결혼 이야기를 할 때마다 거절한 것은 한 번 입 밖에 나온 그 말을 반복하면서 은근히 자존심을 세울 수 있던 때문이기도 했지만 사실은 자기와 결혼하면 그가 불행해질 것이 두려웠던 때문이었다.

그녀는 결코 그의 희생을 받아들이지 않겠다고 결심하고 있었다. 하지만 그가 자신을 여전히 이전과 같은 여자로 생각하고 경멸하면서, 자신의 마음속 변화를 알아주지 못한다는 생각을 할 때면 가슴이 아팠다. 자신이 병원에서 무슨 불미스러운 짓을 저질렀다고 그가 생각할지도 모른다는 사실이 그녀의 징역형이 확정되었다는 사실보다도 그녀를 더 괴롭혔다. 상소가 기각되었다는 그의 말을 듣고 그녀가 눈물을 글썽인 것은 그 내용 때문이 아니라, 그의 말투 때문이었다.

제15장

　카튜샤가 첫 번째 이송대에 끼어 있을지도 모른다는 생각에 네흘류도프는 출발에 필요한 준비들을 하기 시작했다.

　7월 5일, 드디어 카튜샤가 포함된 일군의 죄수들의 출발 날짜가 확정되었다. 네흘류도프는 그에 맞춰 모든 준비를 마쳤고 12시 전에 교도소에 도착하기 위해 서둘렀다. 죄수들은 오후 3시에 역에서 출발하는 기차로 호송될 예정이었고, 네흘류도프는 교도소에서 역까지 그들과 함께 갈 작정이었다.

　전날 밤, 그는 서류들을 챙기다가 일기장을 발견하고 여기저기 읽어보았다. 그가 페테르부르크로 떠나기 전 쓴 일기의 마지막 부분은 다음과 같았다.

　'카튜샤는 나의 희생을 받아들이길 거부하고 있다. 오로지 자기 자신만 희생되기를 바란다. 그녀도 나도 승리한 것이다. 믿기 어려운 사실이지만 그녀의 내면에 변화가 온 것 같아 행복하다. 그녀가 다시 부활한 것 같다.'

다른 곳에는 이런 글이 적혀 있었다.

'매우 힘들면서도 기쁜 하루를 보냈다. 그녀가 병원에서 좋지 않은 행동을 한 것을 알게 되자 갑자기 고통스러워졌다. 그런 일로 인해 내가 이렇게 괴로울 줄은 생각도 못 했었다. 그녀와 이야기를 나누면서 나는 노골적으로 혐오감을 드러냈다. 순간, 지금 그녀를 증오하게 만든 짓을 내가 지금까지 얼마나 많이 저질러왔는가 하는 생각이, 그리고 지금도, 비록 생각만이라 할지라도, 내가 그런 죄를 범하고 있다는 생각이 번쩍 떠올랐다. 그러자 나 자신이 혐오스러워졌고 그녀를 향한 동정심이 일었다. 그러자 다시 마음이 평온해졌다.'

네흘류도프는 그 밑에 다시 이렇게 적었다.

'오늘 카튜샤를 다시 만났다. 그런데 자만심 때문인지 그녀를 퉁명스럽게 대했고 아직까지 꺼림칙하다. 하지만 지금 어쩌겠는가? 내일이면 새 삶이 시작된다. 낡은 삶이여, 안녕! 수없이 많은 새로운 생각들이 내 안에 쌓여 있지만 아직 그것들을 하나로 묶어 정리할 수 없다.'

그는 준비를 마친 뒤 하인과 페도시야의 남편인 타라스를 시켜 짐을 역까지 나르게 했다. 타라스는 아내를 따라 네홀류도프와 함께 시베리아로 갈 작정이었다. 그들을 보낸 뒤 네홀류도프는 삯마차를 타고 감옥으로 향했다. 네홀류도프는 죄수들 호송 열차가 떠난 뒤 두 시간 후에 출발하는 우편 열차를 타고 갈 작정이었다. 그는 다시는 돌아오지 않을 마음으로 하숙비를 모두 치렀다.

지독히 무더운 7월 여름이었다. 아직 지난밤의 열이 식지 않은 돌들, 벽들, 함석지붕들이 요지부동의 대기 속으로 훅훅 열기를 뿜어내고 있었다. 간혹 바람이 불어왔지만 먼지와 페인트 냄새가 뒤섞인 후텁지근하고 역겨운 공기를 몰아올 뿐이었다. 햇볕에 까맣게 탄 노동자들이 길 복판에 앉아 있고 땀에 전 제복을 입은 순경들만 길 복판에 서 있었을 뿐 오가는 사람도 거의 없었다.

네홀류도프는 죄수들이 떠나기 전에 교도소에 도착할 수 있었다. 새벽 4시부터 시작한 죄수 인수인계가 아직도 계속되고 있었던 것이다. 이송 죄수는 남자 623명, 여자 64명이었다. 죄수들은 그늘 한 점 없는 곳에서 뜨거운 햇볕을 받으며 몇 시간째 서서 기다리고 있었다.

제2부

255

교도소 밖에는 스무 대가량의 짐마차가 죄수들의 짐과 병약 자들을 태우기 위해 기다리고 있었다. 병약자를 제외한 나머지 죄수들은 뙤약볕 길을 걸어가야 했다. 벽 모퉁이에는 죄수들의 가족과 친지들이 떠나는 죄수를 한 번이라도 만나 이야기를 나누고, 뭐라도 건네주기 위해 기다리고 있었다. 네흘류도프도 그들 사이에 끼어 있었다.

그가 한 시간 정도 기다리며 서 있었을 때 안에서 교도관들의 호령 소리가 들리고 쇠사슬 소리, 발소리, 웅성거리는 말소리가 들려왔다. 이어서 출발을 알리는 외침이 울려 퍼졌고 교도소 문이 활짝 열렸다. 흰 제복에 총을 멘 호송병들이 먼저 밖으로 나왔고 이어서 민머리에 빵떡모자를 쓴 죄수들이 2열 종대로 쇠고랑을 찬 발을 질질 끌며 나왔다. 죄수들은 한결같이 한 손으로는 자루를 둘러메고 있었으며 다른 한 손은 구령에 맞춰 제법 씩씩하게 흔들고 있었다.

그들이 4열로 정돈하자 이어서 족쇄 대신 손에 수갑을 찬 죄수들이 밖으로 나왔다. 시베리아 유형수들이었다. 그들도 제법 활기 있게 4열로 정돈했다. 이어서 마을 조합의 판결에 의해 수감된 자들이 나오고 그 뒤를 여자 죄수들이 따랐다.

호송병은 꽤 시간을 들여 죄수들을 최종 점검했다. 인원 점검이 끝나고 호송 장교가 죄수들을 향하여 뭐라고 말하자 죄수들 사이에 일대 혼란이 일어났다. 허약한 죄수들과 어린아이들이 서로 앞다투어 짐마차에 올라타기 시작한 것이다. 호송 장교와 호송병들은 고래고래 고함을 지르며 멀쩡한 죄수들을 끌어내렸다. 짐마차가 그들의 허락을 받은 죄수들로 그득 차자 호송 장교의 "앞으로 갓!" 하는 호령 소리에 드디어 행렬이 움직이기 시작했다. 선두에 선 죄수들이 가물가물해질 때쯤 짐마차가 서서히 움직이기 시작했다.

네흘류도프는 대기시켜 놓은 삯마차에 올라탄 뒤 짐마차들을 추월해 죄수들 옆으로 가자고 마부에게 말했다. 카튜샤를 찾아보기 위해서였다. 마차가 여죄수들과 나란히 서게 되었을 때 그는 둘째 줄에서 걸어가고 있는 카튜샤를 찾아낼 수 있었다. 그녀는 자루를 어깨에 멘 채 앞만 바라보고 걸어가고 있었다. 평온하면서도 단호한 표정이었다.

네흘류도프는 그녀에게 차입한 물건을 제대로 받았는지, 지금 기분은 어떤지 알아보기 위해 마차에서 내려 여죄수들 쪽으로 걸어갔다. 그러자 호송병이 뛰어오더니 그를 제지하려 했다. 호송병은 네흘류도프의 얼굴을 알아보더니 거수경례를 하며 말했다.

"행렬 중에는 만날 수 없습니다. 역에 도착하면 만나보십시오."

네흘류도프는 카튜샤와 이야기를 나누는 것을 포기하고 죄수들과 보조를 맞추어 걷기 시작했다. 얇은 옷을 입었는데도 불구하고 지독할 정도로 더웠으며 먼지 자욱한 뜨거운 공기는 숨 쉬는 것조차 힘들게 만들었다. 몇백 미터 정도 걷던 그는 도저히 견딜 수 없어 마차에 올라탔다.

무더위는 더욱 심해져 길가의 담이며 돌들이 훅훅 열기를 뿜어대고 있었고 뜨겁게 달아오른 포도(鋪道)는 발바닥을 태워버릴 것만 같았다. 네흘류도프는 니스 칠을 한 마차 흙받이에 손을 댔다가 손가락을 데는 줄 알았다.

드디어 사단이 나고 말았다. 죄수 두 명이 동시에 쓰러진 것이다. 호송병들이 와서 물을 먹이는 등 법석을 떨었지만 정신을 차리지 못하자 호송 장교는 죄수들을 근처 경찰서로 데려가라고 명령했다. 네흘류도프는 그들에게 마차를 제공해주었고 함께 경찰서로 갔다. 하지만 두 죄수는 결국 이 세상을 하직하고 말았다. 네흘류도프는 그중 한 명의 주검 앞에서 눈을 떼지 못했다. 너무 잘생긴 건장한 청년이었던 것이다.

"왜 이렇게 된 거지요?" 네흘류도프가 급히 달려온 의사에게 물었다. 그러자 의사가 별걸 다 물어본다는 듯 그를 빤히 쳐다보더니 말했다.

"아니, 그걸 몰라서 묻는 겁니까? 일사병이지요. 왜 일사병에 걸렸냐고요? 겨울 내내 햇볕이 통하지 않는 방에서 운동도 못 하고 갇혀 있다가 갑자기 이렇게 뜨거운 햇살에 노출되었으니 당연하지요. 게다가 빽빽한 행렬 사이에서 숨도 제대로 못 쉰 채 걸었으니 일사병에 걸리지 않는 게 이상할 지경이지요."

"아니, 왜 이런 날 호송을 하는 거지요?"

"낸들 압니까? 그거야 관리들에게 물어야지요."

네흘류도프는 '죄수들을 이런 날 호송하다니!'라고 속으로 화를 냈다. 호송 계획서에 서명하는 관리들 역시 사람이건만 어찌 사람을 이렇게 취급할 수 있단 말인가! 그는 고통과 분노를 동시에 느꼈다.

제16장

　네흘류도프가 마차를 타고 역에 도착했을 때는 이미 죄수들은 창살이 박힌 열차 안에 올라타 있었다. 누구도 열차에 접근할 수 없어서 사람들은 플랫폼에서 죄수들을 전송하고 있었다. 네흘류도프는 그들이 나누는 이야기를 통해 교도소에서 역까지 오는 동안 앞서의 두 명 외에도 세 명이 더 쓰러졌다는 사실을 알 수 있었다. 그중 한 명은 앞서의 두 명처럼 근처 경찰서로 옮겨가다 죽었으며 두 명은 역에 도착한 뒤에 쓰러졌다.

　네흘류도프는 어느 호송 하사관에게 돈을 주고 열차에 가까이 갈 수 있었다. 하사관은 상사에게 들키지 않도록 얼른 볼 일을 보고 와달라고 그에게 사정했다. 열차는 모두 열다섯 칸이었으며 호송관들을 태운 한 칸만 제외하고는 모든 차량에 죄수들이 빽빽하게 들어 차 있었다.

네흘류도프는 호송 하사관이 일러준 대로 세 번째 차량의 창가 쪽으로 걸어갔다. 창 가까이 얼굴을 대자마자 후끈, 여자들의 땀 냄새로 가득 찬 열기가 코끝에 풍겨왔고 여자들이 왁자지껄 떠드는 소리가 들려왔다. 얼굴이 벌겋게 달아오른 채 의자에 앉아 떠들고 있던 여자들의 시선이 일제히 네흘류도프에게로 향했다. 카튜샤는 스카프를 벗고 창살 건너 편 자리에 앉아 있었다. 곁에는 페도시야가 여전히 미소를 잃지 않은 얼굴로 앉아 있었다. 페도시야가 먼저 네흘류도프의 얼굴을 알아보고 손가락으로 카튜샤의 옆구리를 쿡쿡 찔렀다. 카튜샤는 얼른 자리에서 일어나 스카프를 머리에 두르더니 웃는 얼굴로 창가로 다가와 창살에 매달렸다.

"너무 덥지요?" 그녀가 밝은 웃음을 지으며 말했다.

"물건은 받았지?"

"네, 고마워요."

"더 필요한 건 없어?"

"네, 이제 됐어요."

"뭐든, 마실 것 좀 있으면 좋겠어요." 카튜샤와 함께 창가로 온 페도시야가 말했다.

"그래요, 물을 좀 마셨으면……." 카튜샤가 중얼거렸다.

"아니, 물도 안 주었단 말이야?"

"조금 주었지만 벌써 다 마셔버렸어요."

"내 곧바로 호송병에게 말할게. 니즈니에 도착할 때까지는 만날 수 없을 테니."

"아니, 같이 가시려고요?" 카튜샤는 마치 모르던 사실을 알게 된 것처럼 기쁜 표정으로 네흘류도프를 바라보며 말했다.

"다음 우편 열차로 따라갈 거야."

카튜샤는 아무 말도 하지 않고 깊은 한숨만 내쉬었다.

"헌데 죄수가 열두 명인가 죽었다는데 사실입니까?" 누군가 거친 목소리로 네흘류도프에게 물었다. 코라블료바 노파였다.

"열둘인지는 모르겠지만 두 명이 쓰러지는 건 보았소."

"열두 명이 죽었다고들 해요. 흥, 그러고도 무사할 줄 알아! 어휴, 그저 생각만 해도! 악마 같은 놈들!"

"여죄수들 중에는 환자가 없소?"

"여자가 더 강해요." 키 작은 다른 여죄수가 웃으며 말했다. "그런데 누군가가 아이를 낳으려고 하는 것 같아요." 그녀가 신음 소리가 들려오는 옆 칸을 가리키며 말했다.

그러자 카튜샤가 그제야 생각이 난 듯 말했다.

"더 필요한 게 없느냐고 물어보셨지요? 그래요. 저렇게 힘들어하는 사람을 어떻게 저렇게 내버려둘 수 있어요? 이곳에 남겨둘 수 없나요? 말씀 좀 전해주셨으면 해요."

"알았어. 말해볼게."

"그리고 한 가지 더 있어요. 페도시야가 남편 타라스와 만날 수 있게 해주실 수 있으세요?" 그녀는 미소 짓고 있는 페도시야를 눈짓으로 가리키며 말하더니 그녀에게 말했다. "그분도 너랑 같이 가지? 그렇지?"

"선생님, 죄수들과 이야기를 나누시면 안 됩니다." 호송 하사관 한 명이 네흘류도프에게 가까이 오며 말했다. 좀 전에 돈을 준 하사관이 아니었다.

네흘류도프는 그 자리를 떠나 장교를 찾았다. 산기(産氣)로 신음하는 여자와 페도시야 일을 부탁하기 위해서였다. 그가 겨우 장교를 찾아 다가가자 장교가 그에게 물었다.

"무슨 일이십니까?"

"저 열차 안에 해산하려는 여자가 있는 것 같습니다. 내가 보기에는……."

하지만 네흘류도프가 말을 끝내기도 전에 장교가 그의 말을 막았다. 그렇지 않아도 정신없이 바쁜 와중에 정말 정신없는 이야기를 하고 있느냐는 표정이었다.

"아, 낳으려면 낳으라지요. 그냥 놔둬도 됩니다."

그 말을 마치고 장교는 마치 아무 말도 듣지 못했다는 듯 팔을 흔들며 자기 차량 쪽으로 걸어갔다.

이윽고 호각 소리가 들리고 열차가 출발했다. 네흘류도프는 타라스와 함께 플랫폼에 서서 기차가 지나가는 것을 바라보았다. 남자 죄수들이 탄 차량이 한 칸 한 칸 지나가고 이어서 여자 죄수들 차량이 지나갔다. 카튜샤는 다른 여죄수들과 함께 창가에 서서 네흘류도프에게 애처로운 미소를 보내고 있었다.

제17장

네흘류도프가 타고 갈 기차는 두 시간 후에 출발할 예정이었다. 그는 대합실에 앉아서 생각에 잠겼다. 이제 더 이상 망설임은 없었다. 그는 카튜샤가 그런 상황 속에서도 남들을 배려하는 모습을 보고 감동을 받았다. 그는 남들에게는 자신이 그녀를 위하여 희생하는 것처럼 보일지 모르지만 실은 그런 상황에서도 그녀가 자신을 위하여 더 많은 희생을 하고 있다고 느꼈다. 그리고 자신은 절대로 그 희생을 받아들일 수 없다고 생각했다. 그는 그녀가 어디로 가든 따라가서 그녀의 운명의 짐을 덜어주어야만 한다고 거듭 다짐했다.

이윽고 시간이 되어 네흘류도프는 열차에 올랐고 열차는 출발했다. 하루 종일 땡볕에 서 있었기에 후끈 달아오른 3등 객차 안의 열기를 견딜 수 없어서 그는 승강구로 나가서 서 있었다. 열차가 도시를 벗어나자 겨우 숨을 쉴 만한 바람이 불어왔다.

'그래, 그건 살인이야.' 그는 오늘 주검을 목도한 잘생긴 젊은이의 얼굴을 떠올리며 생각했다. '무서운 건 그가 살해된 것이 분명한데 아무도 누가 그를 죽였는지 모른다는 사실이야. 어쨌든 그는 분명히 살해되었다. 그는 다른 죄수들과 마찬가지로 부지사 마슬렌니코프의 명령에 의해 끌려 나왔다. 하지만 부지사는 관례대로 서류에 서명을 했을 뿐이다. 따라서 그는 자신에게 죄가 있다고 생각할 리가 없다. 그렇다면 죄수들을 검진한 교도소의 의사는? 그도 자신에게 죄가 있다고 생각하지 않을 게 분명하다. 그는 병약자를 골라내는 자신의 직분에 충실했을 것이다. 그는 이런 혹서에 이렇게 많은 사람들을 집단으로 수송하리라고는 생각하지 못했을 것이고, 그런 것까지 고려해서 죄수들을 돌볼 수는 없다.

그렇다면 교도소장은? 그는 몇 날 몇 시에 죄수들을 호송하라는 명령을 받고 그대로 임무를 수행했을 뿐이다. 호송 장교들도 죄수들 호송의 임무를 수행했을 뿐 그렇게 건장한 젊은이가 더위를 이기지 못해 쓰러져 죽으리라고는 예상하지 못했을 것이다. 그렇다면 그 누구에게도 죄가 없다. 그런데 그는 그 살인에 대해 아무런 죄가 없는 사람들에게 살해당한 것이 분명하다. 이게 도대체 어떻게 된 일이란 말인가?'

네흘류도프는 다시 찬찬히 생각해보았다.

'이 모든 일은 그 모든 사람들이, 자신은 인간을 인간답게 대할 필요가 없는 상황에 놓여 있다고 생각했기에 벌어진 일이다. 마슬렌니코프도, 교도소 소장도, 호송 장교도 만일 그들이 부지사, 교도소 소장, 호송 장교가 아니었다면 이처럼 찌는 듯한 무더위에 이처럼 많은 사람들을 한꺼번에 보내야 하는지 수도 없이 반문했을 것이며, 가는 도중 여러 번 행렬을 멈추게 했을 것이며, 사람들이 그토록 헐떡이는 모습을 보고는 그늘로 데려가 물을 먹이고 쉬게 했을 것이다. 그리고 만일 오늘 같은 일이 벌어졌다면 동정심을 느꼈을 것이다.

그런데 그들은 그러지 않았을 뿐 아니라 다른 사람이 그렇게 하려 해도 말렸을 것이다. 그들은 인간이라든지 인간을 향한 의무는 염두에 두지 않은 채 오로지 그들이 수행하고 있는 직무만을 염두에 두었기 때문이며 그 직무가 그들에게 명하는 것을 인간관계보다 우선하는 것으로 여겼기 때문이다. 단 한순간만이라도, 그 어떤 것도 인간을 향한 사랑보다 중요한 것이 없다는 사실을 깨닫지 못한다면 사람들은 아무 죄책감도 느끼지 못하면서 인간을 향한 범죄를 얼마든지 저지를 수 있다.'

너무나 깊은 생각에 빠져 있던 나머지 네흘류도프는 어느새 날씨가 바뀐 것도 모르고 있었다. 태양은 낮게 깔린 구름에 가려지고 서쪽 지평선에 잿빛 구름이 피어오르고 있었다. 어디선가 저 먼 곳에서는 이미 시원한 빗줄기가 대지를 적시고 있었다. 이어서 번개가 번쩍이고 천둥이 울리더니 빗줄기가 네흘류도프의 옷자락까지 떨어지기 시작했다. 네흘류도프는 비를 오랫동안 기다려왔던 곡물과 대지의 내음이 그득한, 이 습기 머금은 신선한 공기를 한껏 들이마셨다. 그는 휙휙 지나치는 정원들, 숲들, 누렇게 익어가는 호밀밭, 녹색의 오트밀밭, 암록색 꽃을 피우고 있는 감자밭 등을 바라보았다.

"그래, 더 내려라! 더 신나게 내려라!" 네흘류도프는 이 자비로운 비를 맞으며 기운이 나는 듯 말했다.

하지만 비는 그다지 오래 내리지 않았다. 잠시 후 태양이 다시 빛나기 시작했고 동쪽 지평선에 선명한 무지개가 떠올랐다.

'그런데, 이제까지 내가 무슨 생각에 잠겨 있었지?' 네흘류도프는 자연의 변화가 순식간에 끝나고 기차가 비탈길을 내려가자 다시 자문했다.

'아, 그래, 교도소장이나 호송 장교, 그 외 이 일을 하고 있는 사람들이 대부분 천성적으로 나쁜 사람은 아니라는 생각을 하고 있었지. 그들이 잔인한 것은 단지 이 일을 하고 있기 때문이라는 생각을 하고 있었지. 그렇다. 그들은 그들이 공직에 있다는 이유만으로 몰인정한 인간, 자그마한 동정도 스며들 수 없는 인간이 되어버린 것이다. 빗물이 스며들지 못하고 흘러내리는 저 비탈길의 철로 축대를 보라. 분명히 축대를 돌로 단단히 다져놓을 필요는 있었으리라. 하지만 저기 저 밭에 보이는 흙처럼 곡식과 풀, 나무들이 자라야 할 흙이 식물들을 품을 능력을 상실한 모습을 보이는 것은 슬픈 일이다. 인간도 마찬가지다. 지사나 교도소장, 호송 대장 같은 사람들도 필요할지 모른다. 하지만 사랑과 동정을 품을 줄 모르는 인간을 보는 것은 슬픈 일이다.

그들은 법칙이 아닌 것을 법칙으로 여긴다. 하느님에 의해서 인간의 마음에 새겨진 영원한 부동(不動)의 법칙을 인정하지 않는다. 나는 그들이 강도보다 두렵다. 강도는 최소한 연민을 느끼지만 그들은 연민을 느끼지 않는다. 그들은 인간을 사랑 없이 대할 수 있는 특별한 상황이 있다고 생각한다. 하지만 그런 상황이란 없다. 물건은 사랑 없이 다룰 수 있을지 몰라도 인간을 사랑 없이 다룰 수 있을까? 심지어 꿀벌조차도 애정을 주어야 꿀을 더 많이 모아 오며, 식물도 애정을 주어야 잘 자랄 수 있거늘 인간이 인간에게 어찌 애정을 주지 않을 수 있단 말인가? 자연스러운 사랑이야말로 인간의 삶에서 가장 근본적인 법칙이다.'

네흘류도프는 마음이 상쾌해졌다. 마치 무더위가 지난 뒤에 시원한 바람이 불어오듯, 자신을 괴롭히던 문제가 깨끗하게 해결된 듯 느껴졌던 것이다.

제18장

　네흘류도프는 사람들이 반쯤 차 있는 객차 안으로 들어가 자리에 앉았다. 객차에는 하인, 노동자, 직공, 백정, 유태인, 점원, 기타 여자들 몇 명과 병사들이 앉아 있었고 귀부인처럼 보이는 여자도 두 명 있었다.

　타라스는 자리에 앉아 맞은편에 앉은 사람과 이야기를 나누고 있었다. 원래 빈 자리였는데, 그 사람이 타라스와 이야기를 나누려고 자기 자리를 떠난 것이었다. 네흘류도프는 타라스의 옆으로 가서 앉았다. 그는 술이 거나하게 올라 있었다. 그는 자기가 술을 마시지 않았을 때는 도통 입을 열지 않지만 술이 들어가면 하고 싶은 말들이 머릿속에 떠올라 자꾸 지껄이게 된다고 말한 적이 있었다. 실제로 그는 평소에는 그야말로 침묵만 지키고 있는 사람이었다. 하지만 일단 술이 들어가면—물론 아주 특별한 경우가 아니면 술을 거의 입에 대지 않았다—흥겹게 이야기를 했다. 부드러운 푸른 눈의 그는 온화한 미소를 띠고 재미있게 이야기를 하고 있었다.

그는 마주 앉은 정원사에게 자신의 아내가 어떻게 해서 유형을 가게 되었는지, 자기가 왜 시베리아로 가고 있는지 사연을 이야기하고 있는 중이었다. 네흘류도프는 대강은 알고 있었지만 상세한 이야기는 들은 적이 없어 귀를 기울였다.

그가 자리로 돌아왔을 때 이야기는 독살 미수 사건의 범인이 페도시야임을 집안 식구들이 모두 알게 되었다는 데까지 이르러 있었다.

"아, 그래서 모든 게 다 탄로났지요. 어머니는 독이 든 떡을 들고 '내가 경찰서에 갔다 오겠어요'라고 말씀하셨습니다. 아버지는 생각이 깊은 분이셨어요. '여보, 기다려'라고 말씀하시더니 '며늘아기는 아직 철이 없어서 자기가 무슨 짓을 저질렀는지도 모르고 있어. 그러니 불쌍하게 생각해야 해. 좀 기다리면 제정신이 들 거야'라고 어머니를 말리셨어요. 하지만 어머니는 아버지 말씀을 듣지 않으셨어요. '저런 년을 데리고 있으면 온 집안사람들을 모두 벌레처럼 밟아 죽일 거예요'라고 말씀하시고는 지서로 달려갔어요. 그러자 순경이 오고 증인이 오고 온통 난리가 났지요."

"그럼, 당신은?" 앞에 앉은 정원사가 물었다.

"나야, 배가 아파 뒹굴뒹굴 구르며 토하느라 정신이 없었지요. 이런 저런 말을 할 처지가 아니었어요. 아버지가 페도시야를 달구지에 태워 지서로 데려갔지요. 그리고 마누라는 예심판사 앞으로 불려갔고요. 마누라는 모든 걸 다 고백했습니다. 예심판사가 왜 그런 짓을 저질렀느냐고 묻자 '그 사람이 정말 싫어요. 그 사람이랑 사느니 차라리 시베리아로 가겠어요'라고 대답했답니다. 아버지는 터덜터덜 돌아오실 수밖에 없었지요. 좀 있으면 농사일이 바빠질 텐데 하나뿐인 여자인 어머니는 힘을 못 쓰실 형편이니 아버지는 걱정이 많으셨지요.

아버지는 어떻게 할 건가 생각해보시더니 혹시 보석이 안 될까 하고 윗분을 찾아가셨어요. 아마 대여섯 분은 찾아갔을 겁니다. 아버지가 포기 상태였을 때 다행히 아주 약삭빠른 윗분을 우연히 만날 수 있었어요. 5루블만 주면 마누라를 풀어줄 수 있다는 겁니다. 겨우 3루블로 타협을 보고 마누라 옷들을 저당 잡혀 돈을 마련했습니다."

타라스는 마치 다 끝난 일이라는 듯 느린 어조로 말했다.

"제가 달구지를 타고 직접 감옥으로 가서 마누라를 데려왔습니다. 달구지에서 둘 다 아무 말이 없었지요. 집 가까이 이르자 마누라가 갑자기 '어머님은 어떠세요? 살아 계세요?'라고 묻더군요. '살아 계시지'라고 제가 대답하자 이번에는 '아버님은요?'라고 묻는 겁니다. 제가 '살아계셔'라고 대답했지요. 그러자 마누라가 '여보, 용서해줘요. 제가 바보였어요. 저는 제가 무슨 짓을 하는지도 몰랐어요'라고 하더군요. 제가 말했지요. '그런 말 할 필요 없어. 난 이미 당신을 용서했어.'

집에 도착하자 마누라는 어머니 앞에 엎드려 용서를 빌었고 어머니는 '하느님이 용서해주실 거다'라고 말씀하셨어요. 아버지는 '지나간 일은 지나간 일이다. 이제부터 잘하면 되지. 이제부터 그런 쓸 데 없는 말들은 하지 말자. 자, 이제 추수를 해야 해. 다행히 올해는 풍작이다. 며늘아기 너도 타라스와 함께 내일 곡식들을 거둬들여라'라고 말씀하셨습니다.

다음 날부터 마누라는 정말 열심히 일했어요. 나도 일이라면 자신이 있는데, 아, 글쎄 나보다 훨씬 잘하는 것 같았어요. 집에 돌아와서도 쉬지 않고 헛간으로 달려가 아침에 쓸 새끼를 꼬았답니다. 정말 완전히 달라진 거지요."

"당신에게도 상냥하게 대하던가요?" 정원사가 물었다.

"물어볼 필요도 없지요. 마치 한마음 한 몸인 것처럼 붙어 있었답니다. 내가 무슨 생각을 하고 있는지도 척척 알아냈다니까요. 그렇게 화가 나셨던 어머니까지도 '저 애가 다시 태어난 것 같아. 정말 달라졌어'라고 말씀하셨다니까요.

어느 날 달구지에 나란히 앉게 되었을 때 제가 마누라에게 물었지요. '여보, 어떻게 그런 짓을 할 생각이 든 거지?' 그러자 마누라가 말했어요. '그야 당신하고 살기 싫어서였지요. 그땐 아예 죽어버리는 게 나을 것 같았어요.' 그 말에 '그럼 지금은?'이라고 내가 물었지요. 그랬더니 '이제 당신뿐이에요'라고 하는 것 아니겠어요?"

기쁘게 말하던 타라스가 갑자기 놀란 표정을 지었다.

"그런데, 아, 밭갈이를 끝내고 돌아와보니 출두서가 와 있는 것 아니겠습니까? 재판을 한다는 거예요. 우린 재판 같은 건 까맣게 잊고 있었는데……."

기차가 속력을 늦추기 시작했다.

"역에 들어선 모양이로군." 정원사가 말했다. "차라도 마시고 와야겠군."

대화가 중단되었다. 네흘류도프는 정원사와 함께 플랫폼으로 내려섰다.

제19장

　네흘류도프는 정원사와 함께 대합실에서 차를 마신 뒤 열차 안 자기 자리로 돌아왔고 정원사는 자기가 원래 앉아 있던 자리로 갔다. 네흘류도프가 자리로 오자 정원사가 앉아 있던 자리와 이미 비어 있던 자리에 낯선 노동자 세 명이 앉아 있었다. 그들은 신사 차림의 네흘류도프가 자기들 앞으로 오자 자리에서 일어나려 했다. 그러자 네흘류도프는 손짓으로 그들을 그냥 앉으라고 한 뒤에 통로 쪽 손잡이에 걸터앉았다.

　쉰 살쯤 되어 보이는 노동자는 나란히 앉은 젊은 노동자와 놀란 눈을 마주쳤다. 신사차림의 네흘류도프가 그들을 쫓아내기는커녕 자리까지 양보해준 때문이었다. 그들은 뭔가 좋지 않은 일이 생기면 어쩌나 염려하는 눈치였다.

하지만 네흘류도프가 농부 차림의 타라스와 거리낌 없이 이야기를 나누는 것을 보고 그들은 마음이 놓였다. 젊은 노동자가 자리에서 일어나더니 네흘류도프를 앉으라고 한 후 자신은 배낭 위에 앉았다. 네흘류도프가 자리에 앉자 맞은편에 앉은 나이 든 노동자는 행여 자기 짚신이 네흘류도프에게 닿을까, 발을 오므리며 조심했다. 하지만 얼마 지나지 않아 그는 네흘류도프와 격의 없이 이야기를 나누게 되었고, 자기 이야기를 강조하고 싶을 때면 네흘류도프의 무릎을 치기도 했다.

그는 한동안 자신의 신세타령을 늘어놓았다. 소택지에서 토탄 캐는 일을 벌써 28년이나 해왔고 번 돈은 모두 집에 보냈다고 했다. 그는 한 해에 벌어들이는 50내지 60루블 중에서 오직 2, 3루블만 담배나 성냥을 사는 용돈으로 쓴다고 했다. 그는 "하지만 너무 지쳤을 때는 가끔 보드카 한두 잔 정도는 마시지요"라며 겸연쩍은 미소를 지었다.

이어서 그는 고향에서는 자기들 대신 여자들이 일을 하고 있다는 이야기, 도급업자가 자신들을 어떻게 대했는가에 대한 이야기를 한 뒤에, 오늘 자기들이 떠나기 전에 도급업자가 자기들에게 보드카 반 통을 주었다는 이야기, 자기와 함께 일하던 동료 셋 중 한 명은 죽었고 한 명은 병에 걸려 고향으로 돌아가는 중이라는 이야기를 해주었다.

그가 말한 병자는 찻간 구석에 앉아 있었다. 얼굴이 창백하고 입술은 자줏빛의 젊다기보다 어린 소년이었다. 열병을 앓고 있음이 분명했다. 네흘류도프는 자리에서 일어나 그 소년 곁으로 갔다. 하지만 고통으로 일그러져 있는 소년의 얼굴을 보자 쓸 데 없는 질문으로 그를 성가시게 하고 싶지 않아, 나이 든 노동자에게 키니네를 먹여야 할 것이라고 말하고 약 이름을 적어주었다. 그는 노동자에게 돈을 주려 했다. 하지만 노동자는 자기가 사서 먹이겠다며 사양했다.

노동자가 타라스에게 말했다.

"내가 여러 곳을 떠돌아다녔지만 이런 신사 분은 만난 적이 없어. 우리 같은 사람을 쥐어박으며 내쫓기는커녕 우리에게 자리까지 양보해주시잖아."

네흘류도프는 속으로 생각했다.

'그렇다, 이거야말로 완전히 새로운 딴 세계다.' 네흘류도프는 노동자들의 여위었지만 강인한 팔다리, 그들이 입고 있는 박음질조차 제대로 되지 않은 허름한 옷, 또한 피곤에 지쳤지만 온화함을 잃지 않고 있는 그들의 검게 그을린 얼굴을 바라보았다. 그는 자신이 이제 온통 새로운 사람들에게 둘러싸여 있다는 느낌을 받았으며, 노동하는 삶 속에 깃들어 있는 진지함, 기쁨, 그리고 고통을 함께 느꼈다.

그는 자신이 이제까지 속해 있던 사회에서 주고받았던 아무 의미 없는 말들, 진지함이라고는 찾아볼 수 없는 경박한 관심사들, 그 사회에서의 나태하고 사치스러운 생활들을 떠올리며 생각했다.

'여기에 진실로 위대한 사회, 진짜 상류사회가 있다.'

그는 새로운 미지의 아름다운 세상을 눈앞에 둔 여행자가 맛볼 수 있는 기쁨을 느꼈다.

제2부

제
3
부

제1장

　카튜샤가 포함된 죄수들은 이미 5,000킬로미터가 넘는 기나긴 거리를 이동했다. 카튜샤는 페르미까지는 기차와 배로 형사범들과 함께 이동했다. 네흘류도프는 이전에 베랴 보고두호프스카야가 권했던 대로 카튜샤를 정치범 쪽으로 옮기기 위해 노력했으며 드디어 결실을 맺었다.

　그사이 카튜샤는 정신적으로나 육체적으로나 크나큰 어려움을 겪었다. 비좁은 곳에서 잠을 자다 보면 온갖 물것들이 사정없이 온몸을 물어뜯었다. 하지만 정작 더 괴로운 것은 숙영지 감옥에서 벌레처럼 달려드는 남자들이었다. 그녀는 한시도 마음을 놓을 수가 없었다.

　여자 죄수들과 남자 죄수들, 교도관, 호송관 사이의 육체적 관계는 공공연한 비밀이었다. 여자가 여자라는 자신의 처지를 이용하겠다는 마음을 먹지 않고 지내려면 끊임없이 자기를 지켜내야만 했다. 특히 카튜샤는 매력이 있는 데다 모두들 그녀의 과거를 알고 있었기에 더더욱 자신을 힘들여 방어해야만 했다. 심지어 그녀가 거절하면 모욕을 받았다는 생각에 화를 내는 남자들도 있었다.

이런 상황 속에서 그녀에게 큰 위안이 된 것은 페도시야와 그녀의 남편 타라스와 친하게 지낼 수 있다는 사실이었다. 타라스는 아내도 그런 봉변을 당할 처지에 놓여 있다는 것을 알고는 아내를 보호하고자 니즈니에서 스스로 체포되어 죄수들과 어울려 함께 이동했다.

형사범들 사이에서 지내다가 정치범들 쪽으로 옮겨가게 되자 카튜샤의 형편이 한결 나아졌다. 대우도 좋았고 식사도 나아졌으며 사내들의 횡포도 없었다. 또한 잊으려 애쓰던 과거 일에 더 이상 시달리지 않게 된 것도 좋았다. 하지만 무엇보다 그녀에게 유익했던 것은 그녀의 성격에 결정적인 영향을 미친 사람들 몇 명을 알게 되었다는 사실이었다.

카튜샤는 숙영지 감방에서는 정치범들과 함께 머물 수 있었다. 하지만 건강하고 젊은 여성이었기에 낮에 행군할 때는 형사범들의 행렬에 끼어 함께 걸을 수밖에 없었다. 그녀는 톰스 크에서부터 줄곧 그런 식으로 지내왔다. 그녀와 같은 이유로 형사범들의 도보 행렬에 낀 정치범이 두 명 더 있었다. 그중 한 명은 네흘류도프가 베라를 면회할 때 한 번 보고 깊은 인상을 받은 처녀로서, 달걀색의 순한 눈을 한 그녀의 이름은 마리야 파블로브나였다. 또 한 명도 역시 네흘류도프의 눈길을 끌었던 사내로서 야크투스크로 유형 가는 시몬손이라는 정치범이었 다. 마리야 파블로브나는 임신한 일반 죄수에게 자리를 내주었 기에, 시몬손은 신분 때문에 받는 특별 대우가 부당하다고 생 각해서 도보 행렬에 낀 것이었다.

9월이 되었다. 이들은 곧 대도시에 도착하게 되어 있었다. 그 곳에서 다른 호송 장교가 죄수들을 인계받게 되어 있었다. 진 눈깨비가 내리기 시작했고 차디찬 돌풍이 불어왔다. 남자 죄수 400명, 여죄수 50여 명은 숙영지 감옥 마당에서, 일부는 이틀 치 식량을 배급받기 위해 줄을 서고 있었고 일부는 마당으로 물건을 팔러 들어온 아낙네들에게 먹을 것을 사고 있었다.

시몬손은 그 모습을 물끄러미 바라보며 자기만의 생각에 잠 겨 있었다. 그는 이 세상에 존재하는 모든 것을 살아 있는 생명체로 간주하고 있었다.

'만일 박테리아가 인간의 손톱을 관찰하고 인간을 판단한다면 분명히 인간을 무기물로 간주할 것이다. 인간도 마찬가지다. 인간은 겨우 지구 표면만을 관찰하고 연구하면서 지구를 무기물이라 단정한다. 이건 잘못된 것이다. 지구는 살아 있는 생명체이다.'

카튜샤와 마리야 파블로브나는 마당으로 나와 음식 파는 아낙네들 쪽으로 갔다. 아낙네들은 방금 구운 만두, 생선, 국수, 오트밀, 간, 쇠고기, 달걀, 우유 등을 팔고 있었고 어떤 아낙네는 새끼 돼지를 통째로 구워 팔고 있었다. 카튜샤가 달걀과 빵, 생선과 비스킷 등을 사서 자루에 넣고 마리야는 계산을 하고 있을 때 호송 장교의 호각 소리가 들렸다. 죄수들은 일제히 정렬하고 출발 준비를 했으며 호송 장교가 죄수들에게 주의 사항을 전달했다.

그때였다. 갑자기 화가 난 장교의 고함 소리에 이어 사람을 때리는 소리, 이어서 어린아이의 울음소리가 들려왔다. 죄수들 사이에서 뭔가 볼멘소리가 들려왔고 카튜샤와 마리야는 소동이 이는 곳으로 가보았다.

갈색 콧수염을 기른 체격 좋은 장교가 앞에 서 있는 죄수의

빰따귀를 올려붙인 뒤 양 손바닥을 비비며 죄수에게 욕설을 퍼붓고 있었다.

"이 새끼, 맛 좀 볼래? 이 개자식아, 정신 차리게 해줄까? 애새끼를 여자들에게 넘겨주라니까!"

호송 장교는 톰스크에서 아내를 잃은 뒤 줄곧 딸아이를 두 팔로 안고 온 죄수 한 명을 눈앞에 두고 대체 누가 수갑을 풀어주었느냐며 수갑을 채우라고 명령했던 것이다. 남자 죄수는 수갑을 차면 아이를 안을 수 없다고 애걸했다. 그러자 뭔가 개인적인 일로 기분이 좋지 않았던 장교는 명령에 복종하지 않는다며 그를 때린 것이었다.

장교는 딸을 죄수의 품에서 떼어내라고 거듭 부하들에게 명령했다.

"톰스크에서부터 수갑을 차지 않고 왔는데……." 죄수들 사이에서 누군가 볼멘소리를 했다. "그 애는 사람이지 개돼지가 아니오."

"그 애를 어쩌려는 거요? 그런 법이 어딨소?"

"어느 놈이야!" 장교가 벌에라도 쏘인 듯 죄수들 사이로 뛰어들며 고함쳤다. "법의 맛을 보여줄까! 어느 놈이야! 네 놈이냐? 아니면 네 놈이냐!"

"우리 전부 다 말했지요." 얼굴이 넓적한 사내가 대꾸했다.

하지만 그의 말이 채 끝나기도 전에 장교는 두 주먹으로 그 사내를 때리기 시작했다.

"폭동을 일으키겠다, 이거지? 내가 폭동이 어떤 건지 보여줄까? 네놈들을 전부 개새끼처럼 쏴 죽여줄 테다! 상부에서 잘했다고 칭찬할 거다! 어서 애를 빼앗지 못해!"

죄수들 사이에 정적이 흘렀다. 호송병 한 명이 사내에게서 애를 떼어냈고 다른 호송병이 재빨리 사내에게 수갑을 채웠다.

"여자들에게 데리고 가!"

얼굴이 새빨개진 아이는 온몸을 버둥거리며 울었다. 그때 마리야가 군중 속에서 나와 아이를 안고 있는 호송병에게 다가가며 호송 장교에게 말했다.

"장교님, 이 아이를 제가 데려가도 되겠어요?"

"넌 누구야?"

"정치범입니다."

마리야의 맑고 아름다운 눈과 미모가 도움이 되었다.

"난 상관없어. 데려가려면 데려가. 동정심을 보여주는 건 좋지만 저 놈이 도망가게 되면 책임져야 해."

말도 안 되는 시비였지만 마리야는 상냥하게 대답했다.

"아이가 있는데 도망갈 리가 있나요?"

"좋아. 더 길게 이야기할 시간 없어. 데려가려면 데려가."

아이가 울면서 아버지에게 가려고 할 뿐 마리야에게 오지 않자, 옆에 있던 카튜샤가 아이에게 비스킷을 주었다. 아이가 카튜샤의 품에 안기자 카튜샤는 아이를 안고 페도시야와 함께 여죄수들의 행렬 속으로 들어갔다.

장교가 명령을 내린 뒤 마차로 올라타려는 순간 한 사내가 성큼 장교 앞으로 나섰다. 시몬손이었다.

시몬손이 장교에게 말했다.

"장교님, 당신 행동은 옳지 않았습니다."

"제자리로 가지 못해! 네가 상관할 일이 아니야!" 장교가 눈을 부라리며 말했다. "자, 준비됐지? 출발!"

죄수들의 대열이 움직이기 시작했다. 죄수들은 양쪽으로 도랑이 나 있는, 밀림으로 이어지는 진흙길을 걸어가기 시작했다.

제2장

　비록 힘든 건 마찬가지였지만, 두 달 동안 형사범들과 지내다가 정치범들과 함께 지내게 되면서 카튜샤는 한결 마음이 푸근해졌다. 하루 20내지 30킬로미터를 이틀간 걷고 하루 휴식을 취하는 행군도 견딜 만했고 식사도 괜찮았으며, 더욱이 새로운 친구들과 사귀게 되면서 삶에 대해 새로운 눈을 뜨게 되었다. 그녀는 지금 함께 지내고 있는 사람들처럼 멋진 사람들은 한 번도 만난 적이 없었으며 그런 사람들이 있으리라고는 상상조차 하지 못했었다.

　그녀는 이곳에서 알게 된 사람들 거의 모두에 감탄하고 있었다. 그중에서도 그녀가 가장 감탄하고 있는 사람은 바로 마리야 파블로브나였다. 카튜샤는 마리야에 대해 감탄을 넘어 일종의 존경심까지 품고 있었다.

아름다운 그녀는 부유한 장군 집안의 딸이었고 3개 국어에
능통했다. 그런 그녀가 노동자처럼 거리낌 없이 행동했고, 집에
서 보내준 물건들을 아낌없이 남들에게 나누어주었다. 옷이나
신발이 그 누구보다 남루했으면서도 자기 자신에 대해서는 조
금도 신경을 쓰지 않는 것을 보고 카튜샤는 너무 놀라고 있었
다. 그녀가 한번은 카튜샤에게 이렇게 말했다.

"집에 손님으로 온 신사나 숙녀들과 이야기를 하면 너무 지
루했어. 그렇지만 요리사나 마부들과 이야기를 나누면 너무 재
미있는 거야. 그러면서 그들의 생활에 대해 알게 되었지. 그러
자 우리 삶에 잘못이 있다는 걸 알게 된 거야. 어머니가 돌아가
시고 아버지가 싫어지자 나는 집에서 나왔어. 열아홉 살 때였
어. 그리고 공장으로 들어가 노동자 생활을 하게 된 거야."

그녀는 공장을 나와 잠시 시골집에서 지내다가 다시 도회지
로 나왔다. 그러다가 유인물을 인쇄하던 비밀 인쇄소에서 체포
되었다.

그녀 입을 통한 것이 아니라 다른 사람을 통해 알게 된 것이
지만, 인쇄소 수색 중 누군가 경찰에게 발포했고, 그녀 스스로
나서서 죄를 뒤집어쓰고는 징역형을 받은 것이라고 했다.

부활

290

카튜샤가 보기에 그녀는 마치 새를 쫓는 사냥꾼처럼 조용하게 남을 돕는 일만 찾아다녔다. 그리고 그런 습성이 완전히 몸에 배어서 그대로 그녀의 일상이 되었다. 그녀가 남을 너무나 아무렇지도 않게 도왔기에 그녀의 도움을 받는 사람도 별로 고마워하지 않고 당연한 듯 받아들였다.

카튜샤는 자신도 모르게 그녀의 뜻을 자기의 뜻으로 받아들였고 그녀를 따라하게 되었으며 그녀를 사랑하게 되었다. 마리야를 향한 카튜샤의 사랑을 마리야도 느낄 수 있었고 둘은 서로를 너무 좋아하게 되었다.

카튜샤는 마리야 파블로브나를 사랑했기에 그녀로부터 고스란히 영향을 받았다. 이어서 카튜샤는 시몬손의 영향도 받았다. 그가 카튜샤를 사랑하게 된 때문이었다.

시몬손은 자신의 사상을 모든 행동의 원칙으로 삼고 있었으며, 자신의 이성에 비추어 남들의 의견을 비판적으로 살펴본 후 결정을 내리고, 한 번 결정을 하면 그대로 실행하는 인물이었다.

그의 아버지는 재무 관리로서 집안은 유복했다. 중학교 때 그는 아버지의 재산이 모두 부당한 것이라고 생각하고 가난한 사람들에게 나누어줘야 한다고 아버지에게 주장하다 야단을 맞고 집을 나왔다. 그는 사회악은 모두 민중이 교육을 제대로 받지 못했기 때문에 존재한다고 생각하고 농촌에서 교사 생활을 하며 학생과 농부들을 가르쳤다.

체포되어 재판을 받으면서 그는 재판장에게, 재판관들은 자신을 재판할 권리가 없다고 말한 후 묵비권을 행사했다. 그리고 그는 아르한겔리스크현으로의 유형을 선고받았다. 그곳에서 유형지 생활을 하면서 그는 한 가지 신조를 더 만들어냈다. 모든 존재는 유기체, 즉 생명체라는 신념이었다. 그는 전쟁과 사형뿐 아니라 동물을 죽이는 것도 반대했고 채식주의자가 되었다. 그는 자기 자신을 혈액 속의 백혈구로 간주했다. 자기의 사명은 유기체 중 약하거나 병든 부분을 보호해주고 돌봐주는 데 있다고 생각했다. 그런 의미에서 그와 마리야의 신념이나 행동은 같은 것이었다. 그가 카튜샤를 사랑하게 된 것이 그의 신념에 어긋나는 것도 아니었다. 그는 카튜샤를 향해 플라톤적인 사랑을 한 것이며 그것은 약자의 활동을 도와주는 백혈구의 활동과 같은 것이었다.

카튜샤는 여자의 직감으로 시몬손이 자신을 사랑한다는 것을 알아차렸다. 그리고 그 사랑이 그녀에게 결정적인 영향을 미쳤다. 그녀는 자기 같은 사람이 그런 뛰어난 사람에게 사랑을 불러일으킬 수 있다는 사실로 인해 고무되었다. 네흘류도프는 그의 너그러움으로 또한 과거에 자신이 그녀에게 저지른 일 때문에 그녀에게 청혼했다. 하지만 시몬손은 현재 있는 그대로의 그녀를 사랑하고 있었고, 그녀를 향해 품고 있는 사랑만으로 그녀를 사랑했다.

카튜샤는 시몬손이 자신을 우월한 정신적 자질을 갖춘 예외적인 사람으로 간주하고 있음을 알았다. 그녀는 자신에게 어떤 우월한 정신적 자질이 있는지 알 수 없었다. 다만 그의 생각에 어긋나지 않도록 자신이 생각해낼 수 있는 정신적 자질을 불러일으키려 애썼고, 그렇게 행동하도록 애썼으며 가능한 한 좋은 사람이 되려고 애썼다.

사실 둘 사이의 그런 관계는 호송 중에 생긴 것이 아니었다. 그녀가 교도소에 있을 때부터 면회 장소에서 카튜샤는 그의 눈길을 의식하고 있었으며 그녀도 그를 주의 깊게 바라보곤 했다. 그리고 그녀가 정치범들과 함께 생활하게 되면서 둘은 자연스럽게 만났다.

하지만 둘 사이에 무슨 유별난 대화가 오간 것은 아니었다. 다만 서로의 눈길을 통해 상대가 자신을 기억하고 있다는 것, 서로가 서로에게 소중한 존재라는 것을 확인했을 뿐이었다. 그런 그들이 결정적으로 가까워진 것은 시몬손이 형사범들과 함께 도보 행군을 하면서부터였다.

제3장

네흘류도프는 니즈니에서 페르미까지 오는 동안 카튜샤를 단 두 번밖에 보지 못했다. 한 번은 니즈니에서 죄수들이 철망을 친 배에 오를 때였고 한 번은 페르미의 교도소 사무실에서였다. 그는 그녀를 정치범들 쪽으로 옮겨놓고 나서야 여러 번 만났고, 그녀가 내면으로 성숙하고 변화하는 모습을 보고 기뻤다. 숙영지 감옥을 따라 두 달 동안 행군하면서 그녀가 겪은 내적인 변화는 겉으로도 뚜렷하게 나타났던 것이다. 머리카락도 단정하게 스카프로 묶었고 옷차림과 행동거지에서도 이전과 같은 교태는 사라지고 없었다.

그는 이전에는 전혀 경험해보지 못했던 새로운 감정을 그녀를 향해 느끼고 있었다. 그 감정은 옛날 그녀에게 품었던 시적인 사랑과도 다른 것이었고, 그 뒤에 경험한 육감적인 사랑과도 달랐으며 그녀와 결혼하기로 마음먹었을 때 느꼈던, 의무감을 성취했다는 자기 충족적인 사랑과도 달랐다. 그가 지금 느끼고 있는 감정은 오로지 연민과 부드러움뿐이었다. 그 감정은 그녀가 의사 조수와 문제를 일으켰을 때(그는 나중에 그 스캔들이 사실이 아니라는 것을 확인했다) 그녀를 용서해주면서 느낀 감정 바로 그것이었다. 하지만 그때의 감정이 일시적이었던 데 반해 이번의 감정은 지속적이었다. 그리고 그녀를 향한 연민은 다른 사람들을 향해서도 번져나갔다. 그는 마부와 호송병을 비롯해, 저 높은 곳에 있는 지사와 부지사, 교도소장에 이르기까지 그동안 만났던 모든 사람들을 향해 비슷한 연민을 느꼈다.

카튜샤가 정치범들과 함께 지내게 되면서 네흘류도프는 정치범들에 대해서 자연스럽게 알게 될 기회가 많아졌다. 그리고 그들과 가까이 접하게 되면서 그들에 대한 견해가 많이 바뀌게 되었다.

러시아에 혁명운동이 시작되고 나서 네흘류도프는 이들이 정부에 대항하기 위해 사용했던 무자비한 방법과 잔혹한 학살 행위로 인해 이들에 대해 반감을 갖고 있었다. 하지만 그들이 정부로부터 어떤 핍박을 받고 있는지 알게 되고 나서는 그들의 입장을 이해하게 된 것이다. 무엇보다 네흘류도프가 정부에 대해 분노하게 된 것은 이들 정치범에게는 법률이 제대로 적용되지 않은 채 마치 그물로 물고기를 잡듯 마구 잡아들이고 있다는 사실 때문이었다. 그리고 이들이 중형을 받고 안 받고는 장관, 지사, 예심판사, 검사, 검찰 간부, 헌병 등의 그때그때 기분에 따라 좌지우지 되었다.

관리들은 마치 전쟁 중인 것처럼 정치범들을 다룬다. 그래서 정치범들도 가혹해질 수밖에 없다. 그들은 마치 전쟁터의 군인처럼 자기 방어 수단으로 살인 음모에 가담하고 살인을 정당화하며 자신들의 행동이 이치에 어긋나지 않는다고 생각한다. 네흘류도프는 그들과 가까이 하면서 전에는 도저히 이해할 수 없었던 그들의 행동을 이해하게 되었다.

말하자면 보통 사람들이 생각하듯 정치범들이 특별한 악인이거나 영웅이 결코 아니라는 것, 그저 평범한 사람으로서 그들 중에는 좋은 사람도 있고 나쁜 사람도 있다는 것, 사회악과 맞서 싸우는 것을 중대한 사명으로 아는 사람이 있는가 하면 오로지 이기적인 허영심에 가득 차 있는 사람도 있다는 것을, 또한 오로지 위험과 모험을 갈망하는 젊음의 열정만으로 가담한 사람도 많다는 것을 알게 되었다.

그렇게 여러 종류의 사람들이 있었지만 그들에게 공통으로 요구되는 것이 딱 한 가지 있었다. 바로 도덕성이었다. 그들은 남들보다 훨씬 더 절제해야 했고 규칙적인 생활을 해야 했으며 근면하고 청렴해야 했고 공통의 선을 위해서는 자기 자신을 희생할 줄 아는 의무감이 있어야 했다. 그런 요구사항을 지키지 못하는 정치범은 네흘류도프가 보기에 위선적이고 독선적이며 오만했고, 오히려 일반 잡범만도 못했다. 따라서 정치범들 중에 네흘류도프가 큰 관심을 기울인 사람은 그다지 많지 않았다.

그중에 네흘류도프의 관심을 가장 끈 것은 크르일리소프라는 결핵을 앓고 있는 젊은이였다. 그가 체포된 경위는 아주 간단했다. 그는 대학에서 수학을 전공했으며 우등으로 졸업한 인재였다. 그는 사랑하는 아가씨와 결혼해서 평범한 삶을 살아갈 수 있었다. 그러던 중 대학 동창 한 명으로부터 어떤 공동 사업에 자금을 출자하라는 제안을 받았다. 그는 그 사업이 혁명 사업임을 알고 있었다. 하지만 친구로서의 의리와, 그런 것을 두려워하는 겁쟁이로 보이고 싶지 않다는 자존심 때문에 돈을 냈다. 그런데 그 기부금을 받은 친구가 체포되었고 그도 체포되어 수감된 것이었다.

그가 본격적으로 정부에 대하여 반감을 갖게 된 것은 교도소에 갇힌 다음이었다. 그는 어린 소년을 포함한 죄수 두 명이 탈옥을 감행하다 체포되어 사형당하는 모습을 보았다. 그가 보기에 그 죄는 결코 사형에 처할 만큼 무겁지 않았다. 그는 사형장으로 끌려가는 애처로운 소년의 모습을 보고 혁명가가 되었다고 네흘류도프에게 말했다.

그는 교도소 생활 중 결핵에 걸렸으며 몇 달 살지 못할 것 같았다. 그도 그 사실을 잘 알고 있었지만 그는 결코 자신의 행동을 후회하지 않았다. 오히려 다시 세상에 태어나게 된다면 자기가 목격한 것 같은 일들이 항다반사로 벌어지고 있는 현 제도를 파괴하기 위해 자신의 목숨을 바치게 될 것이라고 말했다.

어느 날 밤, 네흘류도프는 카튜샤를 면회할 겸 정치범들 숙영지 감옥을 한 번 둘러보고 싶어졌다. 그는 새로 호송을 맡은 호송대장을 찾아가, 감옥 안에서 카튜샤를 면회할 수 없겠느냐고 말했다. 호송대장은 처음에는 정치범 면회는 원칙적으로 금지되어 있어서 안 된다고 하더니 네흘류도프가 카튜샤 사건의 전말을 이야기해주며 사정하자 허락을 해주었다.

네흘류도프는 호송대장으로부터 명령을 받은 당직 하사관의 안내로 카튜샤가 갇혀 있는 5호 감방으로 찾아갔다. 감방 현관을 지나자 복도가 쭉 뻗어 있었고 감방문은 열려 있었다. 첫 번째 방은 부부들의 방이었고 정치범들이 있는 곳은 안쪽 두 개의 방이었다. 150명 수용 목적으로 세워진 감방에 450명을 처넣었으니 비좁기 그지없었고, 죄수들은 복도까지 나와 있었다. 네흘류도프는 복도에서 주전자를 들고 왔다 갔다 하는 사람들 중에 타라스의 모습을 볼 수 있었다. 그 온순한 얼굴 여기저기 푸른 멍이 들어 있어 보기에 흉했다.

"아니, 무슨 일이야? 얼굴이 왜 이렇게 됐어?" 네흘류도프가 물었다.

그러자 호송병이 대신 웃으며 대답했다.

"하루도 싸움 않고 넘기는 날이 없어요."

그러자 옆에 있던 죄수가 말을 받았다.

"다 마누라 때문이지요. 오늘도 집적거리는 놈과 한바탕했지요."

"그래, 페도시야는 잘 지내나?"

"그럭저럭 별 탈 없이 지냅니다요. 지금 더운 물을 갖다주려던 참이었습니다." 타라스는 부부 감방으로 사라졌다.

정치범 감방 앞에 이르자 하사관은 네흘류도프에게 점호 시각 전에 다시 모시러 오겠다며 사라졌다. 정치범 숙사에는 방이 둘 있었다. 감방 안으로 들어섰을 때 제일 먼저 눈에 띈 사람은 불이 활활 타오르는 난로 앞에 장작을 들고 쭈그리고 앉아 있는 시몬손이었다.

"아, 그렇지 않아도 뵙고 싶었는데, 마침 잘 오셨습니다." 시몬손이 네흘류도프를 보자 말했다.

"무슨 일이시지요?"

"나중에 말씀드리지요. 지금은 좀 바빠서."

네흘류도프가 카튜샤를 만나기 위해 옆방으로 들어가려는데 그녀가 비를 들고 그 방에서 나왔다. 그녀는 네흘류도프를 보자 허리를 펴고 상기된 표정으로 빗자루를 놓았다.

"청소를 하고 있군." 네흘류도프가 손을 내밀며 말했다.

"네, 늘 하고 있어요. 먼지가 너무 많아요." 그녀가 살짝 웃으며 말했다. "자, 저 방으로 가요."

네흘류도프는 카튜샤와 함께 옆방으로 들어갔다. 베라도 그 방에 있었다. 안색이 노란 데다 핏줄이 돋은 것이 몸이 전보다 약해진 것 같았다. 그 외에 방 안에는 그가 이미 안면을 익혀 놓은 남녀 죄수들이 있었으며 거의 모두들 네흘류도프에게 반갑게 인사했다. 정치범 중 대장격인 노보드보로프만 제외하고는 모두 네흘류도프를 좋아하고 있었던 것이다.

제3부

그들 중에는 열여덟 살 때부터 혁명 운동에 뛰어든 나바토프라는 젊은이가 있었다. 하지만 그가 바라는 혁명은 노보드보로프처럼 사회를 완전히 파괴하고 전복하는 혁명이 아니었다. 그는 러시아를 사랑하고 있었다. 다만 이 역사 깊고 아름다운 건물의 방 구조를 개선하기 위한 운동을 그가 하고 있는 것이라고 보는 편이 옳았다. 그는 낙천적이었고, 세상은 끊임없이 변하기 마련이라는 생각을 갖고 있었다. 그렇기에 그는 언제나 쾌활했고 활동적이었으며 죽음도 두려워하지 않았다. 그는 혁명보다는 일을 좋아했고, 일을 즐길 수 있는 환경을 원하고 있었다.

하지만 그와는 전혀 다른 스타일의 노동자 출신 운동가도 있었다. 마르켈 콘트라티예프라는 정치범이 바로 그런 사람이었다. 그는 서른다섯 살이 되었을 때 노동운동에 뛰어들었다. 그는 자신이 처해 있는 굴욕적인 상황이 무자비하고 불공평하다는 것을 뒤늦게 깨닫고 혁명에 뛰어들었다. 그는 이런 상황을 만든 자들을 향한 증오심에 들끓고 있었다. 그는 그들을 처벌하고 싶었다. 그러기 위해서는 무엇보다 많이 알아야 한다고 생각하고 그는 닥치는 대로 책을 읽고 지식을 습득했다. 그는 이 부당한 사회를 시정할 수 있는 것은 역시 '앎'이라고 믿었다.

그 무언가를 알고 지식을 습득하면 자신의 사고 능력이 다른 사람보다 훨씬 향상된 것 같았다. 그가 처음 체포되었을 때 그는 노보드보로프와 알게 되었고, 사회주의에 대한 신념을 굳힐 수 있었다. 석방된 후 그는 파업을 주도했고 파업 과정에서 공장을 폭파하고 경영주를 암살했다. 그는 체포되어 시민권을 박탈당하고 유형을 받게 되었다.

네흘류도프는 죄수들의 차 마시는 시간이 끝나면 카튜샤와 단둘이 이야기를 나눌 수 있으리라 생각하면서 크르일리소프 곁에 앉아 그와 이야기를 하고 있었다. 크르일리소프가 네흘류도프에게 진지한 표정으로 말했다.

"제게는 가끔 이런 생각이 듭니다. 우리는 분명 억압받고 불쌍한 사람들과 어깨를 나란히 해서 가고 있어요. 하지만 과연 그들이 누구일까요? 우리는 그들을 위한 길을 가고 있다고 생각하고 있는데 우리는 그들이 누구인지 모르고 또 알려고도 하지 않아요. 하지만 그보다 더 나쁜 건 그들이 우리를 증오하고 심지어 적으로까지 생각한다는 겁니다. 정말 무서운 일입니다."

"아니, 무서울 것 하나도 없어." 옆에서 그들 이야기에 귀를 기울이고 있던 노보드보로프가 끼어들었다. "대중은 언제고 권력만 숭배할 뿐이야. 우리가 정권을 잡으면 우리를 우러러볼 거야."

"자네는 이 정치범 감방에 앉아 있는 걸 특권으로 생각하나 보지? 자네는 옆방의 일반범들을 경멸하나? 그들이 우리보다 고결한 행동을 하는 경우도 많아."

"고결? 자네 그들을 시기하는 건가? 우리는 그들을 위해서 뭔가 해주는 데서 끝내는 거야. 그들에게 뭔가 기대해서는 안 된다 이 말이야. 대중은 우리 혁명운동의 대상이지 주체가 아니야. 그들이 지금처럼 무기력한 상태에 있는 한 우리의 동반자는 될 수 없어." 그는 특유의 날카로운 목소리로 마치 강의를 하듯 이야기를 계속했다. "그러니 우리가 지금 준비하고 있는 발전 과정의 어느 단계에 이르기까지는, 그들이 우리를 도울 수 있으리라고 믿는 건 환상일 뿐이야."

"무슨 발전 단계?" 크르일리소프가 얼굴이 벌게지며 말했다. "전제와 독재에 반대한다고 말하면서 독재를 하겠다는 건가?"

"아니, 절대로 독재가 아니야." 노보드보로프가 나지막이 말했다. "우리는 대중이 나아갈 길을 알고 있고, 그 방향을 대중에게 가리키겠다는 거야."

"하지만 자네가 가리키는 길이 옳다고 어떻게 확신할 수 있나? 그게 바로 전체주의가 아닐까? 자네만 옳다고 생각하는 거…… 대혁명에서의 대학살도 자기들이 믿는 이론적 근거만이 옳다고 믿기 때문에 벌어진 일 아닌가?"

"그들의 실책이 곧 내 실책이 되리라는 증거가 있는가?"

네흘류도프는 노보드보로프의 이야기를 들으면서 그가 입으로는 이론을 말하고 있지만 실은 자기감정에 충실한 사람이라는 생각이 들었다. 그는 자신의 감정에 의해 설정된 목표를 합리화하기 위해 이론을 들이대는 사람이었다. 네흘류도프는 그의 혁명 활동이 오로지 남들 위에 군림하겠다는 야망과 욕망의 산물일 뿐이라고 생각했다. 그의 자만심 내에서 사람들은 물리치거나 무릎을 꿇릴 대상일 뿐이었다. 그는 주로 감수성이 예민한 대학생들 사이에서 자신의 논리를 전개했기에 금세 똑똑하고 사려 깊다는 평판을 들으며 추종자들을 모을 수 있었다. 그가 마련한 프로그램은 반드시 시행되어야 하고 반드시 시행될 것이며, 그것이 모든 문제를 해결할 수 있으리라고 그는 믿었다.

그의 추종자들은 그를 존경했지만 그를 좋아하지는 않았다. 그 역시 그 누구도 사랑하지 않았으며 자기와 어깨를 나란히 하는 자는 누구나 경쟁자로 여겼고, 노련한 원숭이가 새끼 원숭이를 다루듯 사람들을 대했다. 따라서 자신에게 순종하는 자들에게만 호의를 베풀었다.

그는 네흘류도프를 비웃었다. 그가 보기에 네흘류도프는 어리석은 짓을 하고 있는 자였다. 그의 기준으로 카튜샤는 수준 미달이었다. 그는 자기가 매력을 느끼는 여자만 높이 평가하면서 여자들에 대해 자신만큼 잘 아는 사람은 없다고 자부하고 있었다.

네흘류도프는 노보드보로프가 자신을 어리석게 여긴다는 것을 잘 알고 있었다. 그렇기에 이번 여행 내내 그 누구를 향해서나 선의를 갖고 있었음에도 불구하고 노보드보로프를 향해서는 깊은 반감이 드는 것을 어쩌지 못했고, 그럴 때마다 적이 우울했다.

제4장

곧이어 옆 감방에서 호송관들의 목소리가 들렸다. 점호가 시작된 것이다. 두 호송병을 데리고 들어온 하사관이 네흘류도프에게 말했다.

"공작님, 점호가 시작됩니다. 나가주셔야겠습니다."

네흘류도프는 금세 그 말의 뜻을 알아차렸다. 그는 그의 손에 3루블을 쥐어주었다.

"정 그러시다면 어쩔 수 없군요. 원하신다면 조금 더 머무르셔도 됩니다."

그때였다. 침대 한 구석에 두 손으로 머리를 괴고 누워 있던 시몬손이 자리에서 벌떡 일어나더니 앉아 있는 사람들 사이를 헤집고 네흘류도프에게 와서 말했다.

"이제 말씀 좀 드려도 될까요?"

"좋습니다." 네흘류도프는 자리에서 일어나 그의 뒤를 따라 갔다.

복도로 나오자 시몬손이 입을 열었다.

"다름이 아니라……. 저는 카테리나 미하일로바(카튜샤)와 당신이 어떤 사이인지 알고 있습니다."

그때 마리야가 방에서 나오더니 말했다. 그들을 이미 눈여겨 보고 있던 모양이었다.

"여기서 어떻게 이야기를 나눌 수 있겠어요? 이리 오세요. 저 방에 지금 베랴 혼자 있어요."

그녀는 옆방 문 쪽으로 걸어갔다. 아마 독방이었던 곳을 지금은 정치범 여죄수용 방으로 쓰고 있는 것 같았다. 안으로 들어가니 베랴가 나무 침대 위에 누워 있었다.

"머리가 아프다며 누워 있으니 두 분 이야기가 들리지 않을 거예요. 여기서 이야기를 나누세요. 전 나가겠어요."

"아니, 안 나가도 됩니다. 저는 비밀이 없습니다."

"좋아요. 그러시다면……." 마리야는 나무 침대에 걸터앉더니 어린아이처럼 몸을 좌우로 흔들며 이야기를 들을 자세를 취했다.

"제가 드릴 말씀은 다른 게 아니라⋯⋯." 시몬손이 이윽고 입을 열었다. "당신과 카테리나의 관계를 알고 있는 이상 그녀에 대한 제 생각을 말씀드려야 할 것 같습니다."

"무슨 말씀을 하시려는 건지?" 네흘류도프는 지나칠 정도로 솔직한 그의 태도에 놀라서 물었다.

"다름이 아니라 제가 카테리나와 결혼하고 싶습니다."

"어머나!" 마리야가 시몬손을 뚫어져라 바라보며 나직이 외쳤다.

시몬손이 계속 말했다.

"그녀에게 제 아내가 되어달라고 말할 작정입니다."

"제가 할 수 있는 일이 뭐 있겠습니까? 모두 그녀에게 달려 있는 문제이지요." 네흘류도프가 말했다.

"그렇긴 합니다. 하지만 당신과 의논하지 않고는 아무 결정도 내릴 수 없을 것 같습니다."

"왜지요?"

"당신과 그녀의 관계가 분명해지지 않는 한 그녀가 결정을 할 수 없을 테니까요."

"제 마음은 언제나 똑같습니다. 저는 제가 제 의무라고 생각하는 것을 행하고 그녀의 무거운 짐을 덜어주고 싶을 뿐입니다. 그녀를 구속할 생각은 추호도 없습니다."

"알고 있습니다. 하지만 그녀는 당신이 희생되는 걸 원치 않습니다."

"그건 희생이 아닙니다."

"어쨌든 그녀는 당신의 허락을 받길 원할 겁니다."

"내가 스스로 의무라고 생각하는 일을 하지 않을 수는 없지 않습니까? 다만 나는 자유롭지 않지만 그녀는 자유롭다는 것을 말할 수 있을 뿐입니다."

시몬손은 잠시 생각에 잠겨 있다가 다시 입을 열었다.

"알겠습니다. 그녀에게 그렇게 전하지요. 다만 제가 그녀와 사랑에 빠졌기에 이러는 거라고는 생각하지 마십시오. 나는 그녀를 고통을 많이 겪은 훌륭하고 독특한 하나의 인간으로 생각하고 좋아하는 겁니다. 내가 그녀에게 바라는 것은 아무것도 없습니다. 다만 그녀를 도와서 지금보다 좀 더 나은……."

네흘류도프는 시몬손의 목소리가 떨리는 것을 보고 놀랐다.

"다만, 그녀의 처지가 조금이라도 좋아졌으면……. 그녀가 당신의 도움을 받길 원하지 않는다면 제 도움을 받을 수 있도록 해주십시오. 저는 그녀의 유형지까지 갈 생각입니다. 4년은 영원(永遠)이 아닙니다. 그녀의 곁에 머물며, 그녀의 운명을 조금이나마 가볍게⋯⋯."

그는 너무 흥분했는지 목이 메어 말을 잇지 못했다.

"내가 무슨 말을 할 수 있겠습니까? 그녀가 당신 같은 보호자를 만난 게 기쁠 뿐입니다." 네흘류도프가 말했다.

"지금 당신이 하신 말씀을 그대로 그녀에게 전하겠습니다."

말을 마친 시몬손은 방에서 나갔다.

그가 나가자 마리야가 네흘류도프에게 말했다.

"사랑에 빠져 있어요! 정말 사랑에 빠진 거야. 정말 시몬손이 사랑에 빠지리라고는 생각도 못 했어요. 정말 놀라워요. 솔직히 말하자면 좀 슬퍼요."

"그런데 카튜샤가 어떻게 나올까요?" 네흘류도프가 물었다.

"그녀요? 과거야 어떻건 그녀는 가장 도덕적인 여자예요. 그녀는 당신을 사랑해요. 그것도 아주 깊이⋯⋯. 자기 때문에 당신 앞날이 어긋나지 않게 하기 위해 아주 사소한 일이라도 할 수 있다면 행복해해요. 당신과 결혼한다는 건 그녀에게는 지나간 과거의 그 어떤 추락보다도 무서운 추락이라고 생각하고 있어요. 그래서 결코 받아들이지 않을 거예요. 그리고 당신이 있다는 것 자체가 그녀에게는 힘든 일이에요."

"그럼 어떻게 하면 좋겠습니까? 사라져버릴까요?"

마리야는 특유의 귀여운 미소를 지었다.

"네, 어느 정도는요."

"어느 정도 사라진다는 게 무슨 뜻입니까?"

"아니, 그냥 농담이에요. 암튼 당신이 직접 카튜샤에게 말씀해보세요. 뭐든 확실한 게 좋으니까요. 제가 가서 카튜샤를 불러올게요."

"좋습니다."

마리야는 방에서 나갔다. 이따금 들리는 베라의 신음 소리를 들으며 좁은 방에 혼자 앉아 있자니 네흘류도프는 정말로 이상한 감정에 사로잡혔다.

사실 시몬손이 해준 말은 마음이 나약해질 때마다 자신을 괴롭히던 의무에서 자신을 벗어나게 해주는 말이었다. 그런데도 왠지 언짢고 괴로웠다. 마치 자신이 감수하려던 희생의 가치가 깎인 것 같았다. 그녀의 운명에 대해 아무런 관계도 없고 책임도 없는 시몬손처럼 훌륭한 인간이 그녀와 운명을 함께 한다면 자신의 희생은 이제 그 의미를 잃게 되는 것이었다.

또한 그의 감정에는 질투심이 들어 있는지도 몰랐다. 그는 이미 자신을 향한 그녀의 사랑에 익숙해 있었고, 그녀가 자신

외에 다른 사람을 사랑한다는 것은 상상조차 할 수 없었다. 한 가지 더 있었다. 그녀가 형기를 마칠 때까지 그녀 곁을 떠나지 않겠다던 인생 설계가 온통 헝클어지는 셈이었다. 그녀가 시몬손과 결혼하게 되면 그녀에게 자신의 존재는 아무 의미가 없어지고 다시 새로운 생활을 설계해야만 했다.

그가 그런 생각에 젖어 있을 때 카튜샤가 방으로 들어섰다.

"이리 와요. 방금 시몬손에게서 이야기를 들었어."

"무슨 말을 하던가요?"

"당신과 결혼하고 싶다고 하더군."

그녀의 얼굴이 갑자기 고통스럽게 일그러졌다. 그녀는 눈길을 내리깐 채 아무 말이 없었다.

"내 동의와 충고를 듣고 싶다고 했어. 나는 모든 게 당신에게 달렸다고 했어."

"그게 대체 무슨 뜻이지요? 왜?" 그녀는 중얼거리면서 사팔눈으로 그의 눈을 응시했다. 둘은 서로 눈을 맞추었다. 두 눈은 많은 말을 나누고 있었다.

"어쨌든 당신이 결정할 일이야." 네흘류도프가 중얼거렸다.

"저보고 뭘 결정하라는 거예요?" 그녀가 입을 열었다. "이미 다 결정된 것을……."

제3부

313

"그와 결혼할지 안 할지 당신이 결정하기에 달렸다는 거야."

"내가 어떻게 누구의 아내가 될 수 있겠어요? 이런 징역수의 몸으로⋯⋯. 내가 그 사람의 삶까지 망칠 수 있나요?" 그녀가 얼굴을 찌푸리며 말했다.

"하지만 석방이 된다면?" 그가 물었다.

"제발 아무 말씀 마세요. 더 이상 드릴 말씀이 없어요."

그녀는 그 말을 던지고 밖으로 나갔다.

네흘류도프는 밖으로 나갔다. 그리고 차가운 공기를 가슴 속에 한껏 들이마셨다.

제5장

하늘에는 별들이 빛나고 있었다. 네흘류도프는 진흙 길을 지나 여관으로 돌아와 자리에 누웠다. 오늘 시몬손과 나눈 대화는 예상하지도 못 한 대화였으며 무척 심각한 대화였다. 하지만 이상하게도 그는 그 생각에 깊이 빠져들지 않았다. 쉽게 결단을 내릴 수 없을 만큼 복잡한 문제였기에 일부러 그 일을 떠올리지 않는 것인지도 몰랐다. 그는 카튜샤와 시몬손과 자신의 문제 대신 숨 막힐 듯한 공기 속 변기통 옆에서 잠을 자야만 하는 저 불행한 사람들에 대해 생각했다.

이 세상 어딘가 다른 사람들에게 온갖 모욕을 가하고 그들을 고통에 빠뜨리는 사람들이 있다는 사실을 아는 것과, 세 달 동안 그런 모습을 직접 보고 지내는 것 사이에는 아주 큰 차이가 있었다. 네흘류도프는 그 사실을 뼈저리게 깨달았다. 이 세 달 동안 그는 부단히 자문했다.

'다른 사람들에게 보이지 않는 것을 보는 내가 미친 것인가, 아니면 내가 보고 있는 이런 짓을 하고 있는 사람들이 미친 것인가?'

그런데 자신의 눈에는 놀랍고 무섭기만 한 그 일을 저지르는 사람들이 그 일이 필요하고 중요하며 유익하다고 태연하게 확신하고 있는 것을 보면 절대로 그들이 미쳤다고 할 수는 없었다. 그렇다고 자신이 멀쩡하다는 것을 분명히 의식하고 있는 자기 자신이 미쳤다고 할 수도 없었다. 그 때문에 그는 내내 당혹스러웠다.

그에게는 이 제도 전체가 자연스러운 환경 그 어디서도 불가능한 일, 즉 인간의 철저한 타락과 악덕을 고의로 부추기는 일과 그 타락과 악덕을 세상에 널리 유포하는 일을 위해서 존재하는 것만 같았다. 마치 많은 인간을 타락시킬 수 있는 가장 효과적인 방법을 찾아보라는 문제가 주어졌고, 그에 대해 고심 끝에 내놓은 정답 같았다. 이 제도는 인간을 극한까지 타락시켜 놓은 뒤에 그들이 감옥에서 획득한 그 타락상을 전 사회에 유포시킬 수 있게끔 해마다 수백 명씩 풀어놓는 것만 같았다.

그는 튀메니, 예카테린부르크, 톰스크의 교도소와 숙영지 감옥에서 사회가 스스로 설정한 이 목표가 얼마나 빈틈없이 달성되고 있는가를 직접 두 눈으로 보았다. 지극히 평범하고 러시아적이며 농민답고 기독교적인 사람들은 이곳에서 생활하는 동안 이제까지의 생활관을 모두 버린다. 그리고 자신에게 이익만 된다면 그 어떤 비인간적인 모욕, 구타, 폭력도 정당화될 수 있다는 새로운 생활관을 받아들인다. 그들은 이제 온몸으로, 또한 직접 겪은 체험을 통해 그간 학교나 교회에서 배운 도덕적 원칙들, 타인을 향한 존경과 동정심 따위가 아무 소용없다는 것을 알게 된다. 만일 이런 일이 계속 이어진다면 러시아인들은 니체가 새롭게 가르쳐준 것, 즉 '어떠한 일도 가능하고 금지된 것은 없다'는 이론을 죄수들 사이에 심어놓은 뒤에 전 민중 사이에 퍼뜨린 뛰어난 선례(先例)가 될 수 있을 것이다.

책에서는 이 제도가 범죄에 대한 두려움을 낳고, 교정(矯正)이나 법적 처벌들을 통해 범죄를 예방하고 줄이는 것을 목표로 하고 있다고 설명한다. 하지만 그런 목표는 실현된 적이 없고 지금도 실현되지 않고 있다. 범죄 예방은커녕 범죄가 오히려 만연되었고, 감옥에 가는 것을 두려워하게 만들기는커녕 오히려 쉽게 감옥을 들락날락하는 사람만 늘었을 뿐이다. 교정은

커녕 오히려 온갖 악덕이 체계화되어 번졌고 법적인 처벌을 통해 범죄가 줄기는커녕 일반인 사이에 증오심만 키워주는 꼴이 되었다.

'대체 무엇 때문에 저들은 이런 일을 하는 것일까?' 네흘류도프는 자문해보았지만 답을 찾을 수 없었다. 게다가 이런 일이 역사의 어느 한순간 착오에 의해서 빚어진 일이 아니라 지난 수백 년 동안 지속적으로 행해져왔다는 사실에 그는 놀랄 수밖에 없었다. 형벌의 수단은 바뀌었는지 몰라도 같은 제도는 수백 년이나 이어져왔던 것이다.

감옥 제도가 지닌 이런 모순은 절대로 시설과 연관된 문제가 아니었다. 감옥 환경이 열악하다거나, 감시와 처벌 방식이 적절하지 못해서 벌어진 일이 아니었다. 네흘류도프는 감시와 처벌 방식이 완벽하면 그런 모순을 해결할 수 있다는 이론, 그 전에 그가 읽어서 알고 있던 이론에 대해서도 새삼스럽게 분노했다.

네흘류도프는 그가 가까이에서 살펴볼 수 있었던 죄수들이 범하는 온갖 악덕들은, 인간이 인간을 벌할 수 있다는 근본적인 착각에서 비롯된 것이지, 우발적인 것도, 일부 학자들이 주장하듯 천성적인 것도 아님을 깨달았다. 그리고 정부 고위 관리들은 그들의 고통과 타락을 부추기는 대가로 녹을 받아 생활하고 있었다.

그는 답을 찾을 수 없어 고민하고 또 고민했다. 그러는 사이 어느새 닭이 두 번째 울었고, 그는 벼룩에 시달리다가 새벽녘에야 잠에 빠져들었다.

제6장

네흘류도프가 다음 날 잠에서 깨어나니 안주인이 숙영지 감옥에서 병사가 가지고 온 편지를 전해주었다. 마리야 파블로브나가 보낸 편지로서, 크르일리소프의 병세가 심상치 않다는 내용이었다. 죄수들은 이미 이동을 시작한 모양이었다.

그를 이곳에 남기고 저도 남으려고 했지만 허락을 받지 못했어요. 할 수 없이 함께 떠나지만 걱정이 태산이에요. 그래서 부탁드리는데, 다음 도시에 그가 머물러 있을 수 있도록 힘 좀 써주실 수 있으세요? 저도 남아 있고 싶어요. 그러기 위해서는 그 사람과 결혼하는 수밖에 없다면 기꺼이 그렇게 하겠어요.

네흘류도프는 재빨리 자리에서 일어나 차를 마신 뒤에 마차에 올라, 마부에게 급히 죄수들 행렬을 뒤따르라고 했다. 네흘류도프가 탄 마차는 방목장 근처에서 죄수 일행을 따라잡을 수 있었다. 장교는 이미 앞서 가고 없었으며 호송병들은 술에라도 취한 듯 떠들어대며 길 양쪽에서 짐마차를 따르고 있었다.

짐마차 행렬은 길었다. 앞 두 대의 마차에는 병약자가 여섯 명씩 붙어 앉아 있었으며 세 번째 마차에 크르일리소프가 누워 있었다. 그리고 그 옆에는 마리야가 앉아 있었다. 네흘류도프는 크르일리소프 옆에서 마차를 멈추었다. 그는 호송병의 저지에도 아랑곳하지 않고 짐마차 곁으로 가서 손으로 마차를 잡은 채 따라 걸었다.

털외투를 입고 마스크를 한 크르일리소프는 해쓱한 얼굴이었다. 그는 말할 기운도 없는 듯 눈길로 네흘류도프를 맞았다.

"제 편지 받으셨죠? 힘 좀 써주실 수 있겠어요?" 마리야가 네흘류도프에게 물었다.

"물론이지요."

대화를 들은 크르일리소프가 언짢은 기색을 보였다. 아마 편지 내용을 이미 짐작하고 있는 것 같았다. 네흘류도프는 다시 자기 마차로 돌아가 걸터앉았다.

네흘류도프의 마차는 길게 늘어서 있는 짐마차 대열을 피해 어두운 침엽수림에 나 있는 오솔길을 통해 달렸다. 이윽고 마차는 작은 마을을 지나 나루터에 이르렀다. 언덕에 먼저 도착한 스무 대가량의 짐마차가 머물러 있었으며 커다란 나룻배가 강 한복판에서 노를 저어 오고 있었다.

잠시 후 나룻배가 나루터에 도착했다. 건장한 체격의 사공들이 나와 배를 말뚝에 맨 뒤 대기하고 있던 마차들을 배에 싣기 시작했다. 네흘류도프의 마차도 겨우 나룻배 한구석에 실릴 수 있었다.

강 건너 도시에서 교회 종소리가 들려왔다. 짐마차 마부들과 네흘류도프가 타고 온 마차의 마부가 종소리에 맞추어 성호를 그었다. 그런데 뱃전 가까이 서 있는 어느 키 작은 노인이 성호도 긋지 않고 네흘류도프를 바라보고 있었다.

"왜 기도를 안 하십니까?" 마부가 그 노인에게 물었다.

"누구에게 기도를 하라는 거지?" 남루한 옷차림의 노인이 마치 대들 듯이 또박또박 대꾸했다.

"아, 물론 하느님께 하는 거지." 마부가 경멸 투로 말했다.

"그래? 그렇다면 그 하느님이 어디 있는지 내게 좀 보여줘."

노인의 말이 하도 진지하고 엄숙해서 마부는 좀 당황했고 움

츠러들었다. 하지만 주위의 눈도 있고 해서 그는 재빨리 대답했다.

"아, 그야 당연하지. 하늘에 계시지 어디 계실까."

"그럼 자네는 거기 가봤나?"

"가봤건 아니건, 하느님께 기도를 드려야 하는 건 다 알고 있잖소."

"하느님을 본 사람은 아무도 없어. 아버지 품에 안긴 아들을 통해 잠깐 모습을 보였을 뿐이야."

"아니, 그럼 당신은 하느님을 믿지 않는단 말이오?" 나룻배의 한구석에서 둘 사이의 대화를 듣고 있던 중년 남자가 물었다.

그러자 노인이 대답했다.

"나는 아무것도 믿지 않소. 나만 믿을 뿐이지."

네흘류도프는 노인의 말과 단호한 태도에 호기심이 일어 끼어들었다.

"어떻게 자기 자신을 믿을 수 있지요? 당신이 잘못을 저지를 수도 있지 않습니까?"

"절대 그럴 리 없지." 노인이 고개를 저으며 단호하게 대답했다. "세상에 여러 가지 믿음이 존재하는 건, 자기를 믿지 못하고 남을 믿기 때문이오. 나도 예전에 그런 적이 있었지. 하지만 구

교도건 신교도건, 온갖 교파들이 서로 제 자랑만 늘어놓을 뿐 앞 못 보는 개처럼 헤매고만 있어요. 신앙은 여럿일지 몰라도 영혼은 하나오. 나나 당신 안에, 그리고 저 사람들 안에 들어 있지. 누구나 자기 자신을 믿으면 하나가 될 수 있소. 모두들 자기 자신이 되면 모두가 일체가 되는 것이오."

노인은 다른 사람들이 다 들으라는 듯 큰 소리로 말했다.

"그래, 그런 믿음을 가진 지 오래됐습니까?" 네흘류도프가 물었다.

"나? 오래되었지. 벌써 박해받고 쫓겨 다닌 지 23년이나 되었으니."

"쫓겨 다니다니요?"

"그리스도가 박해받은 거나 마찬가지지. 나를 체포해서 재판을 하기도 했고, 성직자니 신학자니 바리새인들 앞에 끌고 가기도 했지. 정신병원에도 끌려갔었으니까. 하지만 나를 어쩌지 못했지. 나는 자유인이니까. 내게 이름을 물어보더군. '나는 이름도, 지위도, 조국도 아무것도 없고 그저 나일 뿐이다'라고 대답했지. 나이도 묻더군. 나는 나이를 따져본 적도 없고 셀 수도 없다고 대답했지. 나는 이제까지 죽 존재해왔고 앞으로도 계속 존재할 테니까. 그랬더니 부모가 누구냐고 묻더군. 나는 아버지는 하느님이고 어머니는 땅이라고 대답했지. 마지막으로 황제를 인정하느냐고 묻더군. 내가 어찌 황제를 인정하지 않겠느냐고 대답했지. 황제 그 양반은 그 양반에게 황제이고 나는 내게 황제이니 황제를 어찌 인정하지 않을 수 있겠나? 그러자 '도무지 말이 통하지 않는군. 더 이상 말이 필요 없겠어'라고 말하더군. 내가 '내가 언제 내게 말을 걸어달라고 했어?'라고 했더니 나를 괴롭히더군."

"지금 어디로 가는 길입니까?" 네흘류도프가 물었다.

"하느님이 나를 인도할 거야. 일이 있으면 일을 할 것이고 그렇지 않으면 구걸을 하면 되지."

나룻배가 강가에 도착하자 네흘류도프가 노인에게 돈을 주려 했다. 그러자 노인이 말했다.

"이런 건 받지 않아. 빵이라면 모를까."

"아, 죄송합니다."

주변 사람들은 그 이상한 방랑자 노인을 비웃듯 바라보고 있었고, 그에게 공손하게 대하는 네흘류도프를 이상한 눈으로 바라보았다.

제7장

죄수 일행이 숙영지에 도착했고 네흘류도프는 여관을 잡았다. 여관에서 몸을 씻은 그는 이곳 행정관의 집을 우선 방문하기로 했다. 몇 가지 청을 하기 위해서였다. 행정관의 집은 약간 지저분할 뿐 페테르부르크의 저택들에 견주어 조금도 손색이 없는 저택이었다. 현역 장군인 그는 네흘류도프의 신분을 알게 되자 반갑게 그를 맞아들였다.

네흘류도프는 장군을 만나자마자 카튜샤 이야기를 해준 뒤 그녀의 사면을 청하는 탄원서를 황제 앞으로 보내놓았다고 말했다.

"그래서요?" 장군이 물었다.

"결과를 알리는 통지서가 늦어도 이 달 중으로 이곳으로 오게 되어 있습니다. 제가 부탁드리고 싶은 것은 답변이 올 때까지 그녀를 이곳에 머물게 해주실 수는 없는가 하는 것입니다."

장군은 방으로 들어온 당번병에게 차를 가져오라고 이른 후 말했다.

"그것뿐입니까?"

"한 가지 더 있습니다. 역시 죄수 일행 중 한 명인 정치범에 관한 일입니다. 그 사람은 중병을 앓고 있어, 아마 호송되지 못하고 이곳 병원에 남게 될 것입니다. 그런데 역시 정치범인 여죄수 한 명이 남아서 그 사람을 간호하고 싶어 합니다."

"그 여죄수가 환자의 친척이라도 됩니까?"

"아닙니다. 하지만 필요하다면 그 환자와 결혼을 하겠다고 했습니다."

"그 여자도 징역형을 언도받았겠지요? 가능한 한 노력을 해보겠지만 둘이 결혼을 하더라도 그 여자는 여기 남을 수 없을 겁니다. 유형지에서 징역을 살아야 하니까요. 암튼 알아보겠습니다. 그 두 사람의 이름이 뭡니까?"

네흘류도프는 두 사람의 이름을 적어주었다.

볼일을 다 본 그가 장군의 집을 물러나려는데 장군이 말했다.

"실은 영국에서 여행 온 사람이 한 명 여기 와 있습니다. 시베리아 교도소를 연구한다고 하더군요. 마침 오늘 저녁에 우리 집에 식사하러 오기로 했으니 오셔서 만나보지 않으시렵니까? 저녁 식사는 5시에 시작합니다. 말씀하신 것들도 그때 답변드리도록 하지요. 어쩌면 환자 곁에 간호해줄 사람 한 명 남겨두는 일이 가능할지도 모르겠습니다."

장군의 집을 나온 네흘류도프는 우체국을 향해 마차를 몰았다. 카튜샤 석방 청원서에 대한 답변이 와 있는지 궁금해서였다. 그가 우체국으로 가니 직원이 상당한 분량의 우편물을 내주었다. 송금 수표도 있었고 편지도 몇 통 있었으며 잡지도 있었다. 그는 벤치로 가서 앉아 우편물을 살펴보았다. 그중에 빨간 봉랍에 스탬프가 찍힌 등기우편이 한 통 있었다. 봉투를 뜯자 무슨 공문서와 함께 셀레닌의 편지가 들어 있었다. 카튜샤의 상소심에서 검사 역할을 했던 학창 시절 절친했던 바로 그 셀레닌의 편지였다. 그는 피가 얼굴로 솟구치고 심장이 멈추는 것 같았다. 그는 단숨에 셀레닌의 편지를 읽었다.

친애하는 친구에게,

내가 알아본 결과 마슬로바 사건에 관한 자네의 의견이 옳았네. 세밀히 조사해본 결과 나는 충격적일 정도로 부당한 판결이 내려졌다는 것을 알 수 있었네. 황제께 청원하기 전에 이미 원로원 상소심에서 바로 잡아야 할 것들이었지. 나는 이 사건 조사에 응해서 바르게 진술했고 다행히 여기에 특사 명령서 사본을 동봉하여 보낼 수 있게 되었네. 원본은 그녀가 재판 중에 수감되었던 곳으로 발송되었으니 조만간 시베리아 행정부로 전해질 것이네. 우선 이 기쁜 소식만 황급히 전하네.

자네의 두 손을 굳건히 잡으며…….

자네의 벗 셀레닌

이어서 네흘류도프는 특사문을 읽었다. 특사문은 원판결이었던 징역형을 취소하고 시베리아 유형 대신 보다 가까운 시골 거주 형(刑)으로 형벌을 경감할 것을 명하고 있었다. 거의 무죄 방면이나 다름없었다.

너무 반갑고 중요한 소식이었다. 네흘류도프가 바라던 모든 것이 실현된 것이다. 이제 그와 그녀의 결혼을 방해할 요소는 아무것도 없었다. 하지만 시몬손과 그녀의 관계는? 그녀는 어제 무슨 뜻으로 그런 말을 한 것일까? 그녀가 시몬손의 청혼을 받아들인다면 그것은 잘된 일일까, 아닐까?

그는 그 일은 생각하지 않고 우선 이 기쁜 소식을 한시라도 빨리 그녀에게 전해주어야겠다고 생각했다. 하지만 당장은 장군의 집 저녁 약속이 먼저였으며 카튜샤와의 면회가 빨리 이루어질 수 있을지도 의문이었다. 그는 혹시 특사 원본이 도착했는지 알아보려고 우선 현청으로 갔다. 하지만 서류는 아직 도착하지 않았다. 그는 묵고 있는 여관으로 돌아와 셀레닌과 변호사에게 편지를 썼다. 편지를 다 쓴 후 시계를 보니 장군과 약속한 시간이 이미 가까워지고 있었다. 네흘류도프는 다시 장군 집으로 마차를 몰았다.

제8장

장군 집에서의 만찬은 특기할 만한 것이 없었다. 그가 숱하게 경험한 부호나 고관들의 만찬과 별다를 것이 없었다.

만찬에는 장군 부부, 장군의 딸 부부, 부관 외에도 앞서 장군이 말한 영국인, 금광 사업을 하는 상인, 먼 시베리아 도시에서 찾아온 어느 지사가 참석했다. 네흘류도프가 보기에는 모두 기분 좋은 사람들이었다. 특히 혈색 좋고 건강한 영국인은 견문이 매우 넓어 미국, 인도, 일본, 시베리아에 대해 흥미로운 이야기를 웅변조로 늘어놓았다.

만찬이 끝나자 네흘류도프는 영국인과 함께 감옥으로 찾아가기 위해 현관을 나섰다. 날씨가 바뀌어 함박눈이 펑펑 쏟아지고 있었다. 도로에도, 지붕 위에도, 정원의 나무 위에도, 현관

계단에도, 마차 지붕 위에도, 말 등 위에도 이미 눈이 소복이 쌓여 있었다.

영국인도 자기 마차를 가지고 있었기에 네흘류도프는 그의 마차 마부에게 감옥으로 가라고 이르고 마차에 올랐다. 그는 마치 힘든 의무를 수행하러 가는 것 같은 무거운 기분으로 영국인이 탄 마차 뒤를 따랐다.

교도소장은 매우 딱딱한 사람이었다. 하지만 둘이 통행 허가증을 보여주자 소장은 그들을 안으로 들어오게 했다. 네흘류도프는 우선 카튜샤 마슬로바를 만나고 싶다고 소장에게 말했다. 교도관이 카튜샤를 부르러 간 사이 영국인은 교도소장에게 수용자에 대해 이것저것 물었고 네흘류도프는 통역을 해주었다.

얼마 뒤 발소리가 들리고 사무실 안으로 교도관이 들어왔고 그 뒤를 따라 수의를 입고 스카프를 두른 카튜샤가 들어왔다. 그녀의 모습을 보자 네흘류도프의 마음이 왠지 무거워졌다.

그는 자리에서 일어나 그녀에게 몇 걸음 다가갔다. 그녀는 굳은 표정이었다. 그녀는 네흘류도프를 바라보더니 눈길을 떨어뜨렸다.

"특사가 내려온 것을 알고 있어?"

"네, 교도관이 알려주었어요."

"이제 원본이 오면 바로 풀려나서 원하는 곳에서 살 수 있어. 그러니 우리도……"

그녀가 그의 말을 가로막고 말했다.

"제가 생각할 게 뭐 있어요? 전 시몬손이 가는 곳으로 따라 갈 거예요."

그녀는 상기된 표정으로 네흘류도프를 바라보며 마치 할 말을 준비라도 해온 듯 재빨리 말했다.

"정말로?"

"만일 그 사람이 저와 함께 살기를 원한다면……" 그녀는 마치 자신의 말에 놀란 듯 말을 멈추었다가 고쳐 말했다. "그 사람이 저를 곁에 두고 싶다면……. 제가 더 이상 뭘 바라겠어요? 저는 그게 행복이라고 생각해요……. 저 같은 여자에게 더 이상 뭐가……"

'그래, 둘 중 하나야. 시몬손을 사랑하기에 내 희생을 받아들이려 하지 않는 것이거나……. 나를 여전히 사랑하기에 나를 위해서 나를 받아들이지 않는 것이거나……. 그를 받아들임으로써 나와의 인연을 끊으려는 거지.' 네흘류도프는 생각했다. 그러나 곧 스스로의 생각이 부끄러워서 낯을 붉혔다.

"그래, 당신은 그 사람을 사랑해?" 네흘류도프가 물었다.

"사랑하고 안 하고의 문제가 아니에요. 그런 건 이미 다 포기했어요. 그리고 그 사람은 다른 사람과는 달라요."

"물론이지. 그는 대단한 사람이야. 내 생각에는……."

그러자 카튜샤는 그의 입에서 자신이 원치 않는 이야기가 나올까봐 겁이라도 난 듯 얼른 그의 말을 가로막았다.

"그만하세요! 제가 당신이 원하는 대로 하지 않는다고 해도 저를 용서해주세요." 그녀는 특유의 사팔눈으로 그를 똑바로 바라보며 말했다. "그래요, 그래야만 했어요. 당신도 살아야 하잖아요."

"이럴 줄은 전혀 생각지도 못했어."

"당신이 왜 이런 곳에서 이런 고생을 해야 해요? 지금까지도 너무 고생을 하셨어요."

"고생한 거 없어. 내게 좋은 일이었어. 나는 할 수 있는 한 당신을 더 도와주고 싶을 뿐이야."

"우리는 이제 더 이상 바랄 게 없어요." 그녀가 다시 그를 보며 말했다. "당신은 저를 위해 너무 많은 것을 해주셨어요. 당신이 없었다면……." 그녀는 뭔가 더 할 말이 있는 것 같았다. 하지만 목소리가 떨려 말을 잇지 못했다.

"내게 감사할 필요 없어."

"그런 건 따져서 뭐하겠어요? 하느님이 다 알아서 셈해주시겠지요." 그녀의 검은 눈이 눈물로 반짝이기 시작했다.

"당신은 정말 좋은 여자오."

"내가요? 무슨 그런 말을……." 그녀가 울먹이며 말했다. 그녀의 얼굴은 비장한 미소로 빛나고 있었다.

이어서 네흘류도프는 그녀 주변 사람 이야기를 물었다. 크르일리소프는 상태가 위중해서 병원으로 옮겼고, 병원으로 함께 가게 해달라는 마리야의 요청은 거부되었다고 그녀가 말했다.

그녀는 "용서하세요"라는 말과 함께 사무실에서 나갔다. 네흘류도프는 그녀의 눈길에서, 그리고 용서하라는 그녀의 말에서 그녀가 자신을 사랑하면서도 자신을 놓아주기 위해 결단을 내렸음을 알 수 있었다.

그녀가 나간 뒤 네흘류도프는 소장의 안내로 영국인과 함께 감방을 둘러보러 나섰다.

영국인과 함께 감방을 둘러보던 네흘류도프는 뜻밖의 사람을 감방 안에서 만났다. 바로 오늘 아침 나룻배에서 만났던 이상한 노인이었다.

소장을 비롯한 일행이 감방에 들어서자 죄수들이 모두 일제히 자리에서 일어났지만 노인은 꿈쩍도 하지 않았다.

"일어나!" 소장이 고함쳤다.

하지만 노인은 비웃음만 흘릴 뿐이었다.

"당신 노예나 당신 앞에서 일어나겠지. 나는 당신 노예가 아니야. 당신에게는 낙인이 찍혀 있어." 노인이 손가락으로 소장의 이마를 가리키며 말했다.

"뭐야?"

화가 난 소장이 노인 앞으로 다가서자 네흘류도프가 말했다.

"아, 잠깐, 소장님. 내가 이 노인을 알고 있습니다. 그런데 왜 여기 들어온 겁니까?"

"여권이 없다고 경찰이 검거해서 넘겼습니다. 이런 자들은 반갑지 않으니 보내지 말라고 했는데……."

"자네도 반(反)기독교인인가?" 갑자기 노인이 네흘류도프를 보며 말했다.

"아니, 그냥 방문객일 뿐입니다."

"그렇다면 저 반기독교인들이 사람을 얼마나 괴롭히는지 구경하러 온 거로군. 저 많은 사람들을 좁은 우리 안에 처박아놓다니! 인간이란 땀의 대가로 빵을 먹어야 하는 거야. 그런데 일을 못 하게 저렇게 가둬놓고 돼지처럼 먹이니 짐승이 되는 수밖에 더 있나."

그가 무슨 말을 하는지 궁금했는지 영국인이 통역을 부탁했다. 네흘류도프가 노인이 한 말을 들려주자 영국인이 영어로 말했다.

"그렇다면 법을 지키지 않는 사람들을 어떻게 다루어야 하는지 물어봐주십시오."

네흘류도프가 통역을 하자 노인은 이상한 웃음소리를 내며 말했다.

"법이라고? 사람들에게서 토지며 재산을 빼앗은 뒤에, 거기에 항의하는 사람들을 죽이려고 만든 것? 그런 짓을 저질러놓고 살인하지 마라, 도둑질하지 말라고 만들어놓은 것? 그런 짓하기 전에 만들었어야지."

영국인이 재차 말했다.

"그렇지만 도둑질과 강도질을 내버려둘 수는 없는 것 아닌가요? 그런 짓을 어떻게 처리하지요?"

"그 이마 위의 반기독교 표지를 떼면 내가 말해주지. 그렇게 되면 살인이고 강도짓이고 이 세상에서 없어질 테니."

"조금 돈 모양이로군." 네흘류도프가 노인의 말을 통역해주자 영국인이 그 말을 하더니 밖으로 나갔다. 그러자 그 뒤에 대고 노인이 말했다.

"그저 네 일만 하고 다 내버려둬. 다 알아서들 하면 돼. 하느님만이 누구를 벌줄지, 누구를 용서할지 알고 계셔. 그건 우리가 할 일이 아니야. 자기 스스로 자기 주인이 된다면 주인이 무슨 필요 있나? 자, 가! 가라고!"

노인은 아직 머뭇거리고 서 있는 네흘류도프를 노려보며 말했다.

감방에서 나온 네흘류도프는 영국인과 함께 시체실로 갔다. 그곳에는 네 구의 시체가 있었다. 그런데 네흘류도프는 깜짝 놀라고 말았다. 네 구의 시체 중 하나가 바로 크르일리소프의 시체였던 것이다. 그는 자기 눈을 믿을 수 없었다. 더욱이 그토록 분노로 괴로워하던 얼굴이 온화하고 평화로우며 아름다운 것을 보고 네흘류도프는 전율을 느꼈다.

'왜 그는 그토록 고통스러워한 것일까? 그는 왜 살았던 것일까? 이제 저렇게 누워서 그는 그 모든 것을 알게 된 것일까?'

하지만 대답은 없는 것 같았다. 오로지 죽음밖에 없는 것 같았다. 그는 정신이 어지러웠다. 그는 영국인에게 작별 인사도 하지 않은 채 교도관에게 밖으로 안내해달라고 말했다. 그는 오늘 있었던 일을 곰곰 생각해볼 필요성을 절실히 느끼고 숙소를 향해 마차를 몰았다.

제9장

네흘류도프는 오랫동안 잠자리에 들지 않은 채 방 안을 서성였다. 카튜샤와의 일은 이제 끝나버렸다. 그는 이제 필요 없는 존재가 되었으며 그 때문에 그는 슬프고 부끄러웠다. 하지만 그가 방을 서성이며 괴로워한 것은 그 때문이 아니었다. 아직 끝나지 않은 문제가 남아 있어서 그 어느 때보다 그를 괴롭히며 그의 행동을 요구하고 있었다.

그가 최근에 계속 보아서 알게 된 무서운 악, 특히 오늘 직접 목도한, 저 사랑스러운 크르일리소프를 죽음으로 내몬 악이 여전히 기승을 부리며 이 세상을 지배하고 있고, 그 악을 어떻게 정복할 것인지 그 가능성이 조금도 보이지 않았던 것이다.

그는 악취 나는 감방에서 고통당하는 수많은 사람들의 모습,

관료들을 마음껏 비난하면서 미치광이 취급을 당하는 그 이상하고 자유로운 노인, 다른 시체들 틈에 놓여 있던 크르일리소프의 아름다운 얼굴을 차례대로 떠올렸다. 그리고 자신이 미치광이인가, 아니면 스스로를 훌륭한 사람이라고 여기며 그런 범죄를 태연히 저지르고 있는 그들이 미치광이인가 하는 의문이 더욱 강력하게 고개를 쳐들고 그에게 해답을 요구했다.

방 안을 거닐던 네흘류도프에게 문득 영국인이 선물로 준 성경책이 눈에 띄었다. 그는 무심코 성경을 펼쳐들고 읽기 시작했다. 「마태복음」 18장이었다.

그때 제자들이 예수께 다가와 "그러면 하늘나라에서 누가 가장 큰 사람입니까?" 라고 물었다. 그러자 예수께서 어린이 하나를 곁으로 불러 그들 가운데 세우시고 말씀하셨다. "내 진실로 너희들에게 이르노니 너희들이 돌이켜 아이들과 같이 되지 못하면 결코 하늘나라에 들어가지 못할 것이다. 그러므로 누구든 이 어린아이처럼 자신을 낮추는 자가 하늘나라에서 가장 큰 사람이다."

"그래, 정말 그래." 네흘류도프는 자신이 겸손해졌을 때 삶의 기쁨과 평온을 느낄 수 있었음을 상기하며 중얼거렸다.

　그는 「마태복음」 18장 4, 5, 6, 7, 8, 9, 10절을 계속 읽으면서 죄를 지은 자가 벌을 받는다는 것이 옳은 이야기 같긴 한데 그런 자가 지옥의 불길 속으로 던져져 벌을 받는다는 말이 뭔가 이치에 닿지 않는다는 생각을 했다. 이어서 길 잃은 어린 양에 대한 유명한 비유가 나오는 11, 12, 13, 14절도 계속 읽었다. 특히 그는 '이 작은 사람들 가운데서 하나라도 망하는 것은 하늘에 계신 아버지의 뜻이 아니다'라는 대목을 읽으며 '맞아, 그들이 멸망하는 것은 하느님의 뜻이 아니야. 하지만 지금도 수많은 사람들이 도무지 구원해줄 길 없이 멸망하고 있지 않은가?'라고 생각했다.

　이어서 그는 자신에게 죄를 지은 자를 일곱 번 용서해야 하느냐는 베드로의 질문에 일곱 번씩 일흔 번이라도 용서해야 한다고 예수가 대답하는 21절, 22절을 읽었고, 주인에게 은혜를 받은 어느 종이 동료를 핍박하는 일화를 보여주는 23절부터 35절까지 읽었다. 그중 33절의 내용은 다음과 같았다.

　내가 네게 자비를 베푼 것처럼 너도 네 동료에게 자비를 베풀었어야 하지 않느냐?

그 대목을 읽고 나서 네흘류도프는 "아니, 이게 다란 말인가?"라고 소리 내어 외쳤다. 그러자 곧이어 그의 전 존재 내부에서 '그렇다, 그게 전부다!' 하는 목소리가 들려왔다. 그리고 네흘류도프에게 영적인 삶을 사는 사람에게 종종 일어나는 일이 벌어졌다. 처음에는 이상하고 모순처럼 보이던 것들, 심지어 우스꽝스럽게 여겨지던 것들이 자신의 실제 삶에서의 경험에 의해 차츰차츰 확인이 되면서 갑자기 가장 단순하면서도 가장 확실한 진리로 우뚝 서는 일이 벌어진 것이다.

네흘류도프는 수많은 사람들을 고통받게 하는 무서운 죄악에서 벗어나는 길은 우리 모두 하느님 앞에서 죄인이라는 사실을 인정하는 것, 따라서 역시 하느님이 사랑하시는 인간, 그 다른 사람을 벌주고 고쳐줄 수 없다는 사실을 자각하는 것뿐임을 분명히 깨달았다. 그는 교도소에서 그 무수한 악행들, 자신의 두 눈으로 똑바로 보았던 그 악행들이 벌어지는 것은, 또한 그 악을 저지른 사람들이 태연할 수 있는 것은 애당초 인간에게 불가능한 일을 하려 한 데서 비롯된다는 것을 분명히 깨달았다. 즉 그들은 그들 자신이 악인이고 죄인이면서 악을 고치려는 일을 하려 했던 것이다. 악한 자들이 다른 악한 자들을 고치려 했고 그것이 기계적인 방법으로 가능하다고 생각한 것이며, 그 결과 몇몇 사람들이 탐욕에 의해, 혹은 개인적 요구에 의해 이른바 징벌과 교정(矯正) 일을 직업으로 갖게 된 것이고 그들 <u>스스로</u> 더 이상 깊이 빠지기 어려운 타락의 구렁텅이에 빠지면서 자신들이 괴롭히는 사람들을 그 타락의 구렁텅이로 끌어들인 것이다.

네흘류도프는 이제 자기가 직접 보았던 일들이 왜 벌어지게 된 것인지 알게 되었고 그것을 막기 위한 방법은 예수가 베드로에게 해주신 말씀, 즉 인간은 누구나 죄인이기에 그 누구도 처벌할 수 없으니 몇 번이고 끝없이 용서해주어야 한다는 말씀 속에 있음을 알게 되었다.

'물론 그것이 그렇게 간단하지만은 않다'라고 네흘류도프는 생각했다. 하지만 처음에는 낯설어 보이는 이 말씀이 이론적인 면에서 뿐 아니라 실천적인 면에서도 이 문제에 대한 해결 책임을 그는 확신할 수 있었다. '도대체 악을 행한 자들을 어떻게 할 것인가? 그들을 벌하지 않고 내버려두어야 한단 말인가?'라는 누구나 항상 떠올릴 수 있는 질문 앞에서도 그는 이제 더 이상 혼란을 겪지 않았다.

만일 처벌이 범죄를 줄일 수 있다거나 죄인을 개선시킬 수 있다면 그 질문은 유효하다. 하지만 그 반대 사실이 증명된 이상, 또한 인간을 고칠 수 있는 힘은 인간에게 없다는 것이 증명된 이상 그토록 쓸모없고 해로우며 비도덕적이고 잔인하기만 한 그 행동은 당장 집어치우는 것이 이치에 맞는다.

수세기에 걸쳐 수도 없이 많은 사람들이 죄인이라고 간주되어 처벌을 받아왔다. 그렇다고 죄인이 존재하지 않게 되었는가? 아니다. 그 수는 끊임없이 증가해왔다. 처벌로 인해 더욱 타락하게 된 죄인들뿐 아니라, 그들을 재판하고 처벌하는 합법적인 범죄자들인 판사, 검사, 행정관, 교도관들로 인해 그 수는 늘어날 수밖에 없었다. 그렇다면 사회질서는 어떻게 유지되어왔는가? 사회질서는 그들 합법적인 범죄자들이 유지해온 것이 아니다. 인간들이 그렇게 타락했음에도 불구하고 서로서로에게 연민과 사랑을 지닌 사람들 덕분에 사회질서가 유지되어 왔다는 것을 네흘류도프는 이제 확실히 알 수 있었다.

네흘류도프는 자신이 깨달은 것을 확인하기 위해 성경을 처음부터 읽기 시작했다. 그는 언제나 자신에게 감동을 주었던 '산상 설교'를 읽으면서 이제야 비로소 그것이 그저 보기 좋은 추상적 대목이 아님을, 과장되고 실현 불가능한 것을 요구하는 사상이 아님을 알 수 있었다. 그것은 단순하며 명료한, 실천 가능한 계율이었다. 만일 이 계율이 실제로 행해진다면 (그것은 정말로 실행 가능하다) 그 계율에 의해 완전히 새롭고 놀라운 사회 조건이 이룩될 것이며 네흘류도프를 그토록 분노하게 했던 온갖 폭행도 사라지게 되리라. 그뿐 아니라 인간에게 주어진 가장 큰 축복인 지상에서의 천국도 설립될 수 있으리라.

네흘류도프는 나름 그 계율을 다섯 가지로 정리했다.

첫째 계율(「마태복음」 5장 21절~26절) : 인간은 살인을 해서는 안 될 뿐 아니라 형제에게 화를 내서도 안 되고 그 누구도 업신여겨서는 안 된다. 만일 누군가와 싸웠다면 하느님께 예물을 드리기 전에, 즉 기도하기 전에 화해해야 한다.

둘째 계율(「마태복음」 5장 27절~32절) : 남자는 간음해서는 안 될 뿐 아니라 여성의 아름다움에 혹해서 음란한 마음을 품어서도 안 된다. 일단 한 여인과 맺어지면 절대 신뢰를 저버리지 말아야 한다.

셋째 계율(「마태복음」 5장 33절~37절) : 그 어떤 일이 있어도 맹세하지 마라.

넷째 계율(「마태복음」 5장 38절~42절) : '눈에는 눈' 식으로 보복하지 말고 오른쪽 뺨을 맞으면 왼쪽 뺨도 내놓아라. 불쾌한 일을 당해도 용서하고 겸손하게 참아내야 하며 누군가 도움을 요구하면 거절하지 마라.

다섯째 계율(「마태복음」 5장 43절~48절) : 원수를 미워하지 말고 그와 싸우지 말라. 원수를 사랑하고 그를 돕고 그에게 봉사하라.

네흘류도프는 타오르는 램프 불빛을 바라보며 마음이 평온해졌다. 그는 지금 우리가 영위하고 있는 삶의 추악한 혼돈들을 떠올리면서 인간들이 이 계율을 준수하면서 지낸다면 우리의 삶이 어떻게 될 것인가를 똑똑히 그려볼 수 있었다. 그러자 오랫동안 그의 영혼이 맛보지 못했던 환희가 용솟음쳐 올랐고 마치 오랫동안 나약함과 고통 속을 헤매다가 갑자기 안식과 자유를 얻은 것처럼 느껴졌다.

그는 밤새 잠을 이루지 못했다. 성경을 읽은 수많은 사람들에게 일어난 일이 그에게도 일어난 것이다. 그는 이전에 여러 번 읽으면서도 별 생각 없이 지나쳤던 말씀의 온전한 의미를 처음으로 완전히 이해했다. 그는 마치 스펀지가 물을 빨아들이

듯 이 필수불가결하고 중요한 계시(啓示)들을 기쁜 마음으로 받아들였다. 그가 읽은 모든 말씀들이 그에게 친숙해 보였고, 그가 오래전부터 알고 있었지만 결코 실현해보지 않았던 것들, 결코 믿지 않았던 것들이 보다 확실한 모습으로 떠올라 그의 온몸과 마음과 정신으로 스며들었다.

이제 그는, 인간이 이 계율을 실천하면 인간이 도달할 수 있는 최고의 행복에 이르게 되리라는 것을 알고 믿게 되었을 뿐 아니라 인간에게 주어진 의무란 오로지 이 계율을 실천하는 일뿐이라는 것을 알고 믿게 되었다.

'우리는 지금 우리의 주인이 누구인지를 잊고, 주인에 대한 의무를 요구하는 사람들을 죽이고 박해하고 있다'라고 그는 생각했다. 그는 이어서 생각했다.

'우리가 스스로를 자신의 삶의 주인이라고 생각하고 우리의 삶이 오로지 향락만을 위해 주어졌다고 생각한다면? 그보다 더 터무니없는 짓은 없을 것이다. 우리는 누군가의 의지에 의해, 그 어떤 이유가 있어 이곳에 보내진 것이다. 우리가 오로지 우리의 향락만을 위해 살고 있다고 생각한다면 필히 벌을 받으리라. 우리를 이곳에 보낸 주인의 뜻은 이 계율 속에 모두 들어 있다. 인간이 이 계율을 실행하기만 하면 지상에 천국이 건립

될 것이고 인간은 인간이 얻을 수 있는 최대의 행복을 누리게 될 것이다. '너희가 먼저 하느님의 나라와 그 의(義)를 구하라. 그러면 나머지 모든 것이 너희에게 돌아가리라'라고 했는데 우리는 그 나머지 것을 찾고 있을 뿐이다. 그렇다. 이것이 내 일생의 과업이다. 한 가지 과업을 끝내자마자 다른 과업이 나를 기다리고 있구나.'

바로 그날 밤부터 네흘류도프의 완벽하게 새로운 삶이 동을 텄다. 그의 생활환경이 완전히 새롭게 바뀐 때문이 아니라 그날 밤 이후 그가 행한 모든 것들이 이전과는 완전히 새롭고 다른 의미를 지니게 된 때문이다. 그의 이 새로운 인생의 장(章)이 어떻게 전개될 것인지는 시간만이 밝혀줄 수 있으리라.

『부활』을 찾아서

　『부활』은 톨스토이가 71세 되던 1899년에 잡지 연재를 시작해서 그 해 말에 탈고한 소설이다. 요즘 나이로 치면 90세쯤 되었을 때 쓴 작품으로 보면 된다. 90세 노인이 부활을 꿈꾸며 그 꿈을 작품으로 형상화한 것이다.

　세상에, 90세 노인이 부활(復活)을 꿈꾸다니! 그런 일이 가능한가? 조용히 자기 삶을 뒤돌아보며 삶의 지혜를 사람들에게 들려줄 나이가 아닌가! 이제 자신의 삶을 되돌아보아야 할 나이에, 새롭게 살아가기를, 새로운 존재로 태어나기를, 이 세상을 바람직한 세상으로 만들기를 꿈꾸다니! 욕심도 보통 욕심이 아니며 젊어도 보통 젊은 게 아니다.

　그 욕심이 얼마나 대단한 욕심인지 이해하려면 부활의 의미를 찬찬히 살펴보아야 한다. 부활이란, 말 그대로 다시 태어나는 것을 뜻한다. 다시 태어난다는 것은 무엇을 의미하는가? 부활 이전에 죽음을 경험했다는 것을 뜻한다. 예수의 부활이 보여주듯, 부활하기 위해서는 반드시 죽음이 전제되어야 한다. 달리 말한다면 이전의 자기의 삶은 마치 죽음과도 같은 어둠 속의 삶이었다고 완벽하게 부정해야만 새롭게 태어나는 것이 가능하다.

16세기 유럽인들이 자신들이 맞이한 신천지를 재탄생, 혹은 부활의 의미인 '르네상스Renaissance'라고 부르면서 중세를 '암흑기'라고 말한 것은 그 때문이다. 16세기 유럽인들은, 이제까지는 어둠의 세월, 죽음의 세월을 지냈다고 과거를 완전히 부정하면서 자신들이 새롭게 태어나 새로운 삶을 살게 되었다고, 자기들 눈앞에 신천지가 놓여 있다고 믿었던 것이다. 부활은 과거를 돌아보고 참회하는 데서 그치는 것이 아니다. 과거의 나를 완전히 부정하고 새로운 삶을 꿈꾸는 것, 그래서 새롭게 태어나서 살아가는 것, 그것이 부활이다.

세상을 살 만큼 산 노인이 자신이 지금껏 살아온 삶을 통째로 부정하고 새로운 탄생을 꿈꾼다는 것이 가능한가? 자신의 삶을 되돌아보며 아쉬움을 느끼고 후회를 할 수는 있겠지만 그 삶을 송두리째 부정하는 것이 가능한가? 그렇게 새롭게 태어난 상태에서 자신의 삶을 의미 있는 삶으로 만들고 이 세상을 보다 나은 세상으로 만들겠다는 꿈을 꾼다는 것이 가능한가? 누구나 나이가 들면 세상이 변하는 것을 언짢아하거나 두려워하기 마련 아닌가?

그런데 톨스토이는 삶의 종착역에 이르러 그런 꿈을 꾸었다. 그리고 자신의 분신인 네흘류도프를 주인공으로 내세워 한 인간이 부활에 이르는 여정을 우리에게 보여주었다. 그 여정은 단순히 외형적 삶의 변화의 여정이 아니다. 그것은 한 인간의 영혼, 정신 속에서 일어나는 변화의 여정이다. 그 여정은 부활을 꿈꾸는 톨스토이 자신의 영혼의 여정이다.

무엇이 그런 꿈을 가능하게 한 것일까? 어찌 보면 간단하다. 내가 왜 이 세상에 태어났는지, 내가 왜 이렇게 살아가는 것인지, 내가 과연 인간으로서 의미 있는 삶을 살고 있는지, 내가 죽은 뒤에는 어떻게 될 것인지 등의 근본적인 질문을 끊임없이 자신에게 던짐으로써 가능한 일이다. 끊임없이 '진정한 자기' '신성한 자기'(110쪽)와 대화를 함으로써, 달리 말한다면 삶의 근원, 혹은 근본에 대해 끊임없는 질문을 함으로써 가능하다. 톨스토이가 부활의 꿈을 노년까지 버리지 않았다는 것은, 노인이 되어서도 치열하게 그 질문을 던지고 있었다는 것과 같은 의미이다.

그 질문을 던지는 노인의 시선은 세상 모든 것을 있는 그대로 수용하고 받아들이는 너그러운 시선이 아니다. 끊임없이 고뇌하며 자신의 내면을 응시하고 반성하는 그 눈이 너그러울 리 없다. 그 시선은 자신을 비롯해 이 세상을 감시하는 비판적인 시선이다. 자기 자신은 물론 이 세상 전체가 그 날카로운 눈의 비판의 대상이 된다. 따라서 그는 과격할 정도로 사회제도를 비판한다.

그는 작품에서 교회를 정면으로 비판하고, 교회에서 이루어지는 미사제도를 비판한다. 실제로 톨스토이는 1901년 이 작품의 내용 때문에 러시아 정교회에서 파문을 당한다. 그는 러시아의 재판 현실, 교정(矯正)제도 전체를 비판하며 교도소가 범죄를 없애고 범죄자를 선도하기는커녕 오히려 사회악을 만연시키는 온상일 뿐이라고 비판한다. 얼핏 보면 국가의 모든 제도뿐 아니라 국가 자체를 부정하는 무정부주의적 신념을 엿볼 수 있을 정도이며 혁명을 찬양하는 것처럼 보이기도 한다.

그는 왜 교회를, 국가 제도를, 더 나아가 인간을 그토록 비판하는가? 그가 무신론자이고, 무정부주의자이고, 인간 혐오론자이기 때문인가? 그렇지 않다. 그는 진정으로 신을 믿기에 교회를 비판하는 것이고 진정으로 나라를 사랑하기에 사회 제도를 비판하는 것이며 진정으로 인간을 사랑하기에 인간애를 잃은 사람들을 비판하는 것이다. 교회에서 행해지는 예배 의식에 대한 비판을 예로 들어보자.

이 예배에 참석했던 모든 사람들, 즉 예배를 주도한 사제도, 교도소장과 교도관도, 카튜샤를 비롯한 죄수들도 이곳에서 행해졌던 화려한 의식 자체가, '예수 그리스도'의 이름으로 '예수 그리스도'가 행한 모든 행동에 대한 신성모독이며 조롱이라는 것을 깨닫지 못하고 있었다―사제가 의식 내내 '예수 그리스도'를 알아듣지도 못할 말로 내내 칭송했지만―. 예수 그리스도는 사제가 빵과 포도주를 갖고 마치 마술 주문처럼 아무 의미도 없는 말을 중얼거리며 신성모독을 행하는 것을 분명 금지했다. 또한 예수는 이렇게 교회에 모여 한꺼번에 기도를 드리기보다는 개개인이 각자 기도를 드리기를 바랐다. 심지어 예수는 교회라는 제단을 파괴하기 위하여 자신이 왔다고 말했다. 예수는 기도란 제단이 아니라 개개인의 마음속에 서 드리는 것이라고 말했다.

또한 모두들 입을 맞춘 금 십자가가, 이곳에서 행해지는 것과 같은 일들을 비난했다는 이유로 예수가 처형되었던 형틀이라는 사실을 그 누구도 자각하지 못했다. (119쪽)

 그 비판적인 눈은 준엄한 눈이긴 해도 냉소적인 눈이 아니다. 그 눈은 진정한 믿음과 사랑을 갈구하는 눈이다. 더 근본적인 것, 더 먼 곳을 지향하고 갈구하고 있기에 모순된 현실 비판이 가능해진 눈이다. 그런 비판적인 눈은 한 개인이, 한 사회가 건강해지기 위해 꼭 필요한 눈이다. 그 눈은 자기 자신 속에 갇혀 있는 것이 아니라 '이타(利他)심'을 통해 밖으로 열리기 때문이다. 내 전 존재를 향한 사랑이 남을 향한 사랑으로 이어지는 것이다. 그런 사랑으로 이루어지는 부활은 자신의 내면적 부활일 뿐 아니라 이 땅에 밀알을 뿌리는 부활이 된다. '밀알 하나가 땅에 떨어져서 죽지 않으면 한 알 그대로 있고, 죽으면 열매를 많이 맺는다'라는 성경 「요한복음」 12장의 내용처럼 바로 그때 그 부활이 완성된다.

 다시 말하자. 『부활』은 주인공 네흘류도프가 진정한 자기의 모습을 발견하고 다시 태어나는 과정을 보여주는 소설이다. 그 어려운 일이 쉽게 이루어질 수 없다. 네흘류도프는 끊임없이 반성하고, 끊임없이 결심하고, 끊임없이 흔들리고, 끊임없이 질문하고, 끊임없이 회의에 빠진다. 그리고 마침내 깨달음을 획득한다. 부활한 몸으로 다시 태어나는 것이다.

그 부활은 언제 이루어지는가? 차츰차츰 이루어지는 것이 아니라 그가 극도의 회의에 빠지는 순간 갑자기 이루어진다.

> 그 대목을 읽고 나서 네흘류도프는 "아니, 이게 다란 말인가?"라고 소리 내어 외쳤다. 그러자 곧이어 그의 전 존재 내부에서 '그렇다, 그게 전부다!' 하는 목소리가 들려왔다. 그리고 네흘류도프에게 영적인 삶을 사는 사람에게 종종 일어나는 일이 벌어졌다. 처음에는 이상하고 모순처럼 보이던 것들, 심지어 우스꽝스럽게 여겨지던 것들이 자신의 실제 삶에서의 경험에 의해 차츰차츰 확인이 되면서 갑자기 가장 단순하면서도 가장 확실한 진리로 우뚝 서는 일이 벌어진 것이다. (343쪽)

그렇다. 영혼의 깨달음은 그렇게 갑자기 온다. 이어서 그 깨달음이 그의 존재 전체로 스며든다.

> 그는 밤새 잠을 이루지 못했다. 성경을 읽은 수많은 사람
> 들에게 일어난 일이 그에게도 일어난 것이다. 그는 이전
> 에 여러 번 읽으면서도 별 생각 없이 지나쳤던 말씀의 온
> 전한 의미를 처음으로 완전히 이해했다. 그는 마치 스펀
> 지가 물을 빨아들이듯 이 필수불가결하고 중요한 계시(啓
> 示)들을 기쁜 마음으로 받아들였다. 그가 읽은 모든 말씀
> 들이 그에게 친숙해 보였고, 그가 오래전부터 알고 있었
> 지만 결코 실현해보지 않았던 것들, 결코 믿지 않았던 것
> 들이 보다 확실한 모습으로 떠올라 그의 온몸과 마음과
> 정신으로 스며들었다. (347~348쪽)

혹시 독자 여러분 중에 이 작품 끝에 네흘류도프가 결론처럼
제시한 계율들을 이 작품이 주는 중요한 의미로 알고 받아들이
려는 사람이 있는가? 그래도 좋다. 그 어려운 계율을 실천하려
고 노력하는 일이 우리가 세상을 올바로 사는 데 도움이 되지
않을 리 없다. 하지만 내가 장담한다. 그 계율을 아무리 열심히
외우고 실천하려고 애를 써도 단 하루도 지켜내지 못한다. 그

가 찾아낸 계율이 너무 어마어마하기 때문이기도 하지만 그 계율은 톨스토이의, 네흘류도프의 계율이기 때문이다. 그것은 그가 남의 책을 보고 찾아낸 '답'이 아니라, 그가 자신의 삶속에서 부딪히는 수많은 구체적 문제들 앞에서 고뇌하면서 바로 '그'가 찾아낸 그의 '답'이기 때문이다. 그 '답'이 소중한 것은 그 '답'이 절대적인 답이라서가 아니다. 그가 찾아낸 그만의 답이기에 소중한 것이다. 그의 답을 우리 모두의 답으로 알고 배우려다가는 이 작품은 아무 의미가 없는 작품이 되어버릴 수 있다. 멋지게 하늘을 나는 새의 날개를 우리 어깨에 떼어다 붙인다고 해서 어찌 우리가 하늘을 날 수 있겠는가?

우리가 이 작품을 읽으면서 따라가야 할 것은 우리도 늘 부딪힐 수 있는 문제 앞에서 주인공이 고뇌하는 것처럼 고뇌하는 일이다. 우리가 하늘을 날 수 있게 해주는 것은 멋진 새의 날개가 아니라 우리도 새처럼 하늘을 날고 싶다는 우리의 꿈이다. 네흘류도프의 고뇌가 바로 그 꿈이다. 우리는 그의 고뇌, 그의 꿈에 공감하면서 자기 나름대로 자신의 삶의 의미를 찾으면 된다. 그리고 그렇게 찾은 의미가 우리의 삶 전체에 스며들게 하면 된다.

네흘류도프가 홀연 깨달음을 얻었듯이 깨달음은 그렇게 갑자기 온다. 부활은 그렇게 갑자기 온다. 하지만 그 이전에 수많은 질문과 고뇌와 시행착오와 실천과 연습이 있었기에 그 깨달음이 가능해진 것이다. 그가 살면서 깨닫고 배운 것들이 차곡차곡 쌓여서 전체를 완성한 것이 아니라, 그것들이 밑거름이 되어서 어느 순간 도약이 이루어진 것이다. 우리의 삶에도 그런 도약의 순간들이 있다. 허물을 벗는 순간들이 있다. 그때 우리는 탈바꿈을 하고 다시 새로운 삶을 살아가게 된다.

그러고 보면 사람은 누구나 물리적으로는 딱 한 번 이 세상을 살아갈 뿐이지만 그 깨달음과 도약을 통해 여러 번 다른 삶을 살 수 있는지도 모른다. 어떤가? 단 한 번밖에 기회가 주어지지 않는 우리의 삶이기에 한 번 가져볼만한 큰 욕심이 아닌가? 세상을 살아가면서 올바르게 성숙하는 것도 아주 중요하다. 하지만 탈바꿈을 몇 번, 아니, 단 한 번만이라도 이룩한다면 우리의 삶이 좀 더 알록달록해지지 않겠는가? 톨스토이의 『부활』을 읽으면서 그 탈바꿈을, 알록달록한 우리의 삶을 꿈꾸어보지 않겠는가?

한 가지만 더 묻자. 탈바꿈한 삶, 부활을 통해 새로 살게 된 삶이 우리의 최종 목표일까? 그곳이 바로 우리가 도착해야 할 종착역일까? 그렇지 않다. 탈바꿈한 삶은 이제 겨우 시작일 뿐이다. 재탄생했으니 새로운 세상을 새롭게 살아야 하는 것은 당연하지 않은가? 그런 뜻에서 『부활』의 마지막 대목은 의미가 깊다.

> 바로 그날 밤부터 네흘류도프의 완벽하게 새로운 삶이 동을 텄다. 그의 생활환경이 완전히 새롭게 바뀐 때문이 아니라 그날 밤 이후 그가 행한 모든 것들이 이전과는 완전히 새롭고 다른 의미를 지니게 된 때문이다. 그의 이 새로운 인생의 장(章)이 어떻게 전개될 것인지는 시간만이 밝혀줄 수 있으리라. (349쪽)

톨스토이는 76세에 부활 속편을 계획한다. 물론 집필 계획은 계획으로 끝나버린다. 하지만 우리는 부활 속편을 그가 쓰지 못했다고 해서 아쉬울 것이 없다. 그의 삶 자체가 바로 부활의 속편으로 볼 수도 있기 때문이다. 그는 『부활』로 거의 전 세계에 충격을 준 뒤에도 전제정치의 폐기를 주장하고 거주 이전과 교육과 신앙의 자유의 보장, 토지 사유제도, 사형제도의 폐지를 주장하는 글들을 계속 발표하며 소외된 사람들을 위한 활동을 계속한다. 물론 그사이에도 작품 활동을 멈추지 않고 단편들을 계속 발표하며, 청빈 생활을 실천하기 위해 저작물의 판권을 포기하려다 아내와 갈등을 일으키기도 한다. 특히 1906년 자신이 노벨상 수상자로 추천되었다는 말을 전해 듣고 거부의 뜻을 분명히 밝힌다. 자신의 삶과 작품을 일치시키려 애를 쓴 사람, 죽을 때까지 치열함을 잃지 않은 그의 삶 자체가 우리에게는 마치 부활한 삶인 것만 같다. 그리고 그 삶 자체가 우리에게 언제고 부활을 꿈꾸며 살라는 전언을 전해주는 것 같다.

톨스토이는 1828년 9월 9일 러시아의 야스나야 폴랴나에서 명문 백작의 넷째 아들로 태어났다. 그는 여덟 살 때 어머니를, 열다섯 살 때 아버지를 여의고 카잔에 살고 있던 친척 집에서 자란다. 카잔 대학에서 법학을 전공하던 그는 1847년 '건강과 가정 문제'를 구실로 대학을 중퇴한다. 실은 대학 교육에 환멸을 느낀 때문이다.

이후 모스크바와 페테르부르크에서 방탕한 생활을 하던 그는 1852년 군에 입대한다. 군 생활 중 그는 첫 소설인『유년시대』(1852)를 발표해 네크라소프로부터 격찬을 받는다. 이어서 군 복무 중에『소년시대』(1854)와『세바스토폴 이야기』

(1855~1856)를 집필하면서 작가로서의 입지를 굳혔고, 1856년 제대한다.

1862년 그는 그의 든든한 후원자였던 궁정 의사의 딸 소피야와 결혼하고, 이듬해 『전쟁과 평화』 집필을 시작해 1869년에 발표한다. 1877년에는 장편 소설 『안나 카레니나』를 잡지에 연재하기 시작해 이듬해 발표하고, 1899년에는 장편 소설 『부활』을 발표해 큰 반향을 일으킨다. 이후 그는 건강이 좋지 않은 상황에서도 『신부(神父) 세르게이』(1898), 희곡 「산송장」(1900), 단편 「항아리 알료샤」(1905) 등의 문학 작품과 「종교와 도덕」(1894), 「셰익스피어론(論)」(1903), 「러시아 혁명의 의의」(1906) 등의 논문을 왕성하게 집필하고 발표했다.

그는 1910년 11월 20일, 여행 중에 걸린 감기가 폐렴으로 번지면서 건강이 악화되어 생을 마감한다.

앞서 인용한 작가들 외에도 수많은 동시대와 후대 작가들이 톨스토이를 칭송했다. 그의 시골 집을 자주 방문했던 안톤 체홉은 "작가 톨스토이가 있는 한 작가가 된다는 것은 쉽고도 즐거운 일이다. 당신이 아무것도 이루지 못하더라도 별로 끔찍한 일이 아니다. 톨스토이가 모든 작가들을 대신해 그 무언가를 이루어놓았기 때문이다"라고 했으며 19세기 영국의 작가인 매슈 아널드는 "톨스토이의 소설은 예술 작품이 아니라 삶의 하나다"라고 했다. 또한 버지니아 울프는 "톨스토이는 가장 위대한 예술가다"라고 극찬했으며 토마스 만은 "그의 작품만큼 자연과 닮은 것은 없다"라고 했다. 그 때문에 톨스토이 앞에는 작가라는 호칭 대신 대문호(文豪)라는 호칭이 더 자연스럽게 따라다닌다.

부활

생각하는 힘: 진형준 교수의 세계문학컬렉션 55

펴낸날	**초판 1쇄 2020년 12월 28일**

지은이	**레프 톨스토이**
옮긴이	**진형준**
펴낸이	**심만수**
펴낸곳	**(주)살림출판사**
출판등록	**1989년 11월 1일 제9-210호**

주소	**경기도 파주시 광인사길 30**
전화	**031-955-1350 팩스 031-624-1356**
홈페이지	**http://www.sallimbooks.com**
이메일	**book@sallimbooks.com**

ISBN	978-89-522-4279-2 04800
	978-89-522-3984-6 04800 (세트)

※ 값은 뒤표지에 있습니다.
※ 잘못 만들어진 책은 구입하신 서점에서 바꾸어 드립니다.

책임편집 **최정원**